派文庫 27

佐藤春夫

新学社

装幀　友成　修

カバー画
パウル・クレー『花咲く木』一九三五年
東京国立近代美術館蔵
協力　日本パウル・クレー協会

河井寛次郎　作画

目次

殉情詩集

殉情詩集自序

われ幼少より詩歌を愛誦し、自ら始めてこれが作を試みしは十六歳の時なりしと覚ゆ。いま早くも十五年の昔とはなれり。爾来、公にするを得たるわが試作おほよそ百章はありぬべし。その一半は抒情詩にして、一半は当時のわが一面を表はして社会問題に対する傾向詩なりき。今ことごとく散佚《さんいつ》す。自らの記憶にあるものすら数へて僅に十指に足らず。然も些《いささか》の恨なし。寧《むし》ろこれを喜ぶ。後、志を詩歌に断てりとには非《は》ざりしも、われは無才にして且つは精進の念にさへ乏しく、自ら省みて深くこれを愧づるのあまり遂には人に示さずなりぬ。但、殉情の人は歌ふことにこそ纔《わづか》に慰めはあれ、譬《たと》へば、かの病劇しき者の呻くことによりて僅にその病苦を洩すが如し。されば哀傷の到るものある毎にわれは恒に私《ひそか》に歌うて身をなぐさめぬ。又譬へば猟矢《さつや》を負へる獣の森深く逃れ来りて、世を悪《にく》み人を厭ひて然も己が命を愛するの念はいや募り、己が口もて己が創痍《さうい》を舐め癒さんと努むるが如し。

　世には強記にして好事の士もあるものなり。面栄ゆくもわがかの試作を今更に語り出でて、時にはこれを編みて冊子とせよなど勧むる友さへあり。されど誰かは、未熟にして早く地に墜ちたる果実を拾ひて客の為めに饗宴の卓上に盛らんや。乃《すなは》ち篤くこれを謝するのみなりき。この機にのぞみてわれは改めてかかる人人に乞はん。わが旧き詩歌は悉くこれを忘れたまへ。少しく言葉を弄ばんか、今日のものとても同じく然したまへ。然らば今この集を敢て世に問ふの故は如何。曰く米塩に代へんとす。曰く春服を求めんとす。否、われは口籠ることなくして言ふべし。聴き給へ、われ今日人生の途なかばにして愛恋の小暗き森かげに到り、わが思ひは転《うた》た落莫たり。わが胸は輞《おほわ》の下に砕かれたる薔薇《さうび》の如く呻く。心中の事、眼中の涙、意中の人。児女の情われに極まりては偶成の詩歌乃ちまた多少あり。げに事に依りてわが身には切なくもあるかな、わがこの歌。然れども既に世に問はん心なければ、わが息吹なるわが調べはいつしかに世の好尚と相去れるをいかにせん。われは古風なる笛をとり出でていま路のべに来り哀歌《かなしみうた》す。節古びて心をさなくただに笑止なるわが笛の音に慌しき行路の人いかで泣くべしやは。たとひわが目には水流るるとも、知らず、幾人かありて之に耳を仮し、しばしそが歩みを停むるやいかに。

嗟吁《ああ》、わが嗚咽は洩れて人の為めに聞かれぬ。われは情痴の徒と呼ばるるとも今はた是非なし。

大正十年四月十三日

佐藤春夫

同心草

風花日将老
佳期猶渺渺
不結同心人
空結同心草

薛濤

水辺月夜の歌

せつなき恋をするゆゑに
月かげさむく身にぞ沁む。
もののあはれを知るゆゑに
水のひかりぞなげかるる。
身をうたかたとおもふとも
うたかたならじわが思ひ。
げにいやしかるわれながら
うれひは清し、君ゆゑに。

或るとき人に与へて

片こひの身にしあらねど

わが得しはただこころ妻
こころ妻こころにいだき
いねがてのわが冬の夜ぞ。
うつつよりはかなしうつつ
ゆめよりもおそろしき夢。
こころ妻ひとにだかせて
身も霊もをののきふるひ
冬の夜のわがひとり寝ぞ。

また或るとき人に与へて

しんじつふかき恋あらば
わかれのこころな忘れそ、
おつるなみだはただ秘めよ、
ほのかなるこそ吐息なれ、
数ならぬ身といふなかれ、

ひるはひるゆゑわするとも
ねざめの夜半におもへかし。

海辺の恋

こぼれ松葉をかきあつめ
をとめのごとき君なりき、
こぼれ松葉に火をはなち
わらべのごときわれなりき。

わらべとをとめよりそひぬ
ただたまゆらの火をかこみ、
うれしくふたり手をとりぬ
かひなきことをただ夢み、
入り日のなかに立つけぶり

ありやなしやとただほのか、
海べのこひのはかなさは
こぼれ松葉の火なりけむ。

断　章

さまよひくれば秋ぐさの
一つのこりて咲きにけり、
おもかげ見えてなつかしく
手折ればくるし、花ちりぬ。

琴うた

吹く風に消息をだにつてばやと思へどもよしなき野べに落ちもこそすれ
梁塵秘抄

かくまでふかき恋慕とは
わが身ながらに知らざりき、
日をふるままにいやまさる
みれんを何にかよはせむ。
空ふくかぜにつてばやと
ふみ書きみれどかひなしや、
むかしのうたをさながらに
よしなき野べにおつるとぞ。

後の日に

つれなかりせばなか〳〵に
そらにわすれて過ぎなまし、
そもいくそたびしぼりけむ
たもとせつなしかのたもと。

せつなさわれにつもるとも
沾《ひ》ぢてはかわくものなれば
昨日《きぞ》のたもとにこと問はむ
ぬるるやいかにけふもなほ。

よきひとよ

よきひとよ、はかなからずや
うつくしきなれが乳ぶさも
いとあまきそのくちびるも
手をとりて泣けるちかひも
わがけふのかかるなげきも
うつり香の明日はきえつつ
めぐりあふ後さへ知らず
よきひとよ、地上のものは
切なくもはかなからずや。

こころ通はざる日に

こころを人にさらせども
げにもとなげく人ぞなき、
こころのいたで血を噴けど
あなやと叫ぶ人ぞなき。
すまじきものは恋にして
苦しきものぞこころなる、
こころはいとし、すべもなし、
手にはとられず目には見られず。

なみだ

埋火もきゆや泪の烹る音　　芭蕉

あるはのきばゆたつけぶり、

あるは樋をゆくたにのみづ、
あるはわが目にわくなみだ。
これをさだめとさとるゆゑ、
ぜひなきものと知るらめど、
とめてとまらぬものなれば、
せつなやあはれほそぼそと、
ひとすぢにこそながるらし。

感傷肖像

摘めといふから
ばらをつんでわたしたら、
無心でそれをめちやめちやに
もぎくだいてゐる。
それで、おこつたら
おどろいた目を見ひらいて、

そのこなごなの花びらを
そつと私の手にのせた。
その目は涙ぐんで笑ひ
その口は笑つて頬は泣いてゐる。
表情の戸まよひした
このモナリザはまるで小娘だ。

感傷風景

あなたとわたしとは向ひあつて腰をかけ、
あなたはまぶしげに西の方の山をのぞみ、
わたしはうつとりと東の方の海をうかがひ、
然しふたりはにこにこして同じ思ひを楽しむ。
とありし日のとある家の明いバルコン。
何も知らない家の主人にはよき風景をほめ、
ふたりはちらちらとお互の目のなかを楽しむ。

恋人の目よそれはまあ何といふ美しい宇宙だらう。
全くあなたのその目ほどの眺めも花もどこにあらう……
おお、思ひ出すまい。ふたりは庭のコスモスより弱く、
幸福は卓上につと消えた鳥かげよりも淡く儚く、
歎きは永く心に建てられた。あの新築の山荘のやうに。

柔かきかかる日の光のなかに
いまひとたび、あはれ、いまひとたび
ほのかにも洩したまひね、
われを恋ふと。

北原白秋「断章」二十五

昼の月

旧作のうち記憶に残れるもの三四。別に「昼の月」及び読み人を知らぬ古曲の一節を拾ひてここに採録す。旧作は概ね数年前わが二十二三歳ごろの作なり。

ためいき

一

紀の国の五月なかばは
椎の木のくらき下かげ
うす濁るながれのほとり
野うばらの花のひとむれ
人知れず白くさくなり、
佇みてものおもふ目に
小さなるなみだもろげの
素直なる花をし見れば
恋人のためいきを聞くここちするかな。

二

柳の芽はやはらかく吐息して

丈高くわかき梧桐はうれひたり
杉は暗くして消しがたき憂愁《うれひ》を秘め
椿の葉日の光にはげしくすすり泣く……

三

ふといづこよりともなく君が声す
百合の花の匂ひのごとく君が声す。

四

なげきつつ黄昏の山をのぼりき。
なげきつつ山に立ちにき。
なげきつつ山をくだりき。

五

蜜柑ばたけに来て見れば
か弱き枝の夏蜜柑
たのしげに

大なる実をささへたり。
われもささへん
たへがたき重き愁を
わが恋の実を。

六

ふるさとの柑子の山をあゆめども
癒えぬなげきは誰がたまひけむ。

七

遠く離れてまた得難き人を思ふ日にありて
われは心からなるまことの愛を学び得たり
そは求むるところなき愛なり
そは信ふかき少女の願ふことなき日も
聖母マリアの像の前に指を組む心なり。

八

死なんといふにあらねども
涙ながれてやみがたく
ひとり出て佇みぬ
海の明けがた海の暮れがた
——ただ青くとほきあたりは
たとふればふるき思ひ出
波よする近きなぎさは
けふの日のわれのこころぞ。

少年の日

1

野ゆき山ゆき海辺ゆき

真ひるの丘べ花を敷き
つぶら瞳の君ゆゑに
うれひは青し空よりも。

2

影おほき林をたどり
夢ふかきみ瞳を恋ひ
あたたかき真昼の丘べ
花を敷き、あはれ若き日。

3

君が瞳はつぶらにて
君が心は知りがたし。
君をはなれて唯ひとり
月夜の海に石を投ぐ。

4

君は夜な夜な毛糸編む
銀の編み棒に編む糸は
かぐろなる糸あかき糸
そのラムプ敷き誰がものぞ。

二つの小唄

男のうたへる

ひとりものかや二十日月、海の夜あけにのこりたる。

女のうたへる

かがみくもらすわがといき、夕べは月の暈となる。

むかし、いかなる人のいかなるをりにやのこしたりけむ、かかる恋慕の秘曲ひとふしあり。

しんじつこひしきものならば、つまも子もあるものか、ともおぼすらめども、おもへども、わりなさよえにしたれず、切なしやゆるさせたまへ、なわすれそ、互《かたみ》に、けふを。と、なけばぜひもなしや、しんじつこひしきものゆゑに血をながしてもともおもへども、おもへども。あきらめてさても得わすれで、おもかげ。ゆめに見てゆめさめて、あなわが身、わが世、憂き世。

昼の月

野路の果、遠樹の上、
空澄みて昼の月かかる。

あざやかに且つは仄か
消ぬがに、しかも厳か。
見かへればわが心の青空、
おお、初恋の記憶かかる。

心の廃墟

さるを今君ここにおはさず、
われは今空しくも
遠き君がこころに語を寄するのみ、
われにはや歌つくる力はあらず、
われわが為めに口ずさめども
君の聞き給はぬ歌を如何でわれつくるを得んや！

ルネ・ヂオルジヤン「水辺悲歌」堀口大學訳

心の廃墟

その恋人の中にはこれを慰むるものひとりだに無く
その朋はこれに背きて仇となれり　耶利米亜哀歌

「主よ、わが心の為めに
さまよへるシオンの娘を
遣しめよ。

「さまよへるシオンの娘よ、
わが心に来れ、
来りわが心の礎に坐して哭け。

「来り見よ、シオンの娘、
わが心は荒果てて
汝がふるさとの都のごとし。

「来り哭け、シオンの娘、
わが心の廃墟はいま
かがやけるみ空の月かげに湿ふ。」

かく歌へるわが歌により
シオンの娘ひとり来り
しばしわが心に坐して哭きぬ。

坐して哭けるシオンの娘は
されど、現世《うつしよ》のものには非ず、
これはこれ影の影にして。

影は影なる声によりて哭く、
わが心の廃墟より
いや深き寂寞を揺起して哭く。

断片

われら土より出でたれば土にかへる
われら裸にて生れたれば裸にて生く。
げにもよ……
われらひとりにて産れたればひとりにて生く。
ひとりにて生きて、さてひとりにて死にゆく……

わが溜息

夜もすがら日もすがらわが長息《なげ》けどもそも誰がためと問ふ人もなし（?）
万葉集

わが霊《たましひ》は陰府《よみ》にくだる細き径にして
わが溜息は陰府より洩るる風なれば

とほくかすかに通ひ来りてわが脣の上に消ゆ。
われはわれひとりしてわが溜息をもらし
その一息ごとに陰府の近さを測り知る。
人あり、これを感じこれを聞くとも
わが溜息をおもひやらずわが爲めに泣かず
ただ身ぶるひしてひたすらにこれを悪《にく》み怖る。
げにそは屍のにほひを帯びて暗く冷く
光達しがたき底よりもるる風なれば。

メフィストフェレス登場

海につづける城の櫓。
夜。
波の音きこゆ。
思ひ沈める騎士ひとり。
この時、メフィストフェレス登場。

「今晩は！
大そう陰気なお顔をして
お淋しさうだ。
ちよつとお話相手をさせてください。
さて、一本気な殿様！
物語風の騎士！
君は近ごろ立派なお城を建てましたね、
噂を聞いて参上して見たが
見事！　見事！
それに思ひ出といふ貴女の
青ざめた亡霊によく奉仕して御座る。
感心！　感心！
ところで殿様。
お城は飛んだところへ建てましたなあ。
足場は大丈夫ですかい。
一たい私はその道のくらうとだが――
ちよつと御覧。

さて智恵のない地盤さね、
まるでこれや女ごころの沙浜だ。
そうれ！　風が吹けば沙丘
波が荒れれば洲……」
メフィスト双手をひろげて風と波との身ぶりよろしく濶歩す。
「……どうです。
僕がかうちよつと歩いただけでも、
何と！　少々は揺れませう。
これや一さう中空へ建てた方がましだつた。
なるほどお城は立派さね、
今さら立退くのは惜しいやうだ。
だが悪い事は言はない、
もういいかげんに立退いては！
それとも殿様！
お城の崩れる日を待つて
幽霊と心中なさるお心掛けですかい。
それもよからう、御随意だ。

私は他人の意志は尊重しますからね。
おや、おや！
これやお気に触つたかな。
それではせいぜいおひとりでお泣きなさい。
たまにはしんみりひとりを知るのも身の為めです。
さやうなら。
陰気なところに長居は無用だ。
どうれ、ちよつと寄り道をして
あのしやれた一組を見て来ようか、
奴等は全くしやれて居るよ——
泣きながら脣を吸ひ合つて霊とやらの傷を甜あつてゐるのだからな……」
突然、騎士は立上り、長剣を抜きてメフィストを刺さんとす。
この時櫓はおもむろに少しづつ傾く事。
騎士は声を上げて呻く。
見えざるところよりメフィストの哄笑聞ゆ。
騎士はよろめき倒れんとして僅に剣によりて身を支ふ。

夜深くして歌へるわが歎きの歌

燈暗無人説断腸　陸放翁

……わが歎きは終にわがものなれば
人、これをかへり見ず。
又かへり見ることを我は許さず、
ヨブの友よ来りてヨブを慰めざれ。
わが歎きよ、おおわがものよ、
われは限りなくなんぢを愛す、
彼等が妻になすがごとく
また彼の女らが幼子になすがごとく。
わが歎きよ、ただ一つなるわがものよ、
われは、妻なく幼子なきわれは
夜もすがら強くなんぢをかき抱きて
なんぢがうへにわが涙を尽す。

おおわが歎きよ、わがひとり子よ
なんぢが母はわが恋にして
なんぢよ、なんぢを遺して早く去りぬ。
なんぢは面かげ母に似てかなし、
わが歎きよ。なんぢ生ひ育て。
永く生きよ。息絶ゆること勿れ。
われをして永く具《つぶさ》になんぢを愛し
なんぢに依りてなんぢの母が面かげを忍ばしめよ。
われは今、母なきなんぢをかく強く抱く。
夜ふかし、見ずやわが子、
なんぢが母の亡霊は今宵もまた来りて
われとなんぢとの傍にやさしくも添寝したり……

聖地パレスチナ

聖地パレスチナは何時までも聖地なり。

たとひ異端の寺立ち並び、異端の都となり
異端の弓櫓の上に異端の星集ひ耀き
パレスチナの水は異端の噴井よりふき溢れ
異端の徒は異端の怪しき花を蒔き
パレスチナの土は異端の種を培ひて
荊《とげ》ある異端の花を花ざかりにするとも、
歎く勿れ、そのかみの聖地、今日の聖地、後の日の聖地、
一たびまことの聖地なりしパレスチナ
吾がパレスチナぞ何時までも吾が聖地なる。

和奈佐少女物語

はしがき

頃日、花柳壽美女舞踊のための劇詩一篇を求む。乃ち材を丹後風土記にとりて古伝説を韻語もて綴り贈り、舞踊化と演劇化とはすべてこれを委ねつ、亦譚詩の一試作未定稿のみ。

和奈佐乙女物語

序　詞

これはこれ　むかしのむかし
天と地と　未だ近かりし
そのむかし　丹後の国の
ものがたり　かたり伝へて
なとがめそ　かたりひがめつ

Ⅰ　比治山上真井のほとりにて

（1）

丹波《たには》の郡《こほり》　比治《ひぢ》の里
比治大山《ひぢおほやま》の　峯ちかく

泉はありぬ　真井《まゐ》と呼び
世に比《たぐ》ひなく　清ければ
天つ乙女ら　雲に乗り
天降り来て　草を藉《し》き
白鳥の如《ごと》　水を浴む

(2)　(浴やみて舞ふらしき歌やしらべや)

天《あめ》にして　地《つち》をおもへば
おぞましく　けがれたれども
地に住む　人もありけり

地に来て　地を見るとき
影おほき　地のおもしろ
なかなかに　なつかしきかな

地に舞ふ　足のはづみの
天雲に　飛ぶにまさりて

なかなかに　楽しからずや
かつ歌ひ　かつ舞ふ少女《をとめ》
夕だちの　訪《おとな》ふ小野の
小百合ばな　ゆれてざわめく

(3)

比治の里人、和奈佐老夫《わなさおきな》とその妻和奈佐老女《わなさおみな》と来り山かげの老木の合歓《ねむ》の枝にかかれる美しき異様の衣を見出でこれを奪ひて去る。すべて無言なるも別に演出おぼえ書あり。（略）

(4)

七人の天女等、舞台後方の低地より老夫婦の去りたる後の舞台に出で来る。

八人《やたり》来て七人《ななたり》かへり
ただひとり地にのこさん
本意なさよ　しかはあれ
羽衣の一つ足らねば

なげくともせんすべぞなき
しばしまてやがて迎へん

束の間の別れのみとて
七人は羽衣まとひ
尾の上をばよぢのぼりゆく
たとふれば消えゆく虹か
真帆片帆嶋にかくるか
事もなきわかれなるかな。

束の間の別れといへど
行くものもとどまるものも
あはれなり天つ少女ら
天上のその束の間を
人の世の幾年月と
もろともに知らざりにけむ。

Ⅱ　和奈佐老夫の家にて

(5)

羽衣は奪ひかくされ
天かける術《すべ》しなければ
囚はれの天つ少女は
今にして比治山かげに
天離《あまさか》る鄙少女《ひなをとめ》なり
　つれづれと空ぞ見らるる

愛子《まなご》なき和奈佐老夫に
養はれ和奈佐少女は
人の世のさがにしあれば
渡世《わたらひ》に嚙み酒を醸《か》み
酒ひさぐ鄙少女なり
　つれづれと空ぞ見らるる

(6)　(村人らのうたへる)

天つ少女のかみ酒は
天上界のめぐみとて
うましざけ一杯《ひとつき》のめば
みな癒えぬよろづの病
寿延《よはひの》びこころ和ぎ
百年《ももとせ》の人ともならん
一杯に車幾つの
宝をも　など惜しまむと
諸人の　はこぶ車や。

(7)

天つ少女のかみ酒に
和奈佐老夫の家は富み
田畠も広くなりまさる
その土方《ひぢかた》の変るまで。

和奈佐老婦《わなさおみな》は家の富
血統《ちすぢ》の者に譲らんと
少女の婿を択びしが。

もと天上に生ひたれば
地上に夫《つま》を求むべき
われにもあらず　み心《こころ》に
そむきまつらむ憂《う》たてさと
天つ少女は天上の
迎へを今も夢むらむ。

こころ驕れる少女子よ
汝に聞かせん事あれば
しばし来れと呼ばはりて
和奈佐老婦は猛々し

(8)（少女羽衣を手に出で来りてうたへる）

無情《こころな》の老夫老婦《おきなおみな》や
もとわれはみ心により
ここに来てありけるものを
今にして去れよとのらす
みこころぞいとはかられね
ねがはくはしばしとどめよ。

（老夫）

行きね疾く汝がふるさとは
久方の天《あめ》にあらずや
地《ち》に住まん汝《な》が家はなし

(9)（少女のうたへる）

天上界のうましざけ
地《つち》に頒《わか》ちし咎《とが》なりや
地に久しく住み慣れて

身は塵土《ちりひぢ》にけがれしか
身のいたづらに重くして
天つ羽衣身に負へど
天かけるとも見えなくに
　地には居らん家もなく
天《あめ》には行かん術もなく

天つ少女のなげくらく
　天の原
　　ふりさけ見れば
　　　霞立ち
　　　　家居まどひて
　　　　　行方知らずも

Ⅲ　天女流離

つれづれと空ぞ見らるる

天雲のいゆきいさよひ
これやこのつながぬ船か
流るらんかなしみの
波のまにまに

いざ行かな心ををしく
かなしみの果てなん里を
地《つち》の上《へ》に見出でざらめや
さらばとて比治の里すぎ
見かへりすれば

比治山のいただきの真井
呪はれよ泉よ涸れよ
その末は沼とも野とも
荒れ果てよわが恨ゆゑ
合歓《ねむ》は咲くまじ

無情《こころな》の老夫老婦《おきなおみな》を
思ふ時わがかなしみは
はてしなき青海原に
疾風《はやて》して荒潮の
いきどほろしも

行き行きて　丹波《たには》の里の
道のべのおち葉こぼるる
大槻《おほつき》の太しき幹に
立ちよりて音《ね》に泣く少女
行人《ゆくひと》の見て

（神さびし翁申さく）
人ごころつらきはゆるせ
久方の天馳使《あまはせつかひ》
無からめや傷手さへ癒ゆ
荒潮の凪ぐ日はあらん
いざたまへとぞ

見も知らぬ人にはあれど
やさしさにいざなはれつつ
辿り来ぬ竹野《たかの》の郡《こほり》
船木なる那具《なぐ》のよき里
心さへ凪《な》ぎ。

支那歴朝名媛詩抄

車塵集

芥川龍之介がよき霊に捧ぐ　訳詩集

濁世何曾頃刻光
人間真寿有文章
薄少君悼夫句

美人香骨
化作車塵
「楚小志」

ただ若き日を惜め

綾にしき何をか惜しむ
惜しめただ君若き日を
いざや折れ花よかりせば
ためらはば折りて花なし

春ぞなかくに悲しき

まばゆき春のなかなかに
花もやなぎもなやましや
むすぼほれたるわが胸を
啼けうぐひすよ　幾声に

勧君莫惜金縷衣
勧君須惜少年時
花開堪折直須折
莫待無花空折枝
杜秋娘

満眼春光色色新
花紅柳緑総関情
欲将鬱結心頭事
付与黄鸝叫幾声
朱淑真

音に啼く鳥

ま垣の草をゆひ結び
なさけ知る人にしるべせむ
春のうれひのきはまりて
春の鳥こそ音にも啼け

薔薇をつめば

きさらぎ弥生春のさかり
草と水との色はみどり
枝をたわめて薔薇をつめば
うれしき人が息の香ぞする

檻草結同心
将以遺知音
春愁正断絶
春鳥復哀吟
薛　濤

陽春二三月
草与水同色
攀条摘香花
言是歓気息
孟　珠

謡

やなぎや柳
なよなよと風になびきてしどけなし
色香も深き窻のひと春の夢いまうつつなし
すだれ捲くれてのぞき入る千《ち》条《すぢ》のやなぎ

楊柳楊柳
裊裊随風急
西楼美人春夢中
翠簾斜捲千条入

夷陵女子

よき人が笛の音きこゆ

おばしまのわがつれづれに
憂き笛ぞいよよ切なき
なぞわが身つばくらならぬ
風に乗り君がり行かぬ

欄干閑倚日偏長
短笛無情苦断腸
安得身軽如燕子
随風容易到君傍

黄氏女

女ごころ

むかし思へばおどろ髪
油もつけず梳《す》きもせず
一たび君に凭り伏して
わが身いとしやここかしこ

ほほ笑みてひとり口すさめる

鏡とりでてうつとりと
うつけ心のまなざしや
見入るもとほきうはのそら
恋ぞうれしきかくもこそ

宿昔不梳頭
糸髪被両肩
腕伸郎膝上
何処不可憐
子夜

覧鏡独無語
凝眸意似痴
遥遥無住着
若箇是相思
呂楚卿

むつごと

紅《べに》おしろいのにほふのみ
色も香もなきわれながら
願ひ見すてぬ神ありて
わが身を君に逢はせつる

怨ごと

通ひ路いかで遠からむ
みこころゆえぞ通はざる
わが思ひこそめぐる輪の
日日に千里《ちさと》をたどれるを

芳是香所為
冶容不敢当
天不奪人願
故使儂見郎
子夜

豈曰道路長
君懐自阻止
妾心亦車輪
日日万余里
景翩翩

蝶を咏める

かろき翅のおしろいや
黄にこそにほへ新《にひ》ごろも
みやびは誰か及ぶべき
花を臥戸《ふしど》にふたり寝るとは

水彩風景

杏咲くさびしき田舎
川添ひや家おちこち
入日さし人げもなくて
麦畑にねむる牛あり

薄翅凝香粉
新衣染媚黄
風流誰得似
両両宿花房
賈蓬萊

杏花一孤村
流水数間屋
夕陽不見人
牯牛麦中宿
紀映淮

行く春の川べの別れ

岩にせかるる川浪や
人に別るるわが歎　長々《ながく》しくも
徒らに堤のやなぎ糸たれて
去りゆく舟を得つなぎもせず

一片潮声下石頭
江亭送客使人愁
可憐垂柳糸千尺
不為春江綰去舟
趙今燕

おなじく

春の江のながれはろばろ
ゆく舟やとどまりもせず
わがこころ水にかも似る
朝ゆうべ君を追ひつつ

淼淼春江上
孤舟去莫留
思君若流水
日夕伴行舟
趙今燕

行く春

あぢきなの春のをはりは
朝かぜにやなぎなびくと
行くなかれ　川べの岸に
ちり果てて花ぞいさよふ

そゞろごころ

夢こそ清けれ竹の寝椅子に
杯あまけれ花のかをりに
目ざめてそぞろに楽しからずや
月かげさやかに櫛笥《くしげ》を照らせり

三月春無味
楊花惹暁風
莫行流水岸
片片是残紅
景翩翩

竹榻清人夢
花香媚酒杯
覚来有幽趣
明月満妝台
馬月嬌

白鷺をうたひて

はまべにひとり白鷺の
あだに打つ羽音《はねね》もすずし
高ゆく風をまてるらむ
こころ雲ゐにあこがれて

沙頭一水禽
鼓翼揚清音
只待高風便
非無雲漢心
張文姫

池のほとりなる竹

池にのぞめるくれ竹や
枝は水の面《みも》にしだれつつ
みどりは日日《ひび》に池水の
波にそそぎてつきもせず

此君臨此池
枝低水相近
碧色緑波中
日日流不尽
張文姫

川ぞひの欄によりて

川ぞひの小家のかまへ
窻ゆかしよき庵よりも
立ちよれば櫓の音ひびき
小船来て魚を買へとぞ

近水人家小結廬
軒窗瀟灑勝幽居
凭欄忽聞漁榔響
知有小船来売魚
鄭允端

夏の日の恋人

つれづれの夏の日ねもす
うたたねの枕すずしや
かよへかし夢はかたみに
君来ます夜《よる》をまちがて

日永倦遊賞
枕簟集涼颸
便欲甘同夢
那堪日落遲
李瑱

水かがみ

浮ぐもの鬢《びん》　月の眉
水草さけてかんざしの
落ちたるあたり澄みわたる
水を鏡になほすおくれ毛

乳房をうたひて

湯あがりを
うれしき人になぶられて
露にじむ時
むらさきの葡萄の玉ぞ

軽鬢覚浮雲
双蛾初擬月
水澄正落釵
萍開理垂髪
沈満願

浴罷檀郎捫弄処
露華涼沁紫葡萄
趙鸞鸞

恋愛天文学

われは北斗の星にして
千年《とせ》ゆるがぬものなるを
君がこころの天つ日や
あしたはひがし暮は西

朝の別れ

思ひつめては見えもする
君ゆきがてのうしろかげ
おぼろめきつつ蓮《はちす》さへ
花も見わかぬ朝ぎりに

儂作北斗星
千年無転移
歓行白日心
朝東暮還西
子夜

我念歓的的
子行猶予情
霧露隠芙蓉
見蓮不分明
子夜

採蓮

さわやかに風や日かげや
花はちす汀《みぎは》をつつみ
見えもせで蓮《はちす》採《と》る子や
花がくれかたらふ声す

はつ秋

白蓮《びやくれん》さきて風は秋
ねざめ切なく見かへれば
雲あしはやき夕ぞらの
夜半や片しく袖に降るらん

風日正晴明
荷花蔽州渚
不見採蓮人
只聞花下語
端淑卿

白藕成花風已秋
不堪残睡更回頭
晩雲帯雨帰飛急
去作西窗一枕愁
王氏女

秋の鏡

別れしは昨《きそ》、花さく日
いま秦淮の水は秋
朝《あした》うたてきかがみには
わが面かげぞいたましき

秋の江

うたてしや秦淮の水
おぞましや江に浮ぶ船
わが夫《せ》をのせて去《い》にしより
流れけむ　年を幾年《いくとせ》

憶昨花前別
秦淮水又秋
朝来怯臨鏡
孤影空自愁

趙今燕

不喜秦淮水
生憎江上船
載児夫婿去
経歳又経年

劉采春

手巾を贈るにそへて

うれひぞ長く更くる夜に
身をこそうらみ一すぢに
織りてまゐらすものをしも
誰《た》がよき閨に人や捨つらむ

愁聴玉漏夜偏長
薄命如儂固自当
一縷機糸聊寄恨
莫教抛擲阿誰傍

陳真素

月は空しく鏡に似たり

酔ひざめの月のさやけさよ
君をも照らすものからに
君がすがたは見えもせで
ただわりなさの天つ雲見ゆ

酔罷月已明
照我還照君
如何君不見
只見天辺雲

周文

秋の別れ

別れ路に雲湧きうかび
葉は散るよ峠の茶屋に
かなし、人、雁《かり》にあらねば
一つらに飛ばんすべなし

秋ふかくして

わかきなやみに得も堪えで
わがなかなかに頼むかな
今はた秋もふけまさる
夜ごとの閨《ねや》に白みゆく髪

別路雲初起
離亭葉正飛
所嗟人異雁
不得一行飛
七歳女子

自嘆多情是足愁
況当風月満庭秋
洞房偏与更声近
夜夜灯前欲白頭
魚玄機

恋するものの涙

恋するものの涙を
な吹きはらひそ秋風
吹きて河べにいたらば
ながれは尽きせじ

幾点愁人涙
不許秋風吹
吹到長江裏
江流無尽期
景翩翩

もみぢ葉

日はくれ風ふき
枝に葉は落つ
もゆる思ひは
君に知られず

日暮風吹
落葉依枝
寸心丹意
愁君未知
青渓小姑

思ひあふれて

思ひあふれて歌はざらめや
饑をおぼえて食はざらめや
たそがれひとり戸に倚り立ちて
切なく君をしたはざらめや

誰能思不歌
誰能飢不食
日冥当戸倚
惆悵底不憶

子夜

秋の滝

さわやかに目路澄むあたり
音に見えしかそけき琴は
かよひ来て夜半のまくらに
寝《い》もさせず人恋ふる子を

冷色初澄一帯烟
幽声遥瀉十糸絃
長来枕上牽情思
不使愁人半夜眠

薛濤

ともし灯の教へ

ながき夜の灯に結ぶ丁字の
燭涙となりたまるを見れば
今はた知りぬ世のことはりを
時めける人うれひしげしと

残灯を詠みて

ともし灯の
消《け》ぬがに見えて
なかなかに
帯解く間《ひま》は燃えまさりつつ

夜半灯花落
液涙満銅荷
乃知消息理
栄華憂患多

李筠

残灯猶未滅
将尽更揚輝
唯余一両焰
纔得解羅衣

沈満願

つれなき人に

風は勿《な》ほしそうす衣の
なみだに沾《ひ》ぢし袖たもと
西する雁にことづてて
つれなき人に見せましを

涙湿香羅袖
臨風不肯乾
欲憑西去雁
寄与薄情看

丁渥妻

旅びと

草まくら月は飽かなく
立ちつくし濡るる夜露に
さまよひて衣手さむく
己《し》が影は見つつかなしも

客中頻見月
貪立露華冷
徘徊斂衣袂
愁人畏見影

李筠

貧しき女の咏める

寝もやらで長き夜ごろを
梭《をさ》の音のひびきもさむき
この機のこのねり絹は
織りあげて誰が着るぞも

夜半の思ひ

しづけさを寝《い》もいね難く
虫だにもやめぬ歌あり
いかでかは思ひなからむ
語るなり　雲間の月に

夜久織未休
戞々鳴寒機
機中一疋練
終作阿誰衣
兪汝舟妻

夜静還未眠
蛩吟遽難歇
無那一片心
説向雲間月
景翩翩

骰子を咏みて身を寓するに似たり

枯れさらばうた骨の屑
これがみなさまの御心配
汚点《しみ》をつけられ申してより
はうり投げられてまづ斯様《かよう》

松か柏か

どこでどうして来やつたか
凛々しい主《ぬし》がうれひ顔
三度よぶのに知らぬふり
松か柏かきのつよい

一片微寒骨
翻成面面心
自従遭点汚
抛擲到如今
　　金陵妓

歓従何処来
端然有憂色
三喚不一応
有何比松柏
　　子夜

人に寄す

人目も草も枯れはてて
高殿さむきおばしまの
月にひとりは立ちつくし
歎きわななくものと知れ

月をうかべたる波を見て

冬の湖《うみ》月をうかべて
さざらなり寄せてよる波
心なの水とは言はじ
人恋ふるこころさながら

万木凋落苦
楼高独凭欄
綉幃良夜永
誰念怯孤寒
媼婉

寒湖浮夜月
清浅幾廻波
莫道無情水
情人当奈何
王微

霜下の草

若き命の束の間の
よろめき行くや老来《おいらく》へ
わが言の葉をうたがはば
霜に敷かるゝ草を見よ

年少当及時
蹉跎日就老
若不信儂語
但看霜下草
子夜

ひたぶるに耳傾けよ。
空みつ大和言葉に
こもらへる箜篌《くご》の音《と》ぞある。
芥川龍之介

西班牙《スペイン》犬の家

（夢見心地になることの好きな人々の為めの短篇）

フラテ（犬の名）は急に駆け出して、蹄鍜冶屋の横に折れる岐路のところで、私を待つて居る。この犬は非常に賢い犬で、私の年来の友達であるが、私の妻などは勿論大多数の人間などよりよほど賢い、と私は信じて居る。で、いつでも散歩に出る時には、きつとフラテを連れて出る。奴は時々、思ひもかけぬやうなところへ自分をつれてゆく。で近頃では私は散歩といへば、自分でどこへ行かうなどと考へずに、この犬の行く方へだまつてついて行くことに決めて居るやうなわけなのである。蹄鍜冶屋の横道は、私は未だ一度も歩かない。よし、犬の案内に任せて今日はそこを歩かう。そこで私はそこを曲る。その細い道はだらだらの坂道で、時々ひどく曲りくねつて居る。おれはその道に沿うて犬について、景色を見るでもなく、考へるでもなく、ただぼんやりと空想に耽つて歩く。時々、空を仰いで雲を見る。ひよいと道ばたの草の花が目につく。そこで私はその花を摘んで、自分の鼻の先で匂うて見る。何といふ花だか知らないがいい匂である。指で摘んでくるくるとまわし乍ら歩く。するとフラテは何かの拍子にそれを見つけて、ちよつと立とまつて、首をかしげて、私の目のなかをのぞき込む。それを欲しいといふ顔つきである。そこでその花を投げてやる。犬は地面に落ちた花を、ちよつと嗅いで見て、何だ、ビスケツトぢやなかつたのかと言ひたげである。さうして又急に駆け出す。こんな風にして私は二時間近くも歩いた。

歩いてゐるうちに我々はひどく高くへ登つたものと見える。そこはちよつとした見晴で、打開けた一面の畑の下に、遠くどこの町とも知れない町が、雲と霞との間からぼんやりと見える。しばらくそれを見て居たが、たしかに町に相違ない。それにしてもあんな方角に、あれほどの人家のある場所があるとすれば、一たい何処なのであらう。私は少し腑に落ちぬ気持がする。しかし私はこの辺一帯の地理は一向に知らないのだから、解らないのも無理ではないが。それはそれとして、さて後《うしろ》の方はと注意して見ると、そこは極くなだらかな傾斜で、遠くへ行けば行くほど低くなつて居るらしく、何でも一面の雑木林のやうである。その雑木林は可なり深いやうだ。さうしてさほど太くもない沢山の木の幹の半面を照して、正午に間もない優しい春の日ざしが、楡や樫や栗や白樺などの芽生したばかりの爽やかな葉の透間から、煙のやうに、また匂《にほひ》のやうに流れ込んで、その幹や地面やの日かげと日向との加減が、ちよつと口では言へない種類の美しさである。おれはこの雑木林の奥へ入つて行きたい気もちになつた。その林のなかは、かき別けねばならぬといふほどの深い草原でもなく、行かうと思へばわけもないからだ。

　私の友人のフラテも私と同じ考へであつたと見える。彼はうれしげにずんずんと林のなかへ這入つてゆく。私もその後に従うた。約一丁ばかり進んだかと思ふころ、犬は今までの歩き方とは違ふやうな足どりになつた。気らくな今までの漫歩の態度ではなく、織るやうないそがしさに足を動かす。鼻を前の方につき出して居る。これは何かを発見したに違ひない。兎の足あとであつたのか、それとも草のなかに鳥の巣でもあるのであらうか。あちらこちらと気せわしげに行き来するうちに、犬は其の行くべき道を発見したものらしく、真直ぐに進み初めた。私は少しばかり好奇心をもつてその後を追うて行つた。我々は時々、交尾して居たらしい梢の野鳥を駭《おどろ》かした。斯うした早足で行くこと三十分ばかりで、犬は急に立ちとまつた。同時に私は潺湲《せんくわん》たる水の音を聞きつけたやうな気がした。(一たいこの辺は泉の多い地方である)犬は耳を痟性らしく動かして二三間ひきかへして、再び地面を嗅ぐや、今度は左の方へ折れて歩み出した。思つたよりもこの林の深いのに少しおどろいた。この地方にこんな広い雑木林があらうとは考へなかつたが、この工合ではこの林は二三百町歩もあるかも知れない。犬の様子といひ、いつまでもつづく林といひ、おれは好奇心で一杯になつて来た。かうしてまた二三十分間ほど行くうちに、犬は再び立とまつた。さて、わつ、わつ！

といふ風に短く二声吠えた。その時までは、つい気がつかずに居たが、直ぐ目の前に一軒の家があるのである。それにしても多少の不思議である、こんなところに唯一つ人の住家があらうとは。それが炭焼き小屋でない以上は。

　打見たところ、この家には別に庭といふ風なものはない様子で、ただ唐突にその林のなかに雑つて居るのである。この「林のなかに雑つて居る」といふ言葉はここでは一番よくはまる。今も言つた通り私はすぐ目の前でこの家を発見したのだからして、その遠望の姿を知るわけにはいかぬ。また恐らくはこの家は、この地勢と位置とから考へて見てさほど遠くから認め得られやうとも思へない。近づいてのこの家は、別段に変つた家とも思へない。ただその家は草屋根ではあつたけれども、普通の百姓家とはちよつと趣が違ふ。といふのは、この家の窓はすべてガラス戸で西洋風な造へ方なのである。ここから入口の見えないところを見ると、我々は今多分この家の背後と側面とに対して立つて居るものと思ふ。その角のところから二方面の壁の半分づつほどを覆うたつたかづらだけが、言はゞこの家のここからの姿に多少の風情と興味とを具へしめて居る装飾で、他は一見極く質朴な、こんな林のなかにありさうな家なのである。私は初め、これはこの林の番小屋ではないかしらと思つた。それにしては少し大きすぎる。又わざわざこんな家を建てて番をしなければならぬほどの林でもない。と思ひ直してこの最初の認定を否定した。兎も角も私はこの家へ這入つて見やう。道に迷ふたものだと言つて、茶の一杯ももらつて持つて来た弁当に、我々は我々の空腹を満さう。と思つて、その家の正面だと思へる方へ歩み出した。すると今まで目の方の注意によつて忘れられて居たらしい耳の感覚が働いて、私は流れが近くにあることを知つた。さきに潺湲たる水声を耳にしたと思つたのはこの近所であつたのであらう。

正面へ廻つて見ると、そこも一面の林に面して居た、ただここへ来て一つの奇異な事には、その家の入口は、家全体のつり合から考へてひどく贅沢にも立派な石の階段が丁度四級もついて居るのであつた。その石は家の他の部分よりも、何故か古くなつて所々苔が生へて居るのである。さうしてこの正面である南側の窓の下には家の壁に沿ふて一列に、時を分たず咲くであらうと思へる紅い小さな薔薇の花が、わがもの顔に乱れ咲いて居た。それればかりではない。その薔薇の叢の下から帯のやうな幅で、きらきらと日にかがやきながら、水が流れ出て居るのである。それが一見どうしてもその家のなかから流れ出て居るとしか思へない。私の家来のフラテはこの水をさも甘さうにしたたかに飲んで居た。私は一瞥のうちにこれらのものを自分の瞳へ刻みつけた。

さて私は静に石段の上を登る。ひつそりとしたこの四辺の世界に対して、私の靴音は静寂を破るといふほどでもなく響いた。私は「おれは今、隠者か、でなければ魔法使の家を訪問して居るのだぞ」と自分自身に戯れて見た。さうして私の犬の方を見ると、彼は別段変つた風もなく、赤い舌を垂れて、尾をふつて居た。

私はこつこつと西洋風の扉を西洋風にたたいて見た。内からは何の返答もない。私はもう一ぺん同じことを繰返さねばならなかつた。内からはやつぱり返答がない。今度は声を出して案内を乞うて見た。依然、何の反響もない。留守なのかしら空家なのかしらと考へてゐるうちに私は多少不気味になつて来た。そこでそつと足音をぬすんで――これは何の為であつたかわからないが――薔薇のある方の窓のところへ立つて、そこから背のびをして内を見まわして見た。

窓にはこの家の外見とは似合しくない立派な品の、黒づんだ海老茶にところどころ青い線の見えるどつしりとした窓かけがしてあつたけれども、それは半分ほどしぼつてあつたので部屋のなかはよく見えた。珍らしい事には、この部屋の中央には、石で彫つて出来た大きな水盤があつてその高さは床の上から二尺とはないが、その真中のところからは、水が湧立つて居て、水盤のふちからは不断に水がこぼれて居る。そこで水盤には青い苔が生えて、その附近の床――これもやつぱり石であつた――は少ししめつぽく見える。そのこぼれた水が薔薇のなかからきらきら光りながら蛇のやうにぬけ出して来る水なのだらうといふことは、後で考へて見て解つた。私はこの水盤には少なからず驚いた。ちよいと異風な家だとはさきほどから気がついたものの、こんな異体の知れない仕掛まであらうとは予想出来ないからだ。そこで私の好奇心は、一層注意ぶかく家の内部を窓越しに観察し始めた。床も石である、何といふ石だか知らないが、青白いやうな石で水で湿つた部分は美しい青色であつた。それが無造作に、切出した時の自然のままの面を利用して列べてある。入口から一番奥の方の壁にこれも石で出来たファイヤプレィスがあり、その右手には棚が三段ほどあつて、何だか皿見たやうなものが積み重ねたり、列んだりして居る。それとは反対の側に――今、私がのぞいて居る南側の窓の三つあるうちの一番奥の隅の窓の下に大きな素木のままの裸の卓があつて、その上には……何があるのだか顔をぴつたりくつつけても硝子が邪魔をして覗き込めないから見られない。おや待てよ、これは勿論空家ではない、それどころか、つひ今のさきまで人が居たに相違ない。といふのはその大きな卓の片隅から、吸ひさしの煙草から出る煙の糸が非常に静かに二尺ほど真直ぐに立ちのぼつて、そこで一つゆれて、それからだんだん上へゆくほど乱れて行くのが見えるではないか。

私はこの煙を見て、今まで思ひがけぬことばかりなので、つひ忘れて居た煙草のことを思出した。そこで自分も一本を出して火をつけた。それからどうかしてこの家のなかへ入つて見たいといふ好奇心がどうもおさへ切れなくなつた。さてつくづく考へるうちに、私は決心をした。この家の中へ入つて行かう。留守中でもいい這入つてやらう、若し主人が帰つて来たならばおれは正直にそのわけを話すのだ。こんな変つた生活をして居る人なのだから、さう話せば何とも言ふまい。反つて歓迎してくれないとも限らぬ。それには今まで荷厄介にして居たこの絵具箱が、おれの泥棒ではないといふ証人として役立つであらう。私は虫のいいことを考へて斯う決心した。そこでもう一度入口の階段を上つて、念のため声をかけてそつと扉をあけた。扉には別に錠も下りては居なかつたから。

私は入つて行くといきなり二足三足あとずざりした。何故かといふに入口に近い窓の日向に真黒な西班牙犬が居るではないか。顎《あご》を床にくつつけて、丸くなつて居眠して居た奴が、私の入るのを見て狡さうにそつと目を開けて、のつそり起上つたからである。

これを見た私の犬のフラテは、うなりながらその犬の方へ進んで行つた。そこで両方しばらくうなりつづけたが、この西班牙犬は案外柔和な奴と見えて、両方で鼻面を嗅ぎ合つてから、向から尾を振り始めた。そこで私の犬も尾をふり出した。さて西班牙犬は再びもとの床の上へ身を横へた。私の犬もすぐその傍へ同じやうに横になつた。見知らない同性同士の犬と犬とのかうした和解はなか〳〵得難いものである。これは私の犬が温良なのにも因るが主として向うの犬の寛大を賞讃しなければなるまい。そこでおれは安心して入つて行つた。この西班牙犬はこの種の犬としては可なり大きな体で、例のこの種特有の房々した毛のある大きな尾をくるりと尻の上に巻上げたところはなか〳〵立派である。しかし毛の艶《つや》や、顔の表情から推して見て、大分老犬であるといふことは、犬のことを少しばかり知つて居る私には推察出来た。私は彼の方へ接近して行つて、この当座の主人である彼に会釈するために、敬意を表するために彼の頭を愛撫した。一体犬といふものは、人間がいぢめ抜いた野良犬でない限りは、淋しいところに居る犬ほど人を懐しがるもので、見ず知らずの人でも親切な人には決して怪我をさせるものではない事を、経験の上から私は信じて居る。それに彼等には必然的な本能があつて、犬好きと犬をいぢめる人とは直ぐ見わけるものだ。私の考は間違ではなかつた。西班牙犬はよろこんで私の手のひらを甜めた。

それにしても一体、この家の主人といふのは何者なのであらう。何処へ行つたのであらう。直ぐ帰るだらうか知ら。入つて見るとさすがに気が咎めた。それで入つたことは入つたが、私はしばらくはあの石の大きな水盤のところで佇立《ちよりつ》したまゝで居た。その水盤はやつぱり外から見た通りで、高さは膝まで位しかなかつた。ふちの厚さは二寸位で、そのふちへもつてつて、また細い溝が三方にある。こぼれる水はそこを流れて、水盤の外がわをつたうてこぼれて仕舞ふのである。成程、斯うした地勢では、斯うした水の引き方も可能なわけである。この家では必ずこれを日常の飲み水にして居るのではなからうか。どうもたゞの装飾ではないと思ふ。

一体この家はこの部屋一つきりで何もかもの部屋を兼ねて居るやうだ。椅子が皆で一つ……二つ……三つきりしかない。水盤の傍と、ファイヤプレィスとそれに卓に面してと各一つづゝ。何れもたゞ腰を掛けられるといふだけに造られて、別に手のこんだところはどこにも無い。見廻して居るうちに私はだん〴〵と大胆になつて来た。気がつくとこの静かな家の脈搏のやうに時計が分秒を刻む音がして居る。どこに時計があるのであらう。濃い樺色の壁にはどこにも無い。あゝあれだ、あの例の大きな机の卓の上の置時計だ。私はこの家の今の主人と見るべき西班牙犬に少し遠慮しながら、卓の方へ歩いて行つた。

卓の片隅には果して、窓の外から見たとほり、今では白く燃えつくした煙草が一本あつた。

時計は文字板の上に絵が描いてあつて、その玩具のやうな趣向がいかにもこの部屋の半野蛮な様子に対照をして居る。文字板の上には一人の貴婦人と、一人の紳士と、それにもう一人の男が居て、その男は一秒間に一度づゝこの紳士の左の靴をみがくわけなのである。馬鹿々々しいけれどもその絵が面白かつた。その貴婦人の襞の多い笹べりのついた大きな裾を地に曳いた具合や、シルクハットの紳士の頰髯の様式などは、外国の風俗を知らない私の目にももう半世紀も時代がついて見える。さて可哀想なはこの靴磨きだ。彼はこの平静な家のなかの、その又なかの小さな別世界で夜も昼も斯うして一つの靴ばかり磨いて居るのだ。おれは見て居るうちにこの単調な不断の動作に、自分の肩が凝つて来るのを感ずる。それで時計の示す時間は一時十五分――これは一時間も遅れて居さうだつた。机には塵まみれに本が五六十冊積上げてあつて、別に四五冊ちらばつて居た。何でも絵の本か、建築のかそれとも地図と言ひたい様子の大冊な本ばかりだつた。表題を見たらば、独逸語らしく私には読めなかつた。その壁のところに、原色刷の海の額がかゝつて居る、見たことのある絵だが、こん色はヰスラアではないか知ら……私はこの額がこゝにあるのを賛成した。でも人間がこんな山中に居れば、絵でも見て居なければ世界に海のある事などは忘れて仕舞ふかも知れないではないか。

私は帰らうと思つた、この家の主人には何れまた会ひに来るとして。それでも人の居ないうちに入込んで、人の居ないうちに帰るのは何だか気になつた。そこで一層のこと主人の帰宅を待たうといふ気にもなる。それで水盤から水の湧立つのを見ながら、一服吸ひつけた。さうして私はその湧き立つ水をしばらく見つめて居た。かうして一心にそれを見つづけて居ると、何だか遠くの音楽に聞き入つて入るやうな心持がする。うつとりとなる。ひよつとするとこの不断にたぎり出る水の底から、ほんとうに音楽が聞えて来たのかも知れない。あんな不思議な家のことだから。何しろこの家の主人といふのはよほど変者《かはりもの》に相違ない。……待てよおれは、リップ・ヴンヰンクルではないか知ら。……帰つて見ると妻は婆になつて居る。……ひよつとこの林を出て、「K村はどこでしたかね」と百姓に尋ねると、「え？　K村そんなところはこの辺にありませんぜ」と言はれさうだぞ。さう思ふと私はふと早く家へ帰つて見やうと、変な気持になつた。そこで私は扉口のところへ歩いて行つて、口笛でフラテを呼ぶ。今まで一挙一動を注視して居たやうな気のするあの西班牙犬はぢつと私の帰るところを見送つて居る。私は怖れた。この犬は今までは柔和に見せかけて置いて、帰ると見てわつと後から咬みつきはしないだらうか。私は西班牙犬に注意しながら、フラテの出て来るのを待兼ねて、大急ぎで扉を閉めて出た。

さて、帰りがけにもう一ぺん家の内部を見てやらうと、背のびをして窓から覗き込むと例の真黒な西班牙犬はのつそりと起き上つて、さて大机の方へ歩きながら、おれの居るのには気がつかないのか、

「あゝ、今日は妙な奴に駭かされた。」

と、人間の声で言つたやうな気がした。はてな、と思つて居ると、よく犬がするやうにあくびをしたかと思ふと、私の瞬きした間に、奴は五十恰好の眼鏡をかけた黒服の中老人になり大机の前の椅子によりかゝつたまゝ、悠然と口には未だ火をつけぬ煙草をくわへて、あの大形の本の一冊を開いて頁をくつて居るのであつた。

ぽか〳〵とほんとうに温い春の日の午後である。ひつそりとした山の雑木原のなかである。

窓展く

電車通りから四五間奥まつた路次に、鳥籠のやうな格好の揃ひの家が七八軒一廓をしてゐる。私の家はその一廓のうちで表に一番近いところにある。それでなくつてさへ小つぽけな貸家の、ましてや街の中のことだから、庭などといふもののあらう筈はない。でも、申しわけだけに裏に三坪程あるにはある。しかし、そこは、さる高貴な人のお邸に接してゐて、高い煉瓦塀で、ところがその煉瓦塀だけでもまた不充分と見えてその上へもつて来てトタン塀をもう一層高くつぎ足して築いて、完全に日光を私の庭から遮つてゐる。おかげで立枯れになつてしまつた躑躅《つつじ》が二本、それにこれもやはり枯れ木の柘榴《ざくろ》が一本。躑躅の方はひつこ抜いて、そこの片隅へ隠して置いたが、柘榴は厄介なことに、ちよつとした大木なものだから、どうにも仕方がない。手軽に抜き取る事もならず、抜いたにしたところが、それの捨場所もない。どこかへ持ち出さうにも、この家の両脇はぴつしり隣家へくつついて、人ひとりがどうやら辛うじてといふほどの、空地とも呼べない空地なのだから、こんな枝を張つた木などは五十片《きれ》にでも切り刻まなけや、外へ運び出せもしない。もともと腰かけに住んでゐるのではあり、それ程の面倒をするがものもないので、木は枯れたままで立つてゐる。その枯木がまた、表を自動車でも疾走する度にひどくふるへる。それが例の煉瓦塀の上のトタン塀へ小枝が触れてゐるものだから、ガタン〳〵業々しい音を立てる。家の小屋組は地震ですつかりゆるんでしまつたところへこの物音だから、知らない客はまた地震かと目を見据へるほどである。かういふ困つた木のほかには、家主が縁日ででも仕入れて植えたらしいつまらない灌木がそれでも、不思議に枯れもせずにゐる。これが色も香もない私のところの庭である。私は時々故郷の田園の広い庭を思ひ出して、自分の都会での居住を、屢々《しば》自ら呪ふことがある。ついでに一般の都会居住者をも憐れむのである。……

現在、この家に住んでゐるのが四人——でも、ひとりに四畳以上の広さを占めることが出来る。

その人々とは第一が私。

それからA。

それからR。

それからT。

最後の人物だけはちよつと紹介するが、これは私の内縁の妻である。半年ほど前からこの家にゐる。で、大たいに於て私は幸福だと言つていい。即ち、平凡にもの事が運んでゐるの謂である。

そこでつひこの間のことであつたが、――さう、まだ十日とは経つまい。或る雨あがりの美しい朝であつた。楊子をつかひながら見てゐると、三坪ほどの空地を掃くためにRは、庭箒と埃とりを持つて、雪隠のうらへ出た……

「や！　どうもすみません。あとで掃除をします」

突然、さう言つたのは、脊中合せになつてゐる豆腐屋のおやぢだつた。それが思ひがけないところから首を出してゐたのだ。おや！　妙なところへ穴をあけやがつたな。私もその時始めて気が付いた。それは私の家の雪隠の窓と向ひ合つて、豆腐屋では一つの新らしい窓を設けたのである。いや、まだ出来上つてはゐない。出来上りつつあつた。大工も何もない、ただ男がふたりで、鋸をゴシ〳〵操りながら家の脊中へ無雑作に、穴をあけたのである。大きさはまづ二尺平方だつた。朝寝坊な私の家でまだ気づかないうちに、大部分の仕事は已に終つてゐて、細部を工夫してゐるところだつた。

私は豆腐屋の言葉には返事もせずに部屋へかへつた。言葉数の少いRも何一つ答へた様子はなかつた。

「今、ものを言つたのはうちへ言つたのぢやなかつたの?」Tがさう尋ねた。

「さうだよ」

「なぜなんとか返事をなさらないの?」


私はこの窓が気に入らなかつた。それや、自分の家の脊中へ自分で穴をあけるのは、こちらで文句はないが、私の家の雪隠とあまり近いからだ。彼の家と私の家との間はほんの二尺とはない。私の雪隠の窓から手を出せば、彼の窓に手がとどくどころではない。手は窓をとほして彼の家の空気をつかむことさへ出来るのだ。――それよりも私はもともとこの豆腐屋を甚だ憎んでゐる。彼は、私の家から彼の屋根へ唾をするとか、ものを投げたとか、さては自分の家の脊中で埃を燃したりして貰つては、ここにはいい布団が納つてあるから燻ぶるとか、さういふ抗議を持つて家主へ私の家を排斥に行つたことがある。彼の屋根が汚くなることも本当ではあるし、埃を燃したので誤つて彼の家の板が少しこげたことも事実である。そのころ何しろ男ばかりの家でだらしなくはしてあつた。しかし私の家の誰もわざ〳〵そのやうなことをしたことはないのである。私の家の二階の窓から何げなくやることが、みんな彼の家の屋根に落ちかかる。問題は家があんまり接近してゐることだ。なるほどまた、そんな市中で火を燃

しては悪いとは云へ、たかが埃《ごみ》でせいぜい煙草の吸殻が蓄つて汚いからといふぐらいのことだ。それを直接私の方へ注意をすることか、わざ〳〵家主へ言つて行く程のものはないのである。しかし言はれてみればこちらが悪いのだからあやまつては置いた。しかしこちらから喧嘩をするつもりなら、彼と同じぐらゐな言ひ分はあつたのだ。雨がふると彼の家の物置きの屋根のしぶきが私の家の廊下へはげしく飛沫をあびせかけて、そこを開けては置けない。それは向ふの屋根が遠慮もなくこちらへ突き出して来てゐるからだ。また火を使ふ商買である彼の家の煙突が非常に低くつて、風の工合でその煙が私の二階へ吹き込む。煙だけではない、その低い煙突のところへ鉋屑や紙屑を放り込むと見えて、その燃料の形をして火の子が盛んに舞ひ込む。夏のうち、白い干しものでもしてゐると、その為めに汚れるほどである。それだけの低さの煙突ならば、きつと石炭を燃す筈で許可されてゐるに相違ない。だが、近所合壁で一々そんなことを言ひ合つてゐては仕方がない。私たちはただ相手が自分の受ける不快だけ知つてゐて、自分の与へる不快を一向気づかない虫のよさを苦笑してすましてゐた。

それだけならば何でもなかつたのだが、この春のころの事である。私は或る家から小犬を預けられた――転居するに就て今度の家は新築で、隣家との間にまだ垣根が出来てゐない。直ぐに垣根をこしらへるからほんのしばらく預れといふのであつた。（私の犬好きは有名だつた。）それはまだ二ケ月とは経たない小犬だつたので直に私の家に馴れた。それが或る朝見えなくなつたのだ。捜すと、近所の子供の話に、犬は豆腐やのおやぢに殺されてどこかへ持つて行かれたといふのである。理由は、小犬が豆腐やのひとり子にぢやれついて子供は大きな声で泣いたのださうである。もう少し大きな子供の見聞では、おやぢがいきなり出て来て、鑑札も何もない奴だから殺してもいいのだ。狂犬かもしれないぞと言ひ乍ら太い鉄の棒で頭を打ち据えた。小犬はその場でクルッと一まはりするとそのまま打倒れた。そいつを豆腐やはつまみ上げて行つて、大通の泥溝《どろどぶ》のなかへほほり込んだといふのである。そこへまたもうひとり別に近所のそばやの小僧が来て、犬はまだ死んではゐない。溝のなかでもがいてゐたのを小僧自身拾ひ上げて、泥だらけだつたから水をかけて洗つてやつて来たと知らしてくれた。飯たきを頼んでゐた婆やが、その事をまだ寝てゐる私に報告に来て、その瀕死の小犬を一たいどうしようかと相談をした。仕方がない、放つて置かう。死にさうになつてゐるのを動かすのも悪いし、それよりはそんなに苦しんでゐる者を見たくない。その代り死んでしまつたら、おれが自分で行つて豆腐やの店さきへ投り込んでくれるからと言ひながら、私は起き直つた。婆やは自分のせゐのやうに詫びて、庭から外へ出さないやうに注意してゐたのだつたのに、犬は自分で出たのだと言つた。また、尤も豆腐やは二三日来業を煮してゐたかも知れない——犬は与へてやつた寝床を寒がつて、豆腐やの床下へもぐつてそこに寝てゐた。時々鼻をならすものだから豆腐やでもうるさいと思つてゐた折からだつたのだらうとも言つた。婆や自身もうるさがつてゐたらしい口吻が私を一さう不機嫌にした。窓の外はじめじめした春雨であつた。私は豆腐屋のトタン屋根へ唉を吐つかけてやつた。さうしてこんなせせつ込ましいところへ犬なんど預けに来た人間まで腹立たしくなつて来た。

通には死にかかつてゐる小犬を見るために人だかりがしてゐた。とさう来客のひとりが話した。それや私の家の犬だ。まだ死なないでゐるのかと問ふと、八分どほりは死んでゐたといふ事であつた。そのうちに私の家の前がどや〱と騒がしくなつて、近所の子供たちがうちの婆やを口々に呼びかけた――おばさん。犬が来たよ。おばさん。犬が来たよ。

よろめいて辛じて歩いてゐた。一心に地面を嗅ぎながら、目はつり上つて、呼んだけれども瞳を動すことさへも出来ないらしかつた。不憫を感ずる前に物凄かつた。頭は腫上つて、ぐつしよりと泥に濡れた体は板のやうにつぶれてしまつてゐた。まだ朝飯もやつてなかつたのである。食物を与へたがもとより見むきもしなかつた。二日間、小犬は水さへ飲まなかつた。しかし回復した。私は喜びながら四這ひになつてよろめいて帰つて来た犬の真似をして皆を笑はせた。興に乗じて、私は独白で犬の心理描写を試みた――……俺はひよつとすると今死ぬかも知れない。……俺のまはりのこの人だかりは俺を見物に来てゐるのだな。……それにしてもここはどこだらう。さうだ。

ここはどこかの道ばたぢやないか。――俺は道ばたで死なうとしてゐる。みんなは俺を宿なしの野良犬だと思ひ込んでゐるに違ひないが、俺はそんな者ではない。ちやんとした家がある。家の人たちは俺の事を案じてゐるだらうな。然うだ。ここでこのまま死んだのでは俺は死恥を曝すのだ。……ともかくも俺はどうにかして吾が家へ帰らなけやならない。これがこの際の急務だ。……そこで、犬を真似て倒れてゐた私は、よろめきながら立つて――……それにしても俺の家は一たいどの方角だつたらう。――犬の私は目を引きつらせて鼻を畳にすりつけてふら〳〵と歩き出した……

すべてはTがまだこの家へ来る以前のことであつたから、彼女は私が豆腐屋を憎んで口も利かない理由は知らなかつたのだ。実際、私は諸君が冷静に考へるより案外この豆腐屋を憎んでゐるのだ。最初はただ身勝手な男とばかり思つてゐたのを、その後「花を愛するものは詩人だ。動物を愛するものは善人だ」といふ私の箴言によつて、私は豆腐屋を悪人の仲間へ入れてしまつた。又、鑑札を受けてゐないから殺してもいいといふ彼の正義観がへんに私に気に入らなかつた。私の家では彼から豆腐を買はない事にした。尤も豆腐を私はあまり好きではない。ところでこの男が私の家の便所や庭(といふのも、前述のとほり滑稽だが)を唯一の眺望として勝手に窓をつくる。そ

れから、いやどうも済みませんなどと、自分の都合の悪い時にはなまなか温和さうに人並の口を利くのだ。そんな男に返事をする口は私は持たない。私は身分によつて人を侮蔑した覚えは一度もないだけに、相手を高が豆腐屋のおやぢとは思へないで、その厚かましさを憎むのである。そのくせ私は当の豆腐屋のおやぢの顔は別に見覚えてもゐない程である。この種の私の偏窟は実におとなげなくをかしいものであることを私は自分で気がつく。どうも、をかしくつても仕方がない。

ともかくも、私は豆腐屋には返答をしなかつた。私のつもりでは、豆腐屋がそこへ窓を設けたことを、私が認めないのである。

窓と窓とはこのやうに向ひ合つて、私の家の便所からは隣の一室は見とほしになつた。先方でそんなへんなところへ勝手に窓をこしらへたのを、何もこちらで遠慮をしてやることはないといふので、私は敢て私の便所の窓をしめてやらない。先方ではガラスに紙を張つたものを嵌込むやうにこしらへてゐるのに、何故かそれを開放してある。かうして私の便所の窓も亦、一つの展望を持つことになつた。

その部屋といふのは、離れ座敷で——座敷といふのもをかしいが、ともかくも一つの独立した屋根の下にある。そのトタン屋根は前に私たちがそこを汚くするといふので抗議されたところだし、その床の下は例の小犬がもぐつて行つたところなのだ。屋根の大きさから判断すると六畳ほどある。しかし、便所の窓から見えるところによると押入れがあるやうだから四畳半だらう。そこにひとりの男が世帯を持つてゐる。どうも新らしくそこへ住む事になつたらしい。豆腐屋が部屋貸しをしたのだらう。さうしてあまり薄暗いとでもいふので、あんなところへ窓をきつたらしい。この同居人——私にとつて新らしい隣人は三十すぎの男だつた。それ以上には、どんな顔の、何をする男だらうといふ程な興味すらも私には持てなかつた。ただその新らしい窓に対する敵意もどうやら薄らいだ。豆腐屋のおやぢなら、もし間違つて紙屑一片でも投げたら吐鳴りつけてやらうぐらいの気持は、この窓に対してもう無かつた……

「男やもめに何とかと言ふけれども、一たいどんなことをして暮してゐるのでせうねえ」女には多少の興味があるらしくTはそんなことを言つてゐたけれども、その後、話題にならなかつたところを見ると面白い発見も別になかつたらしい。それが、一昨晩のことだつた——

客があつてみんな二階にゐた。不意にTが下から呼んだ。

「Aさん！　Rさん！　おりて来てごらんなさい。珍らしいものがあるんだから」

何か常談らしいのだが、その声がほんとうだつたからAもRも下りて行つた。それから梯子段のところで何か話し合つてゐる。客といふのは極く親しい人ではあり、私も何かと思つて客をほり放しにして下りて行つてみた。Tは梯子段の中ほどにゐて、例の窓の方を指しながら性急に囁いた——

「いま、お嫁さんが来たんですよ。——え、お嫁入りですよ。周旋屋がつれて来たの。周旋は両方から十五円づつとるのですね。金を受取つてゐたわよ。それから里がへりがどうのなんて、いろんなことを言つてゐるのが聞えたわ……」つまらない事を発見して来てTは子供のやうに珍しがつて喜んでゐる「気の早い。もう丸髷を結つて来てゐるのよ。ちよつと覗いてごらんなさい。」

私もちよつとした興味に駆られて覗いて来てみた。なるほど丸髷の女二十五六のがひとり窓の正面に見える。しかし私はそれ以上に覗き込むほどの好奇心もなかつた。ただ、こんなところから、こんな結婚式を見ることが一種奇妙にをかしかつた。ユーモラスといふことの正当な意味はかうででもあらうかと思へる。聞けば隣人はともかくも羽織にセルの袴をちやんと着用してゐるさうである。真面目なめでたい結婚に相違ないのだ。その花婿に周旋屋が「お前さんもまあそのうち、それや一週間後でも半年後でもいい、懐の都合もあるだらうから工面のいい時に、一つ花嫁の実家へ二人づれで行つて安心もし安心もさせたがよからう」といふやうなことを云ひながら、十五円受取つてゐたさうだ。外にも三四人ぐらひの人がゐると見えて、酒気を帯びた談笑の声が手にとるやうに聞えて来た。

「さう〳〵」とTが思ひ出したらしく言つた「さう言へば、きのうお友達らしい人が来て話をしてゐたのはやつぱりお嫁さんの事だつたのね。十八九のがひとり、外にももうひとりあるがそれは少し年をとつてゐる。二十六七だから、若い方がいいだらう。
とさう言つてゐたが、年とつた方がよかつたと見えるわね。帰りぎわにそのお友達の
やうな人が、財布でも開けて云つたのでせう——つまらないな、一銭銅貨一つだつて
ありやしないといふと、だからさ、飯ぐらひ食つて行けよ——と隣の人が言つてゐて
よ。あれ新潟の人ぢやないか知ら。そんな言葉つきだけれど。」
するとR無口のRが言つた「今、考へるとおとつひも面白いことがあつたのです——
やつぱりそのきのふの友達かも知れない。ふたりでね、自由結婚論をしてゐたつけが」
「ふむ？　どんな自由結婚論をね？」
「いや、何どもない、たゞ、男は三十以上、女なら二十五以上、勝手に結婚すること
が法律上いいといふやうなことだけですけれどね」
「どんな男だい、俺はよく見ないが」
「さあね。わからないわ。髪を分けて眼鏡をかけて。ニコ〳〵がすりの単衣などを着
て、何を商売にする人だか知らないが、夜なべに袋はりなど内職してゐたわ。きつと
お嫁さんを貰ふのでかせいでゐたんでせう。箪笥見たやうなものもあるし、鼠入らず
なども買つて来てありますよ」

隣の談笑は十一時半ごろまでつづいた。私たちもそのころまで隣の噂をした。それ
ぞれ寝に就かうといふので便所へ入ると、又新らしい発見をした。それは手まはしの

いい丸髷の花嫁と思つたのは間違ひで、あれはいづれ世話をした友達の女房か何からしくもう帰つてしまつてゐて、その代りにはやはり昨日の話のとほり若い十七八の島田髷がひとり残つてゐたさうである。――これもやつぱりTの発見である――「ガスの着物にメリンスの帯で島田だけはでも結び立てよ」私はまた私で誰も見なかつたけれど男の声だけを聞いた。それは何のことだかは知れないけれども「正直にやつてさへすればね」といふ一言だけだつた。

寝る前に二階の窓から首を出してみると十三夜のこの上なく静かな月夜だつた。そのせゐもあるだらう、私は「正直にやつてさへすればね」と言つた新夫婦を祝福する好い隣人の心を持つてゐた。

次の日の朝になつて、――つまり昨日の朝だが、私は多少の好奇心を持つてそつと隣をうかがつて見た。男は窓の方をうしろにしてもつと明るい方に机に向つてゐた――そこに机があつたことは、少し意外だつた。男はその机によつて手紙を書いてゐるらしい。すでに書き上げたのが五六通ばかりもそのうしろに置いてある。女は？　少しのび上つて注意してみると男のうしろに、お尻を向けあつて畳の上へこごみ込んでゐる。さういふ新境界に於かれた男女の自然な状態として単にてれてゐるのだといふやうにも思へるし、また妙に不安のある静かさのやうにもある。何か気に入らない事があつたのぢやないかなと、人ごとながら少し気がかりだつた。朝飯を了つてそれから新聞をのこりなく見てから、私は唾をはくために庭の方へ首を差延べた。さうして何気なくその方を見ると、あの小窓はここからも見えるので、そこへ深く肘をかけた女がぢつと俯向いたまま私のすさまじい庭の土を見つめてゐる。この朝はその前夜のよい月夜にくらべて思ひがけない雨だから、そのやうな様子をしてゐる女が少し陰気すぎていけない。

それでも、そのうちに、私は隣から洩れたごく低い笑ひ声を一度聞いた。

今日は昨日よりもよけいに話声がするではないか。

今も笑ひ声が聞える。又、鋸の音のやうなのがしてゐるが、今度はもう窓を展くのではあるまい。恐らくは閉すのであらうか——工合の思はしくなかつた障子をもう一度細工しなほして。それがいい。私たちはもう覗かないつもりだけれども、それでも、もう秋冷を覚えるではないか。

「秋ふかき隣は何をする人ぞ」

F・O・U

一名「おれもさう思ふ」

彼は立ちあがり際に、もう一度、マドレエヌ寺院の大円柱の列と大階段と、またその側の花市場とに、影と日向とが美しく排列してゐるのを一目に見渡してから、旗亭ラリユウから出た。すると、表口に、素晴らしい総ニツケルの自動車が、彼の哀れなシトレインのそばに乗り捨ててあるのを見出した。

さつきまでは無かつた車だ。目のさめるやうなロオルス・ロイス号であつた。形は何といふか未だ一度も見たこともない。どこもかしこもキラ〳〵と耀いてゐる。彼はそれへ乗つて見たいと思つた。そこで彼は乗つた。それから把手をとつて、車の向いてゐる方向へ進めた。

車は自づとリユウ・ロワイヤアルの人ごみへ出た。コンコルド広場の方尖塔《オベリスク》を右へまはるともうシヤンゼリゼだつた。ロオルス・ロイスは少しも動揺しなかつた。そればかりかちつとも音がしなかつた。彼はもつと音のたつほど勢よくやつた。しかし、車は更に音を発しなかつた。気がついて見るとタコメータアは百二十キロメートルを示してゐたので、彼は驚いて、速力をゆるめた。そんなことをしてゐるうちに凱旋門《エトワアル》はもう通り過ぎて、ボア・ド・ブウロオニユへ来てゐた。しかし、この公園へ来てからロオルス・ロイスはどこか機嫌が悪いやうに思へた。そこで彼は車をとめて下りてみた。

機械をあけて彼が見てゐると、そばに一人のニツカボツカをはいた十二ぐらゐの少年が見物してゐた。腹を突き出して、両方の腰骨のところへ両手の甲をくつつけて腕を花瓶の把手のやうな恰好に曲げ、実に仔細げな様子で立つてゐるところは、見るからガマン・ド・パリの見本だつた。

＊　＊　＊　＊　＊　＊

ガマン・ド・パリ（Gamin de Paris）といふのは、全く一種の人種なのだ。ガマンといふのは「往来を己の家として遊ぶ悪童」などといふ説明は全く当らない。言はゞ彼等は近代のエルフなのだ。子供でありながら全く大人と同じような智慧を持つてゐる。言葉を持つてゐる。さうして大人と同じやうな行為をする。重に悪い方の事ばかりである。彼等はたとへば、見すぼらしい散歩者を見つける。ぢつとその行く手へ立ちふさがる。さうして相手の服装を見上げ見下す。もう一ぺん下から見上げて行つて、相手の顔のところへはたと彼の瞳をとめると思ふと、「ねえ、君。春だよ、日曜日だよ。君は若いんだね。散歩だね」

さう言つて再び相手の泥靴と古帽子とに一瞥をくれると、ゆつくり立去るのだ。そんなことばかりしてゐればそれもよいが、時々には大それた事を仕出かす。現にごく近ごろなども十三になる子供が二人の手下と、もうひとり彼の情婦（十三で情婦を持つてゐるのだ）とを手伝はせて、金持ちの婆さんを殺した。下手人が彼等だとわかつてゐても、どうしても捉まらない。非常なサンサシヨンを起して、それでもよほど日がたつてマルセイユで捕縛された。怖ろしい早熟な精神的畸形児なので、彼等が大人の悪党と違つてゐるところは、もつと生々とした機智を持つてゐて、もつと魅力的な点だけなのだ。かういふ人種はパリのやうな不思議な都市でなければ生れないし、さういふものが生れるに就ては決して無視出来ない社会学上の題目として、ガマン・ド・パリといふ名称があり、それを研究した大冊子さへある程なのである。

ロオルス・ロイスの機械を直してゐる彼を見物してゐた子供も、さういふ連中のひとりであつたらしい。

突然言つたのだ——

「君、その車は君のかね」

　彼は驚いて子供を見上げた。それから彼の独特の笑顔を見せながら答へた――

「なあに、おれのではないよ。ラリユウの前におれの車の横にあつたから、おれは乗りたくなつて乗つて来たのだ」

「なるほどな」とガマンが言つた「だが、それはどうも、もとの持主に返した方がよささうだねえ」

「あ！　おれもさう思ふ」

　彼はさう答へてから、急に気がついて、ともかくも動くロオルス・ロイスに乗るといそいでラリユウへ引かへした。

　そこの表口にはひとりの紳士がきよろ〳〵してゐた。さうして光りながら飛んで来るロオルス・ロイスを見ると、うれしさで思はず両手を上げて叫んだ――

「来た！　来た！　帰つて来た」

「え、行つて来ましたよ」

　停つた車のなかゝらは、彼が、
　と言ひながら、例の彼特有の笑顔をして車を出て来た。

「君は一たいどこまで行つたのです」

「公園まで。ボア・ド・ブウロオニユまで」

「僕は心配してゐた」と持主は言つた。しかし相手の美しい笑顔を見ると慍《おこ》る気持などは消えた。さうして言ひ直した。

「それはよかつた」

「が、困つた事にはどこかにちよつとした故障が出来たのです」

「どれ〳〵」と言つて彼等はしやがんで見た。

「なあに、仕方がない。何でもない事だ」

持主は却つて彼を慰めるやうな口調で言ひながら、車に乗つた。辷《すべ》つて行くロオルス・ロイスを見送りながら彼は「何といふいい車だらう」とさも感に堪えたやうにひとり言を云つた。それから自分の車に乗らうとすると、旗亭の支配人が出て来て彼に話しかけた。その時つか〳〵と来て、彼の腕をとつた人があると思つたら、それは警官だつた――

「ちよつと、お話をいたしませう」

警察署へ行つてからも彼はいつもにこ〳〵してゐた。それから表には
M. Marqi Icino
とあり、裏かへせば
石野牧雄
といふ形の字のある名刺を渡した。彼は彼等の前で、その日の昼飯後に起つた心持

と事実とをすつかり話した。

署長は暫くして
「あなたは誰かこの都会で知り人がありますか」

と尋ねた。

「日本人なら誰でも」

と彼は答へた。

「では、仏蘭西人では？　ありませんか」

と署長が重ねて尋ねた。

「あります」と彼は答へた「フロオランス・ド・タルマです」

「その貴婦人は何処にゐますか」

「モンパルナスのリユウ・ダレジアの……」

彼は答へかけて胴忘れをしてゐたので、手帳を出して、それを控へてあるところを出してみせた。

フロオランス・ド・タルマは呼ばれたと見える。彼女はほどなくそれへ来た。さうして来るなり、彼を見て、

「おゝ！　マキ！」

と呼んだ。

「あなたは、」と署長はフロオランス・ド・タルマと呼ばれた女をよく見ながら言つた「この若い東洋の紳士を知つてゐるのですか」

「え！　知つてゐますとも。どうしてです」

「あなたはどうして知つてゐるの」

「それは」とフロオランスは美しい流眄《ながしめ》を先づ署長に見せそれから、マキの方へ同じ瞳を向けて、ぢつとマキを見ながら「だつて、わたしの可愛いマキですもの」

彼女は言つてしまつてから、目を落して彼女の手をついてゐた卓子を見ながら、その塵まみれの卓へ大きく

ＦＯＵ

と、三字書いた。それから手巾を出して細い指さきをふきながら言つた——
「音なしいマキが一たいどうしたといふのです」
彼女は片目を細くして片えくぼで笑つた。この小意気な女の様子を見た署長は、彼女が自分の体でかくしてこつそり塵の上へ書いた文字を、頷きながら読んだ—— fou《フウ》
（狂人）

＊　＊　＊　＊　＊　＊

「あなたはいつこの国へ御出でになつたのです」

「ほんの未だ一年ばかりにしかなりません」

「ほう、それにしては何と流暢にお話なさることでせう。……時に、失礼なことを伺ひますが、あなたは、以前、どこかで、御国ででもこちらででも、誰かから、ええ、精神的に人と違つた、つまり異常ですな、そんなことがあるやうに言はれたことでもありましたか」

フロオランス・ド・タルマといふ女を帰してしまつてから後、イシノの日本人の友達センキチ・イナガキを呼ぶ間に、署長と彼とはかういふ風に問答を始めた。イシノは例によつていつも柔和に笑つてゐた。彼は答へた――

「人々は私のことを時々さう言ひます。一たい私は日本人だかどうだか自分で疑はしいのです。私は考へるのに私たち――私の一家族はきつと、日本へお客に来てゐるのです。さうしてあまり永居をして嫌はれてゐるのです。また私たちも習慣の違つたところで迷惑をしてゐるのです。私たちは多分、支那人――そこが盛んであつた唐の時分か何かの支那人なのでせう。そのしるしには、私はかうやつて（と言ひながら彼は、自分の一枚の掌を鼻の前へ、恰も顔を竪に二等分するやうに立てた）星を見る。片方の目では星が犬に見え、別の片方では同じその星が狩夫《かりうど》に見えるのです――これはたしかに、私が支那人である証拠だと言つたのです。すると、私たちの家族は私を発狂したと言つたのです。日本の政府では私が日本国民であることを嫌つてゐるやうに誤解したと見えるのです。一隊の軍人を差向けて私を捕縛しに来たものです。私はそれですつかり頭の毛を剃つてしまつて、その上にも変装して逃げまはつたのです。私は伝統的に意味もなく嫌悪され軽蔑されてゐる或る部落の家の壁と壁との間で二日匿れてゐました。私は人に賤しめられ軽んぜられてゐる人々は、かへつて親切なものだといふことを知つてゐたからです。それでも私はたうとう、つかまつたのです。尤も、それは軍隊にではない。私の兄にですが。兄は私にしばらく病院へ行くやうに勧めその病院は治外法権だと兄は説明してくれました。しかし私は間もなく病院がいやになつたのです。病院でも私に居る必要がないと言つたのです。病院から出た私は、しかし、いつまでも不安でした、私は多分殺されるだらうと思つたのです。私の伯父も殺されたのです——非戦論を説いてゐる時に、礫が額へ飛んで来たからです。私は兄に説いて、我々はもう日本の土地に客になつてゐることはやめて、フランスへ行かうと勧めてみたのです。兄は同意しませんでしたが、私だけここへ来ることに賛成しました。私は兄を愛してゐます。それにフランスならもつと愛してゐます。そこにはフロオランスがゐるし、また今日は私に好いロオルス・ロイスを黙つて乗ることを宥してくれた好い紳士があるし、子供は私に最もいい忠言をしてくれたのです——それはどうも、もとの持主に返した方がよささうだねえと賢い事を教へてくれたものです……」

イナガキが来た時、署長はイシノを顧みながらイナガキに言つた。

「あなたの友人は、しばらくの間、我々が指定する病院へ入れて置いて下さい」

署長はイナガキに書いた紙をくれた。それは或る癲狂院へ宛たものであつた。

＊　＊　＊　＊　＊

フロオランスが癲狂院へ彼を訪ねた時には、彼は紙ぎれへペンで絵を書いてゐた。大きな高い建物の窓には、その一つ一つに人がのぞいてゐた。その人々の窓の方へ鳥に似た魚が列をして流れ泳いでゐるデザインだつた。彼はそれを手をのばして目から遠ざけて持つた。そうしてそれを彼自身でも見、フロオランスにも見せながら言つた

「どうだ、フロオランス。面白いではないか」

「ほんとうに面白いのねえ」

しかし、彼は直ぐにその上へめちやくちやの線を引いてしまつた。

「あら、どうしてそんなことをなさるの」

「何、この絵は少しどうも思ひつきすぎる。――それだけだからね」

「マキ」とフロオランスは言つた「あなた、こんなところへ来て可愛さうにね。でも、牢屋よりはよかつたでせう。でも、わたしはあなたを毎日見ないではゐられないのだもの。ここならば見舞ひに来られるでせう。だから、わたし、あなたをここへ来させ

るやうにしたのだわ。怒らないでね、そのうちに、もう直ぐまたここから出られるのだからね。——それにしてもあなた、どんなことをなすつたの、警察などへ呼ばれて」

「美しい自動車へ、人のだつたのを忘れて三十分ほど乗つたんだよ」

「まあ！ そんな事。ほんとうに可愛さうにねえ。でも、ここはそんなに不自由ではないでせう」

「不自由なものか」とマキは答へてゐた「住みごこちのいいところだ。お前は見舞に来てくれるし。……ただ少しいけないのは、お前の臥床がここに用意してないことだ」

「もう、ほんの十日ほど。さうしてあなたがここを出たら、わたし今度はあなたと同棲しますわ。その方が今までよりももつと楽しいでせう、きつと」

「さうだ。おれもさう思ふ」

と、マキが答へた。

彼等は柔かく抱擁して、フロオランスは部屋を出やうとした。マキは彼女を呼びとめて、金をやつた。フロオランシスは拒んだけれども結局は受取つた。といふよりは一緒に世帯を持つ時の用意にしまつて置いたのだ。為替相場が日本の金に有利で、マキはその時いつもよりももつと沢山に金を持つてゐた。きのふラリユウへ行く前に為替を銀行から取つたばかりであつた。

フロオランスが帰つてしまふと、彼はここを出てからフロオランスと同棲することの楽しみを思ひつづけた。それからきのふ公園で逢つたあの子供と、その忠言とがまた思ひ出された。

「それはどうも、もとの持主へかへした方がよささうだねえ」

「おれもさう思ふ」

さう答へた彼自身も好かつたと思つた。

「……わたし今度はあなたと同棲しますわ。その方が今までよりももつと楽しいでせう、きつと」

「さうだ、おれもさう思ふ」

彼はこの二つの会話を思ひ起すのがひどく楽しかつた。彼の口もとには微笑が日にかがやいてゐる出水のやうに湧き上つた。さうして彼はいつまでも、唇を動かして呟いてみてゐた――

「おれもさう思ふ」「おれもさう思ふ」「おれもさう思ふ」……

その次の日にもフロオランスは、水絵具と早咲きのヒヤシンスとを持つて、また見舞ひに来た。

「ヒヤシンスなんて、そんな馬鹿なものをあなたお描きなされやしませんわね。これはただ持つて来たのよ。こんなものは女学生が描くんだわ」

「おれもさう思ふ。――美しい花だ」

イシノはにつこり笑つた。誠にこの上もなく邪気のない笑顔であつた。——この笑を見るだけの事にでもフロオランスは、彼と同棲する値があると信じたのかも知れないのだ。

＊　＊　＊　＊　＊

イシノがいつも食事をしてゐたのは、モンパルナスのオオ・ボン・コアンといふ家であつた。

或る晩、彼はそこで、自分のうしろに女の口小言が洩れてゐるのを聞いた——

「まあ、何といふ穢らはしい無作法なことだらう……」

イシノはふりかへつた。自分の事が言はれてゐるやうに思つたので。

そこには、後の卓に、若い女がスウプの匙を持ち上げたまま、眉をひそめてゐた。

目ざとくかの女は、ふりかへつたイシノを見た。

「ね、ほんとうにいやなうちではありませんか、スウプのなかに髪の毛があるなんて」

かの女は半は訴へ半は申訳らしく、イシノにさう言つた。

「さうですか。それは怪しからん。不都合だ」

と、イシノが答へた。彼は女を美しいと思つた。しきりに目ばたきをした、女に同意するのが愉快でもあつた。

彼はその女とは、以前にも二三度この家で逢つたことがあるやうに思つた。さうしてスウプのなかの髪の毛以来、彼等は口を利き合つた。時々、見かけるうちにだん〳〵親しくなつた。

或る晩、かの女は彼にむかつて、自分の家へ遊びに来るやうに誘うた。女のあとについて行くと、それはリユウ・ダレジアの坂道を上つた高みにある家の一室であつた。フロオランスは扉の鍵をあけると、かの女に従うて部屋に這入つて来た彼に、

「まあ、お掛けなさい」

と、一つの椅子を示して置いたまま、フロオランスはすぐに次の部屋へ這入つて行つた。次の間との扉は半ば開かれたままであつた。さうしてそれが彼の示された椅子と相対してゐた。

彼は部屋のなかを見まはした。フロオランスのこの客間は深紅なカアテンが天井から四方にさげられて、この部屋を天幕のなかのやうに見せかける趣向にしてあるやうに思へた。土耳古洞房《ハレム》の釣ランプを形どつたやうな燈火があつた。

彼をそこに残したまま、女は次の間から出て来なかつた。と、絹ずれの音がして、フロオランスは次の間で着物を着かへてゐるらしかつた。彼が正面の半開きの扉を自づと見ると、かの女のシミユズだけになつた姿が、一瞬間見えてゐた。それがかくれたけれども足だけはまだ見えてゐた。それが紫色の覆紗《かさ》のある光のなかで浮き出して

見えた。そこには臥台もあつた。

イシノはステツキの握りに彼の顎をのつけたまま、ノオトルダムのガイゴオルのやうにぢつと次の間を見てゐた。フロオランスは、しかし、いくら待つても次の間からは現はれさうにもなかつた。彼は待ちくたびれて椅子から立ち上り、一たん外してあつた新《さら》の襟巻を（寒くなりかかつた頃であつたので）頸に巻きつけると、帽子を冠りなほして、

「さよなら」

と叫んだまま、部屋から出て来てしまつた。

女には男の様子が解《げ》せなかつたし、男にはまた女の様子が解せなかつた。

イシノは帰りながら、彼があの次の間まで進んで行つても差支へなかつたのではないかと考へた。さうしなかつたのが心残りでもあつた。さうして、もし今度あのやうなことがあつたならば、と空想したが、それにしてもかの女は少し犯し難いところがあるやうに感じた。

ラスパエ広道の二〇九番にある彼の画室は、フロオランスの家から遠くない。

その次の機会に、彼がオオ・ボン・コアンでかの女に逅つた時に、女は大へん笑つた。それから今まで見たこともないやうな美しい流し目で、ぢつと彼を見た。

彼が、こんどまたもう一度、かの女の家へ行つてもいいかと尋ねると、女は、

「え、え。いつでも！」

さう言つて、果物のなかにある白い種のやうな歯を見せて、その笑顔で、ぢつとイシノを見入つた。

マキ・イシノは全く伊太利人のやうに美しい。可愛いい小柄だ。

三度目に、彼がかの女を訪ねた時から、マキ・イシノとフロオランス・ド・タルマとのほんとうの奇妙な情史が始まつた。

「何といふ内気な、おぼつこい坊ちやんだらう！　マキ。私のマキ、マキつてあなたMarquis ぢやないの。若い侯爵ぢやないの？」

「いいや、どうして？　僕はただの市民なのだよ」

「それにしては、わたし、あなたのやうな上品な方をまだ一ぺんも見たことはない」

偽りもなく、それは今までにフロオランスを彼ほど上品に取扱つた男は、決してひとりだつてなかつたらう。

「私はお前を愛してゐる」

と、イシノが言つた。

フロオランスは接吻で彼に答へた。

かの女が尋ねるがままに、彼はさまざまなことを話した、一つ一つの目に同じ一つの星が犬と狩夫とに見えたことも。彼の伯父が何故死んだかといふことも。女は黙つて驚いて聞いてゐた。女は彼の年を自分と同い年だらうと言つた。さうしてかの女自身の年を、人には二十三と言つてゐるがほんとうは二十五だと言つた。

「二十五。私も二十五だつて？　私は三十六だよ」

女はマキの言葉を容易に信じなかつた。やつと信じた時に言つた。

「何と、あなたはほんとうに英国の貴族のドリアン・グレイのやうな方だ」

女はドリアン・グレイを実在のロオドぐらゐに思つてゐるらしかつた。

「それでは、あなたお国には奥さんがおありなの」

「ある。――多分もう国の港へ着いただらう。あれは僕と一緒にこの国へ来たのだが、懐妊したから国へかへつた。多分来年の二月には私の子供が生れるだらう」

「まあ！――あなたの奥さんになつた仕合せな人の名前は何といふの」

「春江」

「ハルエ？」

「さうだ」

「……あ、仕方がないわ」

今度は女が身の上を話す番になつた。

かの女は今までに、さういふことは誰にも打明けたことはないのだと前置きした。

ド・タルマと由緒ありげな名のりをしてゐるこの女の素性が、イシノには、だんだんはつきりして来た――ツウレイヌのロアアルの水を見渡す地方の山腹に、シヤトウ・ド・タルマといふ城がある。それがフロオランスの揺籃のある家だ。フロオランスは自由な生活がしたくつて、二十一の年にそこから遁れ出して来たのだ。(世界中にモンパルナスよりいいところはない)。生れた城には大きな紫丁香花とすつかり白髪になつた父とがある。父はしかし衰へずに封建時代そのままの精神でまだ生きてゐる。フロオランスにはそれが幽霊にしか思へない………

* * * * * *

イナガキは癲狂院へイシノを見舞ひに来て、主治医に面会した。どれぐらゐ永いこと入院する必要があるかを日本へ通告しなければならないと思つたのだ。

主治医は言つた「私には全く見当もつかないのだ。いや、入院期間の予想だけではない。患者の状態もです。私はあれほど優雅で柔和な紳士は恐らく癲狂院の外では発見出来まいと思つてゐるくらゐです(笑)。現に看護人もさう言つてゐますがね。しかしあまり平和すぎるところが病的でないことはない。しかし社会へ出しても、多少の常軌を逸するやうな事があつたとしても、決して他人に傷害を与へるやうな惧れは殆んど絶対的にないやうに思ふのです。今のままならばですね――しかし御承知のとほり、精神病患者といふものは、快活で温和なあとの週期には反動的に憂鬱や兇暴などの現象を呈する不安があるのです——今まで、ムッシウ・イシノはそんな状態を見せたことはありませんか」

「いいえ決して」とイナガキは答へた「以前、彼は多少意地悪るなところがないではなかつたですが、もう半年以上も経つ間、今頃と同じやうにいつも愉快げに親切げに感謝して生きてゐるのです。また意地悪るなどと言つても、それが却つて常人に近くなるぐらゐなもので、さういふ時にはきつと彼の狂気が治つてゐるのだらうかと思ひます。さういふ意味では、彼の狂気はまあ治さずに置きたいぐらゐなものですよ。(話す者も聞く者も笑つた)それに常軌を少し逸してゐるのは性来のやうです。——イシノの情人にフロオランスといふ女がゐるのです。それが警察署へイシノが呼ばれてゐるのを見て、狂人だと言つた方が簡短に片づくと思つたので、さう言つたのださうです。われわれの目から見ると、今日このごろ彼が特に狂気のやうには思へないのです」

「なるほど。さういふ事情があるんですか。それでは大丈夫でせう。もう一週間もここにゐて貰つて、よく注意してみた上で退院を認める診断書を警察署まで出しませう」

——イシノは十三日、癲狂院にゐた。

＊　　＊　　＊　　＊　　＊　　＊

土耳古《トルコ》風の——しかし土耳古製ではないかも知れない絨氈。何処かで拾ひ上げて来た槲の衣装棚。それから部屋を天幕にする深紅の大きなカアテン。黄銅製のハレムランプ。ロココ風の縁のある楕円形の鏡。それから流行小説の本を十五六冊。テラコッタの牧羊神。ナゴヤ製の七宝の花瓶――それには揚羽の蝶が三十羽以上もあつた。もとは螺線の柱がついてゐたらうと思はれる寝牀。

以上はフロオランスがイシノの画室へ新らしく運び込んだ品々であつた。イシノが癲狂院を出るとすぐかうして、フロオランスとの同棲が始まつた。

フロオランスは朝の九時から五時まではここにはゐなかつた。かの女は毎日オフイスへつとめなければならなかつたのだ。かの女のオフイスは誰にも秘密だつた。イシノにさへもなるべくならば明したくないと言つた。女がさういつた時、イシノはそれ以上聞かうとはしなかつた。しかし女は、それはロシヤ人などの多く集る或る秘密結社のオフイスで、それを知ることはやがて、その結社の同人である嫌疑を持たれるから、イシノにもこれ以上はつきり告げたくないと説明した。

ひとりで退屈することはあつても、彼にはその退屈でさへも幸福なものであつた。さうして五時半になると女はきちんと帰つて来たのである。

或る日、稲垣が訪れて来た。病気の見舞ひを言ひ、様子の変つた部屋を見まはし、フロオランスが不在だといふことを確めてから稲垣は言つた。

「君はフロオランスを愛してゐるんだね」

「さうだ。どうして?」

「フロオランスは君を愛してゐるかい」

「さうだ。どうして?」

「でも――まあ、聞きたまへ、これは君たちを知らない人が言ふんだから。みんなはフロオランスが君を愛してはゐまいといふのだ。いや愛してゐるには違ひないが、君があの女と同棲することには、みんなあまり賛成してゐないのだ。みんなはあの女には秘密な生活があるやうに言つてゐるんだ」

「それは本当だよ。――だから、今でも留守なのだ。昼間は日曜の外にはいつも留守だ。君たちはあの女をよく知らないのだ。あの女のことは僕だけしか知らない。あの女を僕ほど知つたら、誰だつてあの女を愛せずにはゐられまい」石野は言ひつづけた「みんなは何故、賛成しないのだらう。君たちは、僕がどうしてこんなにたのしいのか、いつも笑つてゐられるか、その理由に気がつかないのだね。考へてみたまへ、僕の性格が一変したのはフロオランスに出逢つて以来だ。僕にはひがみがなくなつた。僕は人を疑ふことをしなくなつた。僕は意固地なこころから解放された。僕は人を毛嫌ひしなくなつた。ね、このとほり。一口にいふと僕は母のそばにゐて満足した子供みたやうに世の中をながめられる。たのしいではないか。それではさういふ調和を誰がくれたと思ふ。別に神さまがくれたのぢやない。たつたひとりの女だ。フロオランスだ。

――それだのに君たちはどうして賛成しないのだらう。調和のある心を与へられてたのしいといふことは、君、悪いことではないだらう」

稲垣は黙つてしまつた。石野の言葉は、彼がそのやうに温和に心から楽しんでさういふ以上、真実であり反対すべきものではなかつた。――さういふよりは、石野の無邪気で信実な笑顔は、人々に絶えて反対の言葉を言はせなかつたのだ。

「画は描けるかい」

と稲垣が尋ねると、石野は

「いいや、描かうと思はない。あまり生活がたのしいので」

と答へた。それから彼はつけ足して言つた、

「何しろ、僕の画はあまりまづいのでつくぐ〳〵いやになる」

「画など、たとへまづくつたつて、幸福ならばそれに越すことはない」

「おれもさう思ふ」

とイシノがにこ〳〵しながら言つた。

七月の末にはフロオランスの発議で、彼等はスヰスの湖水めぐりに出かけた。

*　　*　　*　　*　　*

九月になつて旅から帰つて来てみると、春江の手紙が二通来てゐた。別に写真があ

つた。それは生れた子供を抱いてゐる若い母だつた。手紙には、産れたのは女の児で名はお兄さまが、遠くで出来た子供だといふので万里子とつけてくだすつたとか、産後からだが思はしくないがぼつ〳〵と直るだらうからいづれその時に写真をおくるといふやうなことが書いてあつた。もう一つの手紙には、このごろたよりが少いので心細いとか、写真がをかしくうつつたとか、いろ〳〵とあつたが彼はあまり熱心に読まなかつた。

写真をフロオランスが見たいといふので彼は拒まなかつた。

しばらく見てゐてからフロオランスは言つた——

「何といふ愛らしい子供だらう。あなたにそつくりだ——にくらしい程。でも、わたしこの子は可愛いい。この子ならば。マキ、わたしの子供にしてもいい。何といふ名なの」

「万里《まり》」

「マリ。可愛いいマリ」

フロオランスは写真に頬ずりをした。フロオランスはマリのことを沢山言つた。しかしハルエのことは何も言はなかつた。

彼はそこで、春江の顔を指でふれながら、フロオランスに尋ねた。

「これはどうだ？」

フロオランスは首をかしげた。それから何も言はなかつた。

「どう思ふ」

「よその国の人間はよその国の美人を見るのは下手だ」フロオランスはさう言つた。それから首をふりながらつけ加へた。

「わたしの目には美しくない」

「さうか。おれもさう思ふ」

とマキは答へた。

「マリ、可愛いい子。マキ、この子ならほんとうにわたしの子にしてもいい。わたしとあなたとの」

「おれもさう思ふ」

とマキは答へた。

＊　＊　＊　＊　＊　＊　＊

牧雄から春江に与へた手紙

写真は見た。子供は可愛いい。いい子供だ。おれによく似てゐる。万里といふ名も大へんいい。おれは一度その地へ帰つてその子をつれに行く。兄貴にその話をして金を送つてもらつてくれないか。

春江からの返事

……久しぶりのおたよりだからうれしくうれしく、幾度も拝見いたしました。万里ちやんはその後も日ましにかはゆくなり増さり、誰が見てもあなたにそつくりで、わたしに似たところは少しもないと申します。（中略）あなたが一度こちらへお帰りなさりたいのならばともかくも、それでなければ、わたしの為に何もわざ〳〵迎へにおいで下さらないでもわたしがひとりで、万里ちやんをつれて参ります。お兄さまもその方が無駄でなくつていいと仰言つてゐられますわ。わたしひとりで参れますとも、あなたから離れて巴里をひとり出て帰ることとさへ出来たのですもの。まして今度は、あなたのゐらつしやるところ、万里ちやんとふたりづれです。それに船ではみなさんきつと大切にしてくださいますことよ。前の経験があるので心細いなんてことは少しもありませんわ。――

牧雄から彼の兄への電報

（春江来るには及ばぬ委細ふみ。金を欲しい）

同上の手紙

（前略）春江が自分で来るやうに言つて来ましたが、あれは来るには及ばないのです。

来てくれても仕方がないのです。僕は万里だけをつれて来たいのです。それで金さへあれば僕は直ぐにでも出かけて行くのですが、少し足りないので御願ひするのです。御預けしてある分から少し余分にお送り下さい。こちらからもうひとり別に、つれて行きたい者があるのです。これらの事に就てお目にかかつた上で何もかもわかるやうにお話します。

兄から牧雄への返事

（前略）いつもながら御許の手紙は簡略にてひとり合点。当方にては判断に困り申し候。このまま日本へ帰朝するならばよろしく候へども、再度その地へ渡航する考あるならば初めより、春江が万里をつれて参り候方、何かと好都合なるべく、然らざればもし御許ひとり帰国いたし候とも、母もなく万里をつれてその地へ再び参り候やうの事、到底不可能の事にはあらずや、如何。金子も毎度、度々要求のこととて預り候分も残り少くなりをり候段承知なさるべく候。されば金子も御申越の如く余分に送ることは致さず候へども、旅寓にての不自由を察し同封為替だけ御送り申し候。何しろ、よく御熟考の上、一度もつと具体的に詳細なる手紙を欲しく候。それまでは春江も参るまじく候。されば都合にて、今度の送金を以て一先づ帰国いたすのも良策と存じ候（後略）

牧雄より春江への手紙

兄貴からの手紙を見ました。兄貴は、お前との結婚の時にお前も知つてゐるとほり、どうも少しわからないところのある人だから、この手紙はお前に書くことにするが、僕は、今、フロオランス・ド・タルマといふ女と同棲してゐるのです。ツウレイヌといふ地方に城を持つてゐる人の娘です。僕が信じてゐる女だから、きつとお前も信ずるだらうと思ふのです。そのフロオランスが写真を見て万里を欲しいといふのです。さうして万里をフロオランスと僕との子供にしようといふのです。さうすると、つまり、お前といふものは、たとひここへ来ても、この場合一人だけ余分になるわけなのです。それでお前は来るに及ばないと思つたのですが、お前も来たいやうならば来てもよいことがわかりました。ただ万里の母はフロオランスだから、お前は万里の乳母になり、さうして僕とフロオランスとの召使を兼ねることになつたのです。兄貴にさういつて金を貰ひ、直ぐにこちらへ来てもよろしい。

＊　＊　＊　＊　＊

楽しいクリスマスと新年とをそこで迎へるために、フロオランスはマキに向つて伊太利の旅をすすめた。

羅馬に向ふ急行列車のなかでイシノは恐怖の表情で、フロオランスに囁いた、

「お前はどうやら探偵につけられてゐるよ。ごらん（彼はこつそり指ざして）あの男を。お前は気がつかなかつたかは知らないが、もしあれが探偵だとすると私たちは、この夏のスヰスの旅の時からつけられてゐるのだ。あの男さ、立派な装《なり》をして太つたアメリカ人のやうに扮装してゐる男だよ」

フロオランスは驚いて、彼の顔を見つめた、

「わたしが、どうして探偵につけられるの？」

「でも、お前たちの秘密結社が」

「あゝさうねえ。しかしあの人は何でもないでせう。あなた何か思ひちがひをしてゐらつしやるのではない？」

「いいや。きつと。あれはスヰスの到る処のホテルで見かけた。それから巴里に帰へる時には、やつぱり列車のなかで僕は見かけた——あの男に相違ない。僕の見覚えはたしかなものだ」

「さう。用心をしなければ」さう言つて女は、その太つた立派な紳士の方を凝乎と見てゐたが、しばらくしてかの女はイシノに言つた「さう云はれてみると、わたしも何だか見覚えがあるわ。でもあれは探偵ではないでせう。——さうだ。わかつた。あれはね、私の父の城にゐた用人ですわ。思ひ出しました。さうに違ひない。わたしはちよつと行つて聞いてみなきやならない」

フロオランスはいきなり立つて、づか〳〵とその太つたアメリカ風をした紳士の前へ行つて立つた。かの女が何か言つたかと思ふと、その紳士は座から立ち上つて、実に慇懃を極めた動作で幾度も詫びるやうに礼をしながら、フロオランスにものを言つてゐた。

かへつて来て、につこり笑ひつつ、イシノのわきにすり寄つて座りながらフロオランスは言つた、

「やつぱり、わたしの目は確でした。あれは以前からゐた父の用人です。――お父さんは、ほんとうにいやなことをなさるんだわ。わたしが自由な生活をしてゐるのを心配してこつそりあんな者をつけて置くのよ。――以前にもそんなことがあつたのです。わたしの身に難儀でもふりかかりはしないかと思ふのでせうね。ばか〳〵しい。私をいつまで子供だと思ふのだらう。それとも時代をいつまで昔だと思ふのだらう。わたし、あの者に次の駅で下りて帰つてくれと言つてやつたのです。でも、この旅行中だけはどうか役目を果させてくれ、――いつも見えがくれに保護せよと言はれながら、見現はされたとあつては殿様に申訳ないからなどと言つて歎願するのよ。仕方がないわ。勝手にさせてやりませうねえ。それに伊太利はもと〳〵用心のいいところではないのです。あの家来は、わたしの考へ違ひでなけや、何でも強い拳闘家よ。それに万々一行つたさきで旅費でも困つたら、あれを見つけて支払はせてやりませうよ」

フロオランスは朗らかに笑つた。その用人を見てから生れた城のことを思ひ出したものと見える。いろいろと子供のころの話を聞かせるのであつた。かの女の上手な話は、窓の外に現はれては消えるこころあたりの田舎の景色と一緒に、彼にはまるでメルヘンのやうに美しい。かの女の表情は話につれて、窓外の景色よりもつと見事に変化するのを、彼は見恍れた。

「お前との旅に飽きることはない！」

と、彼は言つた。

「え、わたしもさう思ふの」

——男の口癖が女にもうつつてゐる。

この旅の間に、例の用人が偶然にもイシノの目につくやうな事があると、あの太つた男はイシノに対して、さながら王に対するやうな慇懃を払つた。それを傍人は、イシノの品位に対して誰も疑はなかつた。

イシノの伊太利紀行は、あらゆる伊太利紀行のうちで最も単純で、最も幸福であつた。新らしいベツドでは接吻の味は新らしい。伊太利のどこの街区の行きずりにも、フロオランスより美しい女は彼には無かつた。どこの画廊にも描かされてさへゐなかつた。気の毒な古来の芸術家たちは誰もイシノ程の美を見なかつたらしい。——といふだけで尽きる。強いてもう一つのエピソードを言へば、ナポリからコルシカへ渡る船中で、イギリスの商人らしい旅人が、イシノに対してコルシカの詳しい地理を尋ねたことだ。その旅人は、イシノをコルシカ人と思つたのかも知れない。

行くさきざきのホテルでは、皆、イシノのことを「若い閣下」と呼んだ。

＊　＊　＊　＊　＊

春江は牧雄からの手紙を読んでただぼんやりしてゐた。一時間ほどしたらやつと泣けるやうになつた。慰めるために牧雄の兄が来たのでかの女は黙つて読んだきり畳むのもわすれてゐた手紙を見せた。

兄は読み出した——

「兄貴からの手紙を見ました。兄貴は、お前との結婚の時にお前も知つてゐるとほり、どうも少しわからないところのある人だから、この手紙はお前に書くことにするが、僕は今、フロオランス・ド・タルマといふ女と同棲してゐるのです。ツウレイヌといふ地方に城をもつてゐる人の娘です。僕が信じてゐる女だから、きつと、お前も、信ずるだらうと思ふのです。そのフロオランス……」

音読してゐたのがだん〳〵小声になつて、口のなかで読み出した。

「…………」

牧雄の兄はもう一度改めて読み直した。

それから黙つてゐた。最後に深い歎息をした。やつとしてから言つた。

「ね、春江。——この間、お前の話のあつた稲垣といふ人へ問ひ合せた返事では、もう直つてゐると書いてあつたが、牧雄はやつぱり気がちがつてゐるのだよ。——尤も、お前には言はなかつたが、フロオランスとかいふ女と同棲してゐるといふことは、稲垣氏からの手紙にもあつた。それにしても、牧雄は病院にこそゐないがやつぱり気が狂つてゐるんだよ——さうでなければ、いくらあれでもこんなことが言へるものか」

兄はまだ手に持つてゐた弟からの手紙をまた読みかへした。

「……万里をフロオランスと僕との子供にしようといふのです。そうすると、つまり、お前といふものは、たとへ、こゝへ…………………。…………来たいならば来てもよい事がわかりました。——だつて。…………僕とフロオランスとの召使を兼ねることになつたのです。フ、フ、フ、うまい事を考へてゐら。まるで超人だね」

牧雄の兄は、笑つたがその拍子に眼から水が流れ出した。

「さうと気がついたら、最初、万里をむかへに来ると言つて来た時に、帰らせて置けばよかつたのだつた」

兄はひとりごとを言つた。春江が答へないので彼はひとりで言ひつづけた。

「春江、気に留めないがいいよ。——気違ひのいふことだからな。——宥してやつてくれ。困つたものだ。——それにしても万里はかわいいと見えるのだな。——お前の事だつても考へ方によつちや、やつぱりさうだ。愛を持つてゐて、それに甘えてゐるんだよ。気がへんになつてね——まるで子供がお母さんにめちやくちやな難題をいふやうな心持なのだ。——さう言へば、あれは子供の時から、よくめちやくちやな我儘を言ひ出しては母を困らしてゐたつけが。——どうかすると、その頃からへんになる素質があつたのかな……」

　呟くやうに義兄がいふのを、春江は聞いてゐるのだかどうだか、ただ時々黙つてうなづいては、そばに眠つてゐる万里子のくるまつてゐる布団の赤い友禅模様を、うるんでぼやけた視覚をとほしてみつめてゐた。

　寒い日で、雪がふり出したのを兄は廊下のガラス越しに見てゐた。

「でも、大丈夫でせうか」

　唐突に、春江が言つた。

「え、何が。——どうしたつて」

　兄はふりかへつて問ひかへした。

「病気がです。——今度のはひどいのではないでせうか」

「さ、それはわからない。度々で気の毒だが稲垣君にでも電報で聞き合さう」

　兄は、もう一度手紙をとり上げて読み出した。それのなかに病気の程度でも表はれてゐないかと思つたのであらう。

＊　＊　＊　＊　＊　＊

稲垣より春江への返電
（伊太利旅行中。確に無事。安心あれ）

＊　＊　＊　＊　＊

フロオランスとマキとが伊太利から、住みなれたラスパエ通の二〇九番地へ帰つたのは、三月に入つてからであつた。

フロオランスはマキから預かつた金はみな支払つてしまつてゐた。

牧雄は兄からの手紙が来てゐるのを見て、直ぐに封を切つた——いつ、春江が万里子をつれて出発したかが早く知りたかつたからだ。

しかし手紙にはそんな事は一言もなかつた。わからずやの兄貴は、フロオランスのことを素性もわからない女だと言つてゐる。（兄貴は春江にやつた手紙にフロオランスのことを書いたのを読まないらしい。）さうしてなす事もなくパリにゐるよりも一刻も早く帰朝せよ、ともある。春江がどんなに待ち焦れてゐるかを考へてみたことがあるか、とも書いてある。金はもう一切送ることは出来ないが帰朝の旅費だけは大使館に委託してあるから、この金は旅費としてでなければ使ふことは一切無用だともあつた。

兄の手紙に春江が来ることは書いてなくつて、反つて待ち焦れてゐるとあるのが彼には不思議だつた。春江が彼の言ひつけに従つて、喜んですぐにもパリへ来ないのも不思議だつた。春江はそんな不柔順な女ではない筈なのである。腑に落ちないやうな顔をしてゐるマキのそばへ、フロオランスがより添つて言つた。

「お国からどんなおたよりがありまして」

「兄貴は、例によつてわからない事を言つて来てゐるよ」マキは笑ひながら、手紙の内容をみんな聞かした。

「あなた、お金のことを心配してゐらつしやるの。そんな事はどうにでもなりますよ。わたしが勤め先から受取る給料でだつて暮しは立つのです。あなたそんな事を考へてゐらつしやるのぢやないでせう？　わたし、決してあなたとは別れたくはないのですよ」

「さうだとも、おれもさう思ふ。」

と、マキは言つた。

彼等が伊太利から帰つたことを知ると直ぐに、稲垣は特にフロオランスのゐない時刻に石野を訪うた。さうして彼の留守中に春江から電報のあつたことや、それの返事や、兄から彼の健康に就てきき合せて来たことなどを、稲垣は石野に告げるのであつた――

「僕はね、兄さんへ君はちつとも病気ではないから安心するやうにと返事を書いた。

全くそのとほりだからね。但」と言つて稲垣は笑顔をして「どうも困つたことにとマドモアゼル――いやマダム・フロオランスのことを手紙で打開けてしまつたよ」

「それはいいのだよ、本当のことだもの。それに僕は何もかも春江にさう言つてやつてあるのだし」

「さうか。……兄さんのところから君へも手紙が来た事とは思ふが、僕にも君にかへることを勧めてくれと言つて来てあるのだが、帰つて来なけや金も送らないなどとも書いてあつたつけ」

「ところで僕は帰らない」と石野は柔和に快活に言つた「僕はどうしてもやはりここにゐて絵を描かなければならない。伊太利で古い大作を見て来たおかげで、僕はどうしても描きたくなつた。フロオランスも僕とは別れないといふ。金を送つてもらへなければ、僕等は自活するまでの事だね。今までの生活は贅沢すぎたかも知れない。僕は無用な品物を売るつもりだ。フロオランスは勤め先から給料を貰ふし、僕は考へてみたが、自動車の運転手になることが出来る。閑を儲け出しては描かう。さういふ生活の様式を考へ出してみたら、僕は前よりも一さう愉快になつてねえ」

彼はさも楽しいやうに朗らかに笑つた。彼は伊太利の話に熱中しだした。

＊　＊　＊　＊　＊　＊　＊

運転手をしようといふ彼を、フロオランスは拒んだ。ものを売らうといふのを拒んだ。さうして絵を描くことだけを賛成した。

或る日、彼はなくなつてゐる絵の具を買ふために出た。さうして部屋へ帰つて来てみると人の這入つたけはひがあつて、テラコッタの牧羊神の足もとに一つの手紙があつた。フロオランスの走り書きである。彼は怪しみながら展いた——

愛するわたしのマキ

例の用人がわたしを捜し出して、ツウレイヌの城の年取つた父の瀕死を告げた。彼の臨終に是非ともわたしがゐなければならないと、気の毒な父が言ふ。しばらくの別れをあなたに告げるために来たのに、あなたはゐない。汽車に遅れるのを案じてこのまゝ立去る。わたしは再び城に帰る。おそらく最も近い将来にわたしはあなたをわたしの城に迎へるだらう。きつと迎へに来る。忍んで下さい。それまでのしばらくの別れです。短い間のわかれのしるしにわたしの千の接吻と同封の品とを残す。

永久にあなたの
フロオランス

封筒のなかからは一つの小さなロッケットが出た。フロオランスの写真と一把の金髪とがなかにあつた。

「永久にあなたのフロオランス」

「永久にあなたのフロオランス」

「永久にあなたのフロオランス」

彼は悲しさうな、しかし世にも上品な笑顔をした。

「永久にあなたのフロオランス」

「さうだよ。おれもさう思ふ」

＊　＊　＊　＊　＊　＊

かつてそこで「永久のフロオランス」を見つけ出したその居酒屋のオオ・ボン・コアンへ現れたマキ・イシノは、亭主のフエリツクスをつかまへて言つた――

「主人。僕に食事をさしてくれまいか。それからいつもの通りに酒の用意をしてもらひたい。しかし、気の毒なことだが僕は今一文もないのだ。僕はもう売るべきものはみな売つてしまつた。残つてゐるのはフロオランスのものばかりだ。あれは今にタルマの城から僕を迎へに来るだらうが、それまであれの品物は大切に保存してやらなければいけない。僕は辻自動車の運転手をしてゐる。けれども不思議と僕の車へは乗る人がない。――車が汚いからだらうか知ら？」

（いいや、決して誰も安心して王様を馬丁には使はない――ペルシヤでは近頃馬丁を王様にしたといふが）と、フエリツクスは思つた。フエリツクスは喜んで彼の頼みを聞くつもりになつた。ただ日ごろの馴染だからといふのとは違ふ。王の言葉は歎願でも臣下には命令に聞える。さうしてそれに服従するのが楽しい義務と思へるやうに、イシノの笑顔と話ぶりとを聞いてゐると、或る種の人ならば誰でもイシノの言葉に従ひたくなるのであつた。さうしてこの人がどうしてこのやうな品位を持つてゐるかを、イシノの面前では怪しむ暇さへも持てなかつた。それは今や、単純に彼の風采から来たのでは決してなかつた。何故といふのにイシノの身装は、枯れても散らずに萎びて行く花のやうに、どうも日増しに新鮮でなくなつて来てゐたのだ。さうしてイシノからの如き品位を感受するためには、それは決して普通の人ではいけなかつた。それは最も当然のことである。発信器に対してはいつもそれに適当な受信器を要する。イシノは常に一つの雰囲気を電波のやうに発散してゐた。匂をかぐためには病気でない鼻がいる。イシノの発散する床しさの芳香の電波を聴くためには、物質の悪臭のために鼻が犯されてゐてはならない。高貴な芸術作品からその高貴の感じを受取るためには、鑑賞して服することの出来るセンスを必要とするのである。さうして、オオ・ボン・コアンの亭主フエリツクスには特に、イシノの魅力と品格とに感ずるだけの力があつた。一口に言つてしまふと、この詩人や美術家やさては私窩児などの集つてくる旗亭の主人フエリツクスも要するに変り者であつたとだけ知つてもいい。フエリツクスはいつも客をつかまへては次のやうなことを言つて吹聴してゐた。

「私は酒の目利きにかけてはとても伊太利人にはかなはない。が、美術の目利きに伊太利人が何だ。こんな事があるんです、名前を言つては気の毒だし、市の名を言つただけでもすぐわかるほど有名な或る画廊に、尤も個人ものですがね、そこにチントレツトの真赤なにせものが一つまぎれ込んでゐたのです。私は疑はしいと思つて、幾度目かにたうとうそれを口に出してしまつたのです。え、その画廊の主人にです。五人もの学者が三年もかかつてそれがにせものだといふ事が、どうやらわかつたと見えていつの頃からか、そこにはそのチントレットはもう無いさうです」

この言葉はどこまで本当だか保証の限りではない。けれども、嘘や出鱈目や法螺などのなかにだつて、それをいふ人間の人柄があるものだ。ともかくも、フエリックスはさういふことを言ふ男だつた。さうしてイシノを好いたのだ。オオ・ボン・コアンの常連たちも彼をそこで見かけることを好んでゐたらしい。人々は昔話を見ることを好む。さうして彼の風貌のなかから、気高い流謫の王子をまのあたりに見るの感を、得られることを喜んだ。

「一文無しだ」

と彼がいふ時に、不思議と最も高貴の感が強かつた。

「貧乏といふものは苦しいものだ」

といふ時、不思議と最もロオマンスの感が深かつた。

さうして彼といふ実在は表象的なものになり、同時に社会に対するアイロニイのやうにも見えた。

イシノが画を描くといふことをフエリツクスが知つた。そこで彼に一度その作品を見せてもらひ度いと懇願した。物好きである——この奇異なばかり高雅な人物がどんな芸術を持つてゐるかが知りたかつたのだ。或る予想を持つことが出来たのだ。

「………」

懇願に対してイシノは無言で、たゞものを羞ぢた子供のやうに笑つた。

＊　＊　＊　＊　＊　＊　＊

フエリツクスはイシノの腕を捉へた。叫んだ——

「おいでなさい。行かう。私があなたに部屋を献上する。酒を献上する。絵具を貢物にする。——描くのです」

フエリツクスは三階にあつた一つの部屋へイシノを案内しながら言ひつづけた。

「貧乏のために押殺されてなるものか。だが天才を殺すものは貧乏だ。フエリツクスの屋根裏は王宮ではないが、饑と寒さとだけは来ない。フエリツクスは客には出さないが一五七五年の酒を貯へてゐますよ。どうです、ここです」

フエリツクスは扉を開けて内に這入りながら、呆然とうしろに従つてゐるイシノをふりかへつて、

「我慢をしてください。窓の下だけは光に不足しないでせう。それにあなたは、闇をモデルにしてゞも描ける方だ。遠慮なくここに居て下さい。唯、描くのです。——一五七五年の酒は御命令どほりに持つて来ます」

フエリツクスは昂奮してゐた。

イシノは何の注意もなく、その部屋をみまはしながら言つた。

「居よう——タルマの城からフロオランスが僕を迎へに来るまでは」

「さうです。それまで——ほんの暫くの間。それにあなたはひどく健康を害してゐるやうに見える」

「貧乏だからだ」

事実彼の気品を傷けることの出来なかつた貧乏は、それを忌々しがるやうに彼の健康を傷けつつあつた。

「ラスパエ通二〇九番地の画室には」とイシノがそこの椅子の一つに腰かけながら言つた「もう四月も家賃を払はない」

「そんな事はどうでもいい。私が知つてゐる」とフエリツクスが答へた「それからあの部屋にあるものは私が……」

「君がよく保存して置いてくれるでせうね。フロオランスのものだから」

「ええ、わかつてゐますとも」

「タルマの城からフロオランスが僕を迎へに来るまでね」

「……」フエリツクスは黙つて合点々々をした。

絵の道具を一切用意して来ると言つてフエリツクスは部屋を出た。出る時に扉の外から彼は言つた――

「ここはしつかり閉めて置かうぢやありませんか。邪魔にならないやうに」

「さうだ。俺もさう思ふ」

フエリツクスは部屋の外から錠を下してしまつた。

かうしてマキ・イシノはオオ・ボン・コアンの三階に二月ほどゐた。一五七五年の酒を飲むことと絵筆をとることとより外には何にもしなかつた。彼は即興的に描いた。彼のモデルはフエリツクスが看破したとほり空間にあつた。

店の常連たちは、「一文無しの王子」の行方を聞くと、フエリツクスは答へた。

「気の毒にすつかり発狂してしまつて私がうちの三階へつれて来てゐますよ。タルマの城から迎へのあるまでは、私の三階でも満足するさうです」

「え。タルマの城?」

客がさう聞くと、フエリツクスは苦々しい顔をして、簡単に答へた、

「近ごろのお伽噺にあつた城なのだ。馬鹿々々しい。本当に気違ひなら、世話がないのだが、五分の一だけしか違つてはゐないのですよ。あの人物の気品の深さの源がやつと私にもこのごろわかりましたよ。あれは幸福から来てゐるんですね、幸福から！」

「幸福から？」

「さうですよ」

フエリックスは大ていそれぐらゐしか話さなかつた。

或る朝。

フエリックスが三階の彼の部屋を開けてみると、いつもの時刻だのに彼はまだ睡つてゐた。再び開けた時にもまだ睡つてゐた。フエリックスはそばに行つて彼を揺ぶつた。彼はどうしても最後まで目を開かなかつた。普通の言葉でいふと彼は死んでゐたのだ。彼の死顔には開きかかつた薔薇のやうな笑が、その脣の上に開きかかつてゐた。

彼の死因は全くわからない。医者が来て言ふのには、兼ねて与へてあつた催眠剤を、彼が幾日分か蓄へて置いてそれを一度に服用したらしいといふのである。

「仕方がない」とフエリックスは言つた「あのやうな気品を持つていつまでも下界にゐられるものではない。タルマの城からの迎へを待ち兼ねたのだ。それに彼は自分の画才に失望してもゐた。吁、彼が自分の画才に失望するなんて！　芸術家といふものは本当の奴ほど慾張りだなあ。満足することを知らぬ」

呟きつゞけながら立上つたフエリツクスは、急に両手を翼のやうにひろげたと思ふと、片脚で立つて靴の踵《かゝと》を中心に、クル〳〵と独楽のやうに体をまはした。

「君、どうしたといふのです」

医者は驚いてたづねた。

急激な運動で顔の赤くなつたフエリツクスは慍《おこ》つたやうに言つた。――

「ドクトル・クレスペルはむかしかうして悲しみを追ひ出したんです」

「ドクトル・クレスペル、独逸人だね？」

「さうですよ。あなたの知つた人ぢやない」

フエリツクスは部屋を歩きまはつて、イシノの画き遺した絵を数へ出した。

「君は」と医者は渋面をして言つた「まだ監禁すべきではない精神病者を監禁したやうに見える。その不自由が病勢を募らせたかも知れない……」

「何を言ふのだ。」フエリツクスは彼の遺作の上に注いでゐた目を、医者の方にむけた「もし、彼をこの部屋から出したならば、マキはタルマの城のフロオランス姫をおそらく、どこかの町角で発見せずには措くまい。――妖術と愛情とを半分々々に持つた魔女が、どこかのサバトから帰るところをね。――君にはわかるまい。始めつからの話を知らないのだから。畜生、おれが、いつあの女に髪の毛のスープを食はした事があるか！　お医者の先生。帰つて下さい。御苦労さまでした」

――稲垣は当時、四ケ月程、ロンドンに滞在中であつた。

＊　＊　＊　＊　＊　＊

マキ・イシノの遺作展覧会はフエリックスによつて企てられた。新芸術を解する人々はみんな賛成した。展覧会の目録の序文はアンドレ・サルモンが書いた。批評家を兼ねたこの詩人のことを、或る者はイカモノ食ひだと言つてゐる。或る者は新らしい美に対する発見に異常な熱情と先見とを持つてゐると言つてゐる。そのサルモンの文章が、パリ・ジユルナル新聞にも出てゐる。パリに一つのサンサシヨンを起したその文章の大意は、凡そ次のやうだ――

「現代に伝奇はない、奇蹟はない、とよく俗論が言ふ。個性がある限り、伝奇と奇蹟とは時と所とを択ばずに在ることを知らないのだ。こんなことを言ふだけなら誰にも出来るが、さてそれを実例として見せるのは、さう誰にでもは出来ない。さうではないか、ねえ、芸術家だけ行く特別の天国にゐるアポリネエル君。ところで、近ごろ君の方へ移住したわがマキ・イシノはそれをしでかしてみせたのだ。土塊から人間を創り出した者があつたといふ説をそつくり、彼はありふれたひとりの娼婦をひとりの仙女にしてみせた。さうしてその仙女の像を三十一も描いた。

「彼女はシロンに似た古城の前に立つてゐる。仙女は馬に乗つてゐる。仙女は梟を飼つてゐる。仙女は裸で紫丁香花の下にうつぶせに臥してゐる。仙女は子供を抱いてゐる。子供の持つてゐるのは東洋の風車だといふ。いかにもそれは美事に転廻してゐる。仙女の宮殿の外には虹色の噴水がある。窓には金魚がある——これには珍らしくも仙女そのものはゐないが、仙女の部屋に相違ない。仙女は鋏でその金髪をきつてゐる——何のためだかわからない。だが何といふ美しい手だらう。仙女は皿のなかから髪の毛をとり出してゐる。不思議な幻想的な料理だが。何といふ美しい手だらう。仙女はその世に最も美しい手で扇を持つてゐる——最も美しい手、それは曾てはエル・グレコが描いたが、マキのつくつた手はそれにも劣らない。かの女の手にとるに足るものは、地上には萎んだ花と熟した実とより外にはあり得ないかとさへ信じられる。一束のヒヤシンスを持つて仙女はゴンドラめいた船のなかにさへゐる。汽車のなかにさへゐる。仙女のぐるりにはまた一ぱいに鳩がゐる。アポリネエル君、君がよく歌つたあの同じ鳩だがね。仙女は裸で真赤な部屋の真中にぬつくりとゐる。

「仙女たちのあらゆる世界を彼は我々の現前につきつけた。我々と言つたところで、気の毒なアポリネエル君、君はそれを地上ではまだ決して現前に見たことはあり得まい。何となれば、マキによつて我々の地上はやつと始めて、その真の消息を知り得たからだ。さうして予は知つた。驚くべき事には、仙界には別に仙界の現実があるのだね。童話のなかに童話の真実があるやうにさ。マキは一たい、アポリネエル君、君の持つてゐたあの不可解な飛躍的手法によつて、その他界の現実をとらへた。全く近代的にだ。君がゐたらばさぞ喜ぶだらうと思へるので、予は今、君に宛ててものを言ふのだが。

「たつた一つこの芸術家はバイブル的画題を描いてゐるが、それは「葦の方船によつて流れてゐる幼きモオゼ」だ。どんな興味でそれを描いたかは別として、漂々として波に乗つてゐる幼児の何と愛らしい事か。すべての男はそれを見て父の感じを呼び起し、すべての女はそれを見て母の感じを持たざるを得ないだらう。彼の画題のうちで一個別なものでありしかも甚だ美しいものである。

「彼はアンリイ・ルツソオのやうに脆美だ。マリイ・ロオランサンのやうに現代にあらゆる新芸術の徒のやうに、彼は所謂構図なきところに構図を得た。しかも現代に於て最も典雅なもの、一つである。さうしてマヂリアニのもの、やうに、しかし全く別個の事実を人の霊に訴へる。さうしてそれは何か。マキ・イシノの創造したものだ。実に彼はレオナルド・ダ・ビンチ以後の女の微笑を創造した。その微笑は人をおびき寄せる妖精のものだ。しかも最も霊的で同時に肉的だ。異教的で東方的だ。予が仙女の微笑と呼ばざるを得ないのはそれのためだ。まどはされて甲斐のあるこの微笑こそ彼の比ひのない創造だ。人々は地上に於て屢それを見てゐる癖に、かつて未だ一度もそれを永久のものになし得なかつたのは不思議なほどだ。それほどその微笑は現実的だと言ひたい。それにしても、かくまで人を純一無二なものに仕上げ、さうしてその胸のなかに住ませた娼婦はマノンのやうに好き女であるだらうか。それとも芸術家はふとした光線の加減で、何でもないガラスをよき鏡にして彼自身を映し出したのであつたらうか。そんなことはどちらでもいい――但、マキ・イシノの芸術はその事の如何にかゝはらず厳として在る」云々

のんしやらん記録

慈善デー

下層社会——どん底の世界。そんな言葉は今や単に抽象的な表現ではない。具象的なものとして文字どほりに実現された。地下三百メートルにある人間社会の最下層の住宅区（？）（これをしも住宅と呼べるならば！）である。

彼はここに来てから幾日目かの朝を目ざめた。朝といふことがこんな世界でもわかるのが第一に不思議であつた。ラヂオは絶え間なしに明確に響いて来た。しかし、そんなものは生きるためには何の必要もない。欲しいものは空気だ。それから日光だ。それにくらべると食用瓦斯などはずつと後でもいい。（約十世紀ほど以前に、その内容はわかつてゐないが、「早過ぎた埋葬」といふ題で、これらの人間生活の悲惨を予言した文学者があつた。又同じ頃に「もつと光を！」と言ひながら死んだ詩人があつたと伝はつてゐる。多分彼等は賤民文学者の先駆者であつたに違ひない）日光はここでは到底その見込みはなかつたけれども、空気と食用瓦斯とは、最も小さい銀貨が一つづつありさへしたならば、それを自動メーターのなかへ投げ込んで買ふことも出来た。しかし彼は銀貨どころではない銅貨一つ無かつた。どうしたらそれが果して得られるものかさへも知らなかつた。彼はこの社会の生活の様式に就ては少しものみ込んでゐなかつた。ここへ投げ込まれてからそれほどまだ日が浅かつた。それに彼がどんなに声を出して見ても、彼の声は決して少しも響を立てなかつた。（ラヂオがこんなによく響いてゐるにもかかはらずこれは又、何と不思議な事である）さうして彼は何事をも人に質問する方法がなかつた。文字はここでは多分通用しないであらう。何人も知らないに決つてゐた。たとひ皆が知つてゐるにしたところが、何よりも第一にそれを書く可き、又読むべき光線がなかつた。

欲しいのは空気と光とだ。もし彼が今までここで育つてゐたのだとすれば、彼は自づとここに慣れてゐたかも知れなかつたが、彼にとつては急激な変化であつた。かういふ生活をこれ以上にもう三十時間もつづけてゐたならば、きつと自然に死ぬだらうと彼は自覚した。彼は今更のやうに彼が生きてゐたあの秘密の世界がこのやうな社会生活にくらべると如何に幸福であつたかを痛感せずにはゐられないにつけても、その幸福な秘密の世界の創造者であつた人、さうして彼一箇にとつては恐らく彼が生涯の唯一の知人であるだらうところのあの老人は、その後どうなつただらうか。彼にはこれが心がかりであつた。彼がラヂオに耳を傾けてゐるのは、外にする事もなかつたからではあるが、一つにはもしやその老人のその後の消息が、そこから聞かれはしないかと思はれたからでもある。

彼自身の声音が響を失つてゐるだけに、この空間に鳴り渡る声が彼には腹立しかつたが、ラヂオは引きりなしに鳴りひびいてゐた。昨日一日人間の世の中であつた事を残らず喋りつづけるつもりらしい。別に誰もそれを聞かうと企ててその仕掛けをしたのではなかつたけれども、この音は闇と同じやうにこの階級にまで這入り込んで来るのであつた。尤もそれは社会教育に必要と認められるところの日々のニュースのたぐひであつて、娯楽に関する一切の放送は地下十階以下から、徐々にかき消されてゐて、これらの最下層の住宅には、全く何ものも洩れては来なかつた。何故かといふのに、社会道徳は何人も心得て置かなければならない必須事項であつたが、娯楽は決してその必要のないものであり、いや反つてあらゆる人間が同時に平等にそれを味つてゐるといふ事実は娯楽の魅力の質と量とを稀薄にしてしまふといふ理由で、娯楽に関する放送が下層社会へ伝はることには、特別に異状な苦心を払つて完全にこれを防止してあつたのだ。かういふわけで彼が聞いてゐるラヂオは何の面白い事とてもなかつた。たとへば市会議員の何の某が贈賄を拒否したがために告発された――この男の言ひ分は、一般市民に不利益と思へる議決に賛成してそれによつて自己の利益を受けることは心苦しいから拒否したといふのであるが、これは社会の風習に反し市会議員の特権を侮蔑するものであるといふのが告発者の意見であるが、被告に同情する人々は、一応被告の精神状態を鑑定することが必要であると力説してゐる云々、といふやうな報道は彼にとつては少しも興味のない問題であつた。かういふ報道でラヂオは終りになつて、もしやと思つてゐた彼の知人の処罰に就ては何事も聞かれなかつた。

然し、ラヂオの最後に、彼は自分の耳を疑ひ度いやうな言葉に接した。ラヂオは響く――

「本日は××××の祝賀一週年紀念として（彼にはこの意味がよくわからなかつた）慈善デーを催します。上流社会の人々は特に半日の散歩を割愛して、平常空気と日光とに欠乏を感じてゐる下層社会の人々のために、自動車遊歩円形広場を提供します。一切の陸上交通機関は本日の午後停止しますから、乗物を持たない階級の人々も少しも危険を感ぜずに、街を通行することが出来ます……」

彼はここに到つて始めて思はず呻き声を発した。いや、彼ばかりではなかつた。あまりの嬉しさに我を忘れて発した叫び声は彼の身辺の四辺から起つた。隣の枡（家でも部屋でもなかつたから）のなかに住んでゐる男たちの声なのである。さうしてその叫びに消されて、肝腎のラヂオはそれからあと、よく聞えなくなつて了つた。

彼はすぐに決心して這ひ上つた（立ち上がる事は出来なかつたのだ。ここの住宅区ではそれ以上の高さは贅沢だといふので、天井まで一メートルしか無かつた）。あちらでもこちらでも起き直つて這上るけはひが盛んに感ぜられたが、彼は間もなくいつの間にか這ひながら犇《ひしめ》いてゐる一部の人間の流れのなかに押し込まれてゐた。

地上へ

一つの突立つてゐる非常に巨大な円筒であつた。その上部の底は眩しい光の円であつた。しかしその光は決して下部の底まで達せずに、下は真黒であつた。その上部の光明こそは地上である。さうしてそこに達するためには、この円筒の中心に何か非常に大きな玩具ででもあるかのやうに、一条の最も長い螺旋形の梯子が、上の光の円の方へグル〳〵〳〵と巻きねぢれながら上つてゐた。（これがこの下層の世界から地上へ上る唯一の通路であつた。あの立体軌道——その同一台のものが地上では自動車となり建物のなかではエレベーターに役立ち空間では軌道飛行をする交通機関は、地下十五層以下へは延長の必要が認められなかつたので、それ以下の低い階級の人々が交通するためには、どうしてもこの螺旋階による外に方法がなかつた。）

それを見上げると目が廻りさうであつた。いや、事実、その上り口で卒倒して、行通整理上適当に処置された人間が幾人あつたか知れない。（適当な処置といふのは死屍として手早く取片づけられることを言ふのだが、これらの設備は、歴史家の言ふところに憑ると中古のモナコ王国の賭博場の建築から発達したものである)。平常、日光や空気や食用瓦斯や飲料瓦斯やあらゆる栄養物に欠乏してゐる人々がしかもこんな簇《むらが》つた押合ひの中で、しかもこんな刺戟的な構造を見上げたならば気絶するのが当然であつた。

彼は誘惑を感ずるにもかかはらずもう二度と上部は見ない様に努めながら、彼が階段へ上れる順番がくる迄はただ彼の周囲に押合つてゐる人々に注意してゐた。彼と同じ社会の人達はどの人間も彼と同じやうにもの言ふ事が出来ないのかそれとも極度の緊張からであつたか、隻語を発する者もなかつた。闃《げき》としてこの群集の沈黙は物凄かつた。彼の順番が来た。彼は階段の番人によつて攀上《はんじやう》を許可された。彼が階段に足をかけて二三段上つた時に、彼の後から上つてくる人間が呟くのを彼は聞いた。

「ああ、生きてゐたといふ思ひ出には一つ、日の光といふものを充分に……」

彼は、人がもの言ふのを珍らしく思つて、ふりかへつて見下した。それは彼の直ぐ後から攀上して来る人の言葉だつた。しかも、彼がそれを知つた瞬間には、気の毒なその人はまだ日の光一すぢ浴びないうちにもう階段からすべり落ちて、既に適当に処置されてゐるところであつた。多分あまりのうれしさにうつかりして踏み外したのであらう。彼はかすかに身震ひをして、改めてしつかりと階段の手すりを握り、足を注意ぶかく踏みしめた。
すさまじい勢ひで、風を呼びながら墜落する者があつた。やはり階段を攀ぢてゐるうちに力尽きたものであらう。その叫び声がこの円筒のなかで反響した。これらの墜落者が幾つも幾つもつづいて階段の外を嘯きながら落ちて行つた。有難い事にはどういふ仕掛があるのか墜落者は決して階段の上にまくれ落ちて来ずに、階段の外を落ちて行つた。見下ろすと、かういふ出来事は日常の普通事であると見えて、この階段の周囲は、墜落者を早速に自動的に処置するやうに出来てゐるらしかつた。（彼が悟つた通りである。さうして墜落者の数は、やはり自動的示針によつて明確に指示されてゐたのだ。何事にも完全な統計は文明国の政府として忽にすべからざるものだからである）
最初のうちは墜落者を見るごとに足がふるへて、彼自身も危く墜ちさうであつたが、いつの間にかそんなものにも慣れてしまつた。彼はもう大分、攀ぢただらうと思つて、上部を見上げた。彼の攀上がまだ三分の一にも及ばなかつたのを発見した時には、彼は思はず溜息をつき、こんな激しい疲労で果して無事に地上に到達することが出来るかと思ふと、危く墜落するところであつた……

彼の生ひ立

（額に油汗を流しながら螺旋階を上つてゐる彼が果して無事に地上に登ることが出来

るかどうか。〔いや、大丈夫登るであらう。さもなければこの話はもうこれ以上には発展しないわけなのだから〕彼がこの単調なしかし緊張し切つた命懸けの仕事をしてゐる間に、我々は彼の過去に就て知つて置かう）彼の生ひ立ちは——尠くともその二分の一以上を、彼は自分でも知らなかつた。それは決して無理もない事である。個人が個人の経験を尊重してそれを記憶して置く習慣はここには無かつたが上に、彼はその頃あまりに幼少であつたらしい。

　或る日、彼は実にまぶしいやうな光線のなかで目を見開いたのだ。すべてが今まで身に覚えないほど快適な状態であつた。さうして彼のぐるりには五六人のおとなが眠つてゐた。その外に一人の見慣れない老人がこれは起きてゐて彼の枕もとにしやがんでゐた。

　彼が最も快適に思つたのは、彼が今まで経験したこともないものが彼の口のなかへ流れ込んで来てゐたのが重大な原因であるらしかつた。（ただ飲用瓦斯をのみ知つてゐた彼はその日まで水といふものを知らなかつたのだ）。彼の居るところは隅から隅まで光に満ちてゐた。そこで彼はその見慣れない老人と対話をしてゐるうちに、突然に起つたこんな変化の理由を、ぼつぼつと悟るやうになつた。老人が言ふのには、彼は道路で自殺をしたのである——交通機関のために跳ね飛ばされる事を総括して自殺と呼び慣はしてゐたが、その自殺者として彼は、適当な処置によつて、交通整理車に運搬され、地下道に掃き捨てられたに違ひなかつた。

「わたしもその一人なのだ」老人は言つた「今日の社会の状態では有料散歩道以外のところを乗物に乗らないで歩行するぐらゐな人間は、自殺志望者と見做されてゐるよ。無理もない事だ。あの道路を、どんな注意を払つたとしても車に轢かれずに三メートルと歩行出来る筈はない。それを承知しながら、そこに出てゐるといふことは、その決心の有無にかかはらず自殺志願者に違ひないわけだ。さうしてここへは毎日無数の所謂自殺遂行者たちが運ばれて来るよ。そのなかに無論お前のやうに単に気絶したにすぎないだけの人も随分あるのだ。わたしも丹念にそれを拾ひ上げては助けてみる。しかし誰も満足には回復しない。もう今までにさんざん衰弱し切つてゐる連中ばかりだからね。ここにゐる人たちもせつかく拾ひ上げてはみたけれど、もうみんな駄目なのだ」

言ひながらその老人は、彼を抱き上げて、それを片隅に置き直し、それからこれは彼にも以前味つたやうな気のする食用瓦斯のパイプを彼の口に当てがつた。さうして老人は彼以外の人間を抱いて、ひとりびとり下の方へ投げた。その度に、ものを吸込むらしいゴオといふすさまじい音が地の下の方でうなつた。眠つてゐる者と思つた人たちは、みんな死人であつたと見える。

この老人は実に不思議千万であつた。どうしてこんな所にたつたひとりで生きてゐるのか、それが第一に判らなかつた。その上にこの人は何事でも知つてゐた。彼等は次のやうな問答をした――

「お前のゐたところは真暗だつたかい」

「いいえ。少しは明るかつたの、ぼんやりと」

「お前は婦人といふものを見たことがあつたかい」

「婦人つて、どんなもの？　小父さん」

「知らないのか。それぢや見たことが無いのだらう。お母さんも無論知らないのだね。婦人はどんな人だつて地下の十階以下には決して住んではゐないよ。――特別にいい職業があるからね。それでお前、何かい。空気は管から毎日吸つたかい？」

「ううん。時々なの――随分おいしかつたの」

「うむ。するといろいろ考へ合せて、お前の住んでゐたのは多分地下の三十階附近だつたらしい。わたしは地上の一階から十九階までは知らないけれどもその外ならば知らないところは無いのだからね。ハ、ハ、ハ、ハ、ハ、ハ。」老人はどうしてだか知らないけれども大声でながい間ひとり笑つた。それから「それにしてもお前はきつと随分といい生れなのだね。実際、出産税はおそろしく高い。それを満足に払へるのは地階の二十階までがせゐぜゐだ。その外の階級ではただ社会税を支払つて捨子をするより仕方のない世の中だからね。地下三十階に捨子をするために支払ふ社会税だつて並大抵なものではない。お前のお母さんはそれが出来る程の人だつたとすると、お前はなかなかのいい生れだといふことがわかる……」

老人はその他いろいろなことを話した。彼には了解しがたい事ばかりであつた。その後何年かの間、この老人は彼の養ひ親になつた。老人は彼を愛育した。彼が生長するに従つてこの老人がどんな人であるかといふことが少しづつ判つて来るのであつた。行路病者或は街頭自殺者の死屍を地下へ運搬する入口に当つてゐるこの人知れない一角へ人知れない世界をひとりで開いてゐるこの老人は、その人自身の言ふところによると、死屍のなかで新しい世界を夢みてゐる人であつた。この追放された半羊神は気の毒な笛をこんなところでひとり吹いてゐた。簡単に言ふとこの老人は、人間には霊といふものがあるといふ考を抱いてゐた。しかし彼があると信じてゐるその霊なるものは、今までにどんなえらい解剖学者も人体のなかからその存在を発見した事のなかつたもので、そのやうな目に見ることも出来ないものを信じてゐるといふことがこの老人の今日の社会のどの階級にも生存出来なかつた根本の原因であつたらしい。彼は何百層とある社会の種々雑多な階級から一段一段と追はれた。今日の社会ではどの階級にも彼の行動を理解する人々がなかつたから、彼は誰にも相手にされなかつたのだ。さうして彼は彼のやうな考はこの星以外の世界——多分火星あたりでは通用し、そこではさういふ別の文明によつて社会が出来てゐるかも知れないと思つてゐた。彼は火星との通信を今も熱心に計画してゐた。

「もともと私は歴史の学者だ。さうして二十世紀と二十一世紀といふ昔の時代のことに興味を持つてゐてね。それは実に面白い時代なのだ。当時、新らしい煉金術が流行してね。何でもこの世界といふ立体を一度逆にひつくりかへして置き直して見ると、人生はどこもかしこも光明的なものに、黄金になるといふ思想なのだ。そこで世界が非常に動揺し出してね。その結果はひどくごつた返した後にやつとどうやらひつくりかへしに置き換へたのだ。折角だんだん落着いて新らしい世界が出来てみると今日の世の中なのさ。私が二十世紀に興味をもつてゐるといふのは、そのころ極度に発達してゐたその当時の世界の状態が、不思議と今日の世界と大へん似てゐるからなのだ。かういふ研究を私はまだ若くつて地上の二十階に住んでゐた頃に、発表したものなのだ。そこで私はその学者の社会から追ひ出されたのだ。それ以来といふものは私が物を言ふ毎に、人は聞かないふりをして横を向くのだ。私は地階の二十階を見棄てなければならなかつた。又、日光や空気は人間には階級の如何にかかはらずその健康上必要なものだと説明した上で、それらのものは古代では人類が殆んど平等に享有することが出来たところを見るとこの意味では近代の文明は呪ふべきだといふ説を私が発表した時、私は二十一階の社会から追ひ出された。何でも私は時代の常識に従はずどんな事実にも特別の意見を抱く卓越個人とかいふものらしいといふので人々は排斥し出したのだ。」老人は声を上げて笑つたが「お前はまだ子供だから話しても判るまい。そのうちに追々といろんな私の考を聞いて貰はうよ」

かういふ風に、老人は折にふれては彼の身の上を話したり、或は少年を教育しようとしたりした。夜になると、老人は小さな機械を組み立ててゐた。その火星に通ずるべきラヂオは、もしここに充分なアンテナを設ける高さなり広さなりがあつたならば必ず役立つのだけれども、この秘密の地下窟にはそれだけの余裕のないのを、老人は専ら歎息しながら、研究に没頭してゐるのであつた。

この二人の住んでゐた小世界では、日光もよく射したし、空気にも飲食物にも不自由しなかつた。適当な温度まであつた。老人はそれらの事に就ては一言も言はなかつた。少年も亦はじめのうちこそそれを奇異にも有難くも思つたがそのうちいつの間にかもう人間当然の権利として怪しまなくなつた。

突然、或る日、数人の人間が——いつものやうな死骸ではない珍らしい生きた人間が、この人知れない場所へ侵入して来た。それは警官といふものであつた。十幾年間に渉る永い間、日光や、空気や、食料瓦斯、又は最も貴重な飲用水などといふものが、どこかで洩れてゐることが、メータアに現はれ、それを研究して見ると丁度一個の人間の必要分だけに相当することがわかり、しかも数年前からはそれが二人分だけの分量が消費されてゐることが知れた。政府はそれらのものの使用区域を小さく区切つて取調べた結果、警官たちはたうとうここに踏み入ることが出来たのであつた。さうして未曾有の大胆不敵な犯罪者だといひながら、警官たちは、老人と少年とを捕縛したのであつた。(少年が神仙のやうに思ひ込んでゐた者は泥棒であつた)。最も科学的に巧緻な方法で行はれてゐたこの犯罪は少年には不可能であつたし、老人は罪責を無論ひとりで負うたから少年は直ぐに釈放されることになつた。放免される前に少年は法官から、過去の記憶を失ふ方がいいか、それとも声音を失ふ方がいいかと質問された。この難問を受けたものは暫く熟考してから、声音を失はうと申し出た。何故かといふのに彼はあの老人の敬愛すべき人柄と恩義とを忘れたくなかつたからであつた。法官は彼に一杯の無味無色な液体を与へた。それを彼は嚥み干すと、口が利けなくなつてしまつた。さうして彼は警官に導かれて地下の最下層の社会へ送られたのであつた。

彼の養父ともいふべきあの老人のその後の消息は杳として知られない。

街上奇観

両側の極端な高層建築は、見上げると遠近法の理に従つて正に一点に集中しようとするかのやうに両方から今に崩れかかつて来さうに見えた。さういふ直線が上に向つて延びてゐると同時に平面的に前方へも延長され、これら左右の平行線も亦一点で結びつかうとして遠くへ行くほど切迫してゐた。これらの堅い冷酷な巨大な立体用器画の風景はどこもかしこも毒々しい赤や青で縦横無尽に出鱈目に不規則に大小さまざまな形で区劃されて、塗りつぶされてあつた。それは極度に強烈なあらゆる色彩の稲妻が建築物の広大な壁面へぶつつかつて、その痕にその色彩の断片を落して行つたやうであつた。その頭痛を催させる一つ一つの色の上には、それと対応して最も不愉快な効果を強める別の色でさまざまな文字が書かれてあつた。それはとても理性では理解することはおろか、推測することも出来ない文句であつた。或る一角には

「数千円ガ僅ニ一円！」

といふ不思議な算術が書かれてあつた。それよりもつと大きな一区劃のなかには、又何事であるかは知らないが、次のやうな破天荒な宣言があつた。

「自分ノ店ノ最モ粗悪ナ商品ヲ買ヒ、自分ヲシテ成金タラシメルコトハ、社会ノ正義ヲ重ンズル市民ノ忘ルベカラザル義務デアル。何トナレバ我等ノ商品ハ無智ノ幸福ト無反省ノ美徳トヲ適当ニ配合シタルモノデアル。偉大ナル哉「俗悪」ノ大精神！　大臣モ将軍モ博士モコノ配合ノ絶妙ヲ讃美シ保証ス」

目に触れるそれらの文句の一つとして不思議不可解でないものはなかつた。

やつと地上へ這ひ上つた彼はこれらの街上の奇観を一瞥して、線の交錯と色の分裂とで先づ肉体の恐怖に脅かされたが、壁上の不思議な文字を読んだ時には、自分自身が発狂してゐるのではないかといふ不安に襲はれた。彼はせめては空とやらいふもの

の色を見たいと思つて上を見上げたが、屹立して落ちかかるやうな家と家との間の僅かな隙間にある空間の色は、壁面の毒々しさのために色を失つてただ鈍く光つてゐるだけであつた。さうしてそんなに高く仰いでゐると眩暈を感じて打倒れさうであつた。

　彼はいつの間にか群集のなかに混つてどことも知れないところへひとりでに動き出してゐた。群集は恰も深い溝の底のやうなこの街を、さながら引汐の時刻の堀割に浮漂した泥や芥のやうに一定の方向へ移動してゐた。彼等は人の話に聞く日光といふありがたいものの恩恵に浴しようといふので、一生懸命に走つてゐるつもりであつた。しかし気力を失つた彼等はやつと歩くことが出来ただけであつた。中にはもう死んでしまつてゐて、死んだままでやつと、生きてゐる人間と人間との間に介在してゐるがために動いてゐるものもあつた。我々の主人公はこの群集の中で、もう何が何であるか充分に意識することも出来なくなり、ただあの壁上の最も非理性的なさまざまな文句が、どういふ特別な仕掛があるのか、嫌応なしに目のなかへ飛込んで来ることを防ぐために目をつぶり首は自づと垂れてゐた。彼はもう自分の行くところを忘れてしまつた。さうしていつまでかうして歩いてゐるのだか知らないけれども、多分この街上でかうして歩きながら死んでしまふだらうと考へてゐた。

　突然、群集の叫び声に驚かされて彼は目を開いてみた。眼前には大きな広場が展開し、その中心は色が変つてゐた。それは太陽から直射する光線の当つてゐるところに違ひなかつた。彼は一目見るとへんなことにはそれに対して食欲を感じた。この広場には八方からたくさんの路が通じてゐて（多分この広場を中心にして放射線状に出来てゐたのである）その一つ一つの路――高い建築物と建築物との足もとにある小さな深い凹の隙間からは、黒い群集が皆一度にこの広場の日向にむかつて注ぎ寄せてゐた。（彼等のすべても亦食欲を感じてゐるであらうか）

広場は瞬くうちに無数の人間で一ぱいになつた。

いつの間にか彼の体にも日が当つてゐた。正午の太陽が空の真中にあつた。彼は日光を手で掬うて食つてみた。日光は香気がした。体中が熱くなつて来た。酔を感じた。ここでもまた人死が沢山に見られた。彼等は目がくらみ又かつて経験のないこの快感のために中毒したものらしかつた。しかし、彼等は陶酔のうちに太陽を讃美しながら死んだものであつた。

一台の甲虫のやうな形の飛行機が現はれ、群集はざわめいた。機は低く下りて来て着陸しさうに見えた。群集は不安の中にもこの有難い場所からもう動かうとはしなかつた。機は、しかし群集の頭の上をおもむろに一周しながら無数の紙片を撒き散らすと、再びどこかへ消えた。彼はひらひらと光りながら彼の肩の上へ落ちて来た一片を拾ひ、それを手に取つてみた。それは、

「諸君ハ果シテ幸福カ」

といふ見出しであつた。どうも宣伝ビラであるらしい。

救世の福音

彼が読んだところのものは、全く驚嘆すべき宣伝文に相違なかつた。

冒頭、先づ植物の幸福を力説してあつた。それは空気にも日光にもあらゆる食物にも、決して事欠く憂のない種族だといふことを、充分本当に説いてあつた。それから次にはその植物とはどんなものであるかを説明してあつた。(何故かといふのに、神聖な種族である植物は、数世紀前からその傾向を示してゐたが、既に二三世紀前には悉くこの地上を見棄てて、そこからその影を没して了つてゐたからである)。その説明によると植物と人間との単なる相違は只三つである。その第一はその形態。その第二は発言能力の有無。その第三は自己の意志で動くことの可能と不可能。僅にこれだけの事にしか過ぎない。若し生命の長短を論ずるならば植物の殆んど無限ともいふべき生命は、到底人間などの比ではないのである。さうして、植物の形態がどんな立派なものであるかといふことは、古来の諸文献に徴して最も明瞭な事である。してみれば残されたところの唯一問題は発言能力及び自己の自由なる意志による運動能力の二点にある。

「コノ点ハ諸君ノ熟慮ヲ待ツベキモノナリ」

と、さう述べてゐる——この宣伝文の筆者は、賤民があの最下層住宅区の高さ一メートル、巾は三分の二メートル、長さ一メートル半の場所のなかで自己の自由な意志で運動出来ることを喜べる者と想像してゐるらしいのは寧ろ滑稽であつた。

それにしても何のために植物の幸福を説き、又人間との比較を試みてゐるのだらうかと疑つてゐると、文章は忽然として次のやうに結ばれてゐた——。

「充分ナル日光、新鮮ナル空気、飽クナキ栄養分ノ摂取！　無限ノ長寿！　之ヲ欲スルモノハ進ンデ植物タルコトヲ希望セヨ！　コレ実ニ諸君ノ幸福ニシテ、又、諸君ガ植物タルコトニヨッテ、今日ノ過剰ナル人間ヲ調節シ、又諸君ハ人間ノ呼吸ニ必要ナル瓦斯体ノ発生者トシテ更生スルノ一事ハ、諸君ガ無意味ナル今日ノ存在ニ比シテ、亦人間社会ニ貢献スル点ニ於テモ迥《はるか》ニ優レリ……」

この宣伝文の末節には別に細説があつて、それに依ると簡単で絶対に無痛な一方法によつて人間を植物に変化させるところの手術が、或る医学者によつて発明され、政府は本年の慈善デーの第二の計画としてその医学者に命じて志望者を植物に変形させるといふのであつた。さうしてこの細説の最後の一項には次の如く書かれてあつた。

「尚、当日手術場ニハ多数貴婦人ノ御臨席アルヲ以テ、被手術者ハ該貴婦人達ニ見物セラルルノ光栄ヲ得ベシ」

皆一様にそれを読んでゐた群集は、やつと読み終つたと見えて、口々に何か囁き合つてゐた。感嘆の声が洩れた。(どんな点に感じたのだかは解らなかつたけれども)彼は宣伝文を再読し、三読した。彼は決心といふ程でもない決心で、植物になることを志望することにした。彼は決して植物になりたかつた訳ではなかつた。けれども彼は死にたくはなかつた。さうして今日のままで人間の形を保たうとしたならば、もう十時間とは経たないうちに死ぬ外はない。死人に運動が可能だらうか。発言能力の如き、彼にはもう完全に無いではないか。

「俺もその植物とやらになるとしよう。本当にここに書いてあるとほり幸福だかどうだか知れないが。何にしろ今日の我々よりもみぢめな存在物がこれ以上にあらうとも考へられないから、してみればやつぱりこれは本当に相違ないからね」

「然うだとも」

彼の周囲にはそんな会話をしてゐるものもあつた。

午後四時になつた。それは植物たることを好まない人間だけはここを立去らなければならない時刻であつた。然し、殆んど大部分の人間はこの場から動かうとはしなかつた。それらの多数の人間を、百人ばかりの警官が来て整理した。何台かの巨大な車に乗り込ませた。車は電燈のかゞやき出した街のなかをほんの暫く走つたが、急に空間疾走を始めた。その車室のなかで一人の役人は次のやうな注意を皆に与へた——

「君たちはこれからその実験室へ運ばれるのだがその前に一応注意をして置く。一体にこの研究は九分どほりは成功してゐるが、全く完全とは言ひがたい。往々にして動物とも植物とも判明し難いものを発生することがある。尤も、それにしても今日の君たちのやうに悲惨にして又無意味な存在物ではない。つまり今日よりは確に幸福にはなれるのだから、この点は声明どほりに安心してゐるがいい。で、研究の不充分といふのは同一の手術方法を講ずるにも拘はらずその結果がどうも同一の植物にはならないのだ。これは何か被手術者——つまり君たちの性質などとも密接な関係があるらしい。第一にそれを知る必要があるし、また若し出来るだけ君たちをそれぞれ各自の希望にそふやうな植物にしたい。それらの必要上、只今カードを一枚づつ上げる。何れお前たちは名前などといふ贅沢なものはあるまいから、そのカード番号が実験室ではお前たちの名前になる——よく覚えて置きなさい。さうしてそのカードの諸項目のなかへ適宜に書き入れなさい」

彼は NO. 1928 であつた。

いよいよ植物に

彼等は大きな建物の内部をさまざまに上つたり下りたりした。さうして最後に真黒い小さな部屋のなかへぎつしりと密閉された。精神状態はいよいよ朦朧となつてしまつた。(既に変形手術の準備方法の下に於かれてあつたのだ。)

NO. 1928はどういふわけか第一番に呼び出された。さうして彼は外光のなかへ連れ出された。彼の立つてゐるぐるりには一面の座席が馬蹄形に連り、それは後方へ行くほど一段づつ高くなつて聳えてゐた。そこは人で埋つてゐた。(コロシウムに似てゐる)彼がそこへ連られて行つた時には前方の講壇の上では堂々たる人が喋つてゐた。

「……かういふわけでこの手術は、かくの如く社会政策の上から頗る有益なものであると同時に、また一種の奇術的興味の甚大なるものでありますから、特に公開して皆さまを御招待申したわけであります。なほ製作された植物にして愛玩するに足るものは競売することに致してあります。何とぞよろしく願ひます」

人々は盛んに喝采するらしいが、彼の耳には非常に遠方から来たやうに感ぜられた。第一の人が降壇すると、別の男が現れた。この第二の男は彼——今から手術に取かゝらうといふNO. 1928を臨席者に紹介するのであつた。

「カードの記入は御覧のとほりであります」かういつて説明者は後方をふり返つた。見るとそこには彼の筆跡がそつくり拡大されて白昼の空間のなかにくつきりと浮び上つてゐた。説明者は言ひつづけた「この記入は今回の応募者の中で最も特色のあるものので、それ故最初の被手術者として択んだのであります。この記入文は御一読しても了解し難いかと思ひます。先づ、NO. 1928はすべての賤民社会の例に洩れず名前は無論、年齢の自覚がありませんので、我々は十五歳位と推定しました。希望の項目の下には、愛サレタイといふ最も難解な文句があります。実はこの一語は我々にも充分には了解出来ませんので、言語学の方から言ひますと二十世紀位までは使用された事があるらしく、それ以後は全く廃語になつてゐます。そんな言葉をこの少年が何故知つてゐたかといふことは疑問であります。しかし下層階級には我々の想像を許さないやうな突飛なまた野卑な言葉が往々にしてあります。兎に角、廃語を復活した卑語の研究は我々の専門外のものであります。そこで「愛」といふ言葉の本来の意味は十八九世紀ごろまでは心理学的題目であつたらしいのですが、その後我々医学の方で取扱ふテーマとなり、簡単に申しますと心臓の薄弱から来る病的麻酔の作用なので、患者は多少の中毒的陶酔を感ずる者らしく、激烈なるものは無論生命を冒す危険を伴ひます。この流行性病症は前紀の人類社会では異常に流行し、時には人工的にこの病症を導く傾向さへあつたものです。かういふ途方もない希望を抱いてゐる者がどんな植物になるかが、我々及び諸君にもきつと多少の興味を感じさせませう。それから今までに最も楽しかりし経験といふ項目には、温カナ香ノヨイ白イ人間ニ似タモノニ抱カレタ夢ヲ見タ事とあります。これも充分には理解出来ないのでありますが、下層社会では婦人といふものを実際に見る機会は殆んど絶無でありますから、これは婦人のことを暗示し、多分異性に抱かれた夢を見たことがあるらしいのであります。」

婦人の笑ふらしい嬌声が方々から洩れた。この嬌声を聞いてゐるうちにNO. 1928はふと人間の情緒の最後の炎がもう一度一時に閃き上つたらしい。彼は笑声の来る方をたづねてあたりを見まはした。座席には今まで気がつかなかつたが見た事もないやうな種類の人間がたくさんゐた。さうしてそれは彼が今までの夢のなかで時々見たことがあつた種類の人間――婦人達であつた。彼は気まりの悪い思をして目をふせたが、手術者はそんな事には一切無頓着で、彼を真裸にしはじめた。さうして腰部に淡い痛みを感ずる注射をされた上で彼は一段高い台の上へ登らせられた。座席の方からは貴婦人達のオペラグラスが一斉に彼の方へ向けられた。彼は益々首を垂れた。彼の登つた円い台は、廻転し出した。だんだん早くなつたと思ふと、急に止まつた。彼は再び台の下におろされた。彼の足が地上についたと思ふと、その時彼は一度地面のなかへぐいつと引込まれ、同時にうなだれてゐた彼の首が自分の胸のなかへ入つてしまつたやうな気がした。

「もしや俺は香具師にだまされて殺されるのではないだらうか」

が、次の瞬間に彼は爽やかな空気を感じて愉快に呼吸をした。恥しいとか苦しいとかいふ今までの感じは発散し消失してしまひ、振返つて見ると彼の腕は全く硬ばつた上に新鮮な青色を呈し、指はだんだん扁平になりやがてペラペラしたものに代つた。腕ばかりではなかつた。全身が真青になつて、指の変形のやうなものがあらゆる部分から発生するところだつた。実際、彼の体は半分以上地面のなかへ引き入れられたと見えて、身長は今までの三分の一近くに縮められ、それよりも最も驚いたことには、ただ感じばかりではなく自分の首が事実どこかへ無くなつてしまつてゐる事である。それでゐてどこに視覚があるのか、外界のものははつきりと――今までの朦朧たる状態よりも幾倍かはつきりと見えた。「先生、見事な成功でしたね」助手が言ふと先生は黙つてうなづいた。それを聞いて彼自身も安心したやうな気になつた。別に一人の教授が彼の傍へ近よつた。彼を凝視してゐたが、「薔薇科に属する植物である」と鑑定した。それはどんなものであるか自覚できなかつたが、彼はたしかに幸福感を持つた。

この時第二の被手術者が現はれた。それは番外と呼ばれてゐた。この番外を見た時に、薔薇は出来るだけ大きな声を張り上げて叫んだ。といふのは番外とは実に彼を地下の別世界で養育したあの老人に外ならなかつたからである。彼の声は彼自身の耳にははつきりと聞かれたのに、何人もそれに応ずるものはなかつた。植物の言葉が人間に通じないことを彼は自覚した。さうして叫び立てることをあきらめて、黙つてただ深い感慨に打たれてゐた。この老人は死刑の処罰をうける代りとして変形させられるのであつた。それ故、何等の希望をも述べることを許されないばかりか、普通の注入薬液でないところの特別のものを使用されることになつてゐた。彼は植物界に於て最も哀れな状態にある微小な生存の蘚苔類にならなければならない――それは太陽に面することも出来ず、永久に不健康な場所から決して移動することは出来ない。それは植物の世界に於ける最下層階級である——さう宣言せられてゐた。気の毒な老人は何の抗弁もせず、又落胆や悲傷の様子もなく、手術者たちの為すがままに任せてゐた。彼は裸体にされ、廻転台の上に乗せられ、さて地上に置かれた。その時である。突然、薔薇は激しい不安に打たれてよろめくのを感じた。下半部をそのなかに生かしてゐる地面が、むくむく持ち上がるやうな事が起つたからである。驚いたのは、しかし薔薇のみではなかつた。周囲の見物人たちは泣き叫び、総立ちになり、手術者はその威厳をも忘れて、その場に坐つてしまひ、茫然自失してゐた。これらの騒動のなかに、地面を震動させながら根を張つた奇怪な発生物は、双腕を高く天に挙げ二本の腕の周囲からはまた諸所に各々の新らしい二本の腕を生じ、瞬くうちに数千の腕を生み出した者は、その手の指から最も壮んな火焔のやうな美しい緑を滴らせながら、なほも刻々に高く拡がり延びる事をやめようとはしなかつた。巨大な魔物は風を呼び起した。さうしてその新鮮な葉はサラサラと鳴り響いた。それは植物の言葉では哄笑に外ならなかつた。(薔薇は久しぶりに、彼の養父の楽しげな笑声を聞いた。さうして恐怖はしづまつた)

この一大事はその後どうなつたか知らない。何故かとならば薔薇は間もなく別の場所へ移されたからである。

それは一人の中流以上の婦人だといふことを、薔薇は本能的に知つた。さうして歓喜したが、彼女は薔薇を鉢のままずつかりつつんだ。彼の視野はすべて遮られた。彼は持上げられた。それから彼女の腕に抱かれた。（見ることは出来なかつたけれども、彼はすべてを感ずることが出来たのだ）彼は彼女とともに滑走し、飛行し、上昇した。すべてが夢の中の出来事のやうで好かつたが、只一つ困却したのはこの乗物が絶えず高低の定まらない不快な音響を響かせる一事であつた。人間の世界といふものが如何に喧噪極まるものであつたかを彼は薔薇になつて始めて気づいた。（軋るやうな音響の美を感じられなければ、この時代の音楽は理解されないだらう。歯の浮くことの快感ほど深刻なものはない！　彼の乗せられたものは音楽を奏してゐたのを、薔薇は知らないのだ）

動くことは止まつた。薔薇は卓上に置かれた。覆は取のぞかれた。明るすぎる燈火の下に曝された。薔薇は変形させられるために裸にされた時、四方から彼の上にそゝがれた貴婦人たちのオペラグラスを思ひ出して、赧くなつた。彼をこゝに運んだ若い女の外に、ひとりの男がゐて、彼等は彼を見おろしながら話し合つてゐる。

「うまく手に入つたな——競売はどんな具合だつたかね」

「競売なんて、買ひ手はわたしひとりなのよ」

「そんなに不人気か――それぢや、折角買つて来ても看板にはならないではないか」

「大丈夫、その点は大丈夫。みんなはそれや、このへんなものに興味は持つてゐるのだわ。でも何も使ひ道がないので買はうと言はなかつたのですよ。それにこれを飼ふのはなかなか贅沢ですよ――少くとも三十分は日光が必要なのですつて」

　この対話は薔薇の自尊心を傷けた。

　その晩、薔薇は窓の外に置かれた。こゝは地上の第何十階かは知らないけれど、彼は見下して身ぶるひした。窓は若い女の居室につゞいてゐた。彼女のところには夜更けに、非常に美しい若い男子が訪問した。それは不思議だつた。どこからとも知れず忍び入つた。彼等は別に声をひそめるでもなくさまざまなことを語り、またさまざまな行動をした。薔薇ははづかしくつてまともには見られなかつた。だからそれを茲で話すなどといふことはとても出来ない。若い男は一時間ほどそこにゐたが、再び掻き消すがごとく立去つた。絶えず例の軋るやうな高低種々な音響が洩れ、それに夜は太陽の直射よりもあかるかつた。空には大きくサアチライト的発光空間帯があつて、その上にはノンシヤラン市と書かれてあつた。（空間鉄道の目標なのであらう。その文字は時々赤くなつたり青くなつたりして信号した）薔薇は眩しさと騒がしさとで到底眠ることが出来なかつた。喧騒がやゝ静まり、あたりの眩しさが消えてうとうとしたと思ふと、睡苦しい薔薇としての第一夜は明けたと見えてもう朝日が彼の上に注がれたので目を醒さざるを得なかつた。太陽光は、しかし直射ではなかつた。幾つかの反射鏡で屈折せられてやつとこの窓に到達するらしかつた。こんな光でもしかし、彼の赤い蕾を養ふには役立つた。さうして三十分ほど照してゐたがもう当らなくなつてしまつた。(特に彼のために日光が買はれてゐることを薔薇自身知つたのはずつと後の事であつた。) 彼は日当りのなくなつた窓の上で過去のことを思ひ、またこの境遇の変化を考へ、たしかに看板にされるのだと聞いたが、こゝは一体どんな店なのだらうかといふ軽い不安に襲はれ、夜の睡苦しいのも困つたものだと思つた。しかし、人間であつた時のことを考へると、その幸福はまるで雲泥の相違ではないか。然うだ。――さう思ふと、彼は彼の不平を勿体ないと気づかずにはゐられなかつた。然し、薔薇自身は自覚しなかつたけれども、たつた一晩の間に彼は既にこの階級の空気の洗礼を受けて、余程贅沢な気持になつてゐたのである。

薔薇は窓から運ばれて、大きなガラスの箱のなかに入れられた。そのまはりには彼のものに似たさまざまの花が首だけもぎ取られて、皿の上にころがつてゐた。花屋のウヰンドウかと思はれた。――「人ハ瓦斯ノミニテ生クベカラズ」といふ文字が、ガラスの上に書かれてゐるのが、その裏から左文字になつて読めるのであつた。ウヰンドウの外では往来の人々が物珍らしげに立どまつて、皆は彼を指した。何か言つてゐるらしいけれどもガラス越しで少しも聞えなかつた。人が立ちどまつてのぞくので彼は満足だつた。店の主人は彼以上に満足らしかつた。薔薇は退屈のあまり自分の見物人を見物してゐた。彼はこの階級の人間といふものを、はじめて熟視したのであるが、彼等はどれもこれも見分のつかない程同じ顔をしてゐた。服装に到つては男と女との二つの区別より外、皆一様だつた。何か制服でも決まつてゐるらしかつた。――しかし、彼のこの観察が間違つてゐた事は二三日するとすぐ判つた。(彼が地下の人知れぬ別世界のなかで老人から聞いた事のあつた話をふと思ひ出したのだ) なるほど人々は一様の服装ではあつた。しかもそれは日毎に一様に変化してゐた。流行の型に従ひ、さうして流行は一日一日と変つたのだ。翌日の流行はラヂオで前日の夕刻報道された。一日おくれになつた流行はやがて次の階級の社会の流行になつた。人々は一日だけ着た古着を次の社会へ売り払つて、日毎に新らしい――つまりより一段上流の社会から来た古着を着用した。政府は流行税を徴し、また流行省は古着の専売局を経営した。これは社会経済の上から立案されたものださうで、これによつて下層民になればなるほど安い衣服を手に入れることが出来るといふ趣意だと言はれてゐる。が、何よりも先づ政府直営の古着専売局の日々の利得は絶大なものであつた。人々は流行に支配されないわけにには行かなかつた。流行に従はない――従ふ能力のない人間は風俗を紊るものとして、社交界から追はれなければならなかつた。それ故、この流行制度を呪ひながら、着用した衣服のお供をして下層へ落ちて行く人々の悲劇は日々無数にあつた。

悲劇と言へば、薔薇がそのウヰンドウに置かれたこの店は、どうも花屋ではなく、菓子屋であるらしかつた。客は相当にあつた。只、茲に不思議なことには、客が来ると店の女は必ず、先づ、

「悲劇の方にいたしませうか。喜劇の方に致しませうか」

と問ふのであつた。さうして客の注文に応じて、それぞれの箱を出し、客はそのなかから択び出した。これが薔薇には全く了解しがたかつた。しかし、日常の見聞で遂に彼の了解に苦しむものは一二には止まらなかつた。この店にゐる二人の女も一人の男も、それがどんな関係の者であるか、いくら注意して観察してもわからなかつた。最後に、男はこの家の主人で、女のひとりはその娘で、もうひとりの女は売子だらうといふことに一先づ決定した。又、毎週一度づつ必ず夜間になつて娘のところへひそかに訪問するところの男子もわからないものの一つであつたが、これはこつそりとは来るけれども、どうも公然の夫であるらしかつた。(これが映像と音声とそれに触感まで組合はされて電送される幻影で、産児制限の最も確実なる方法として、政府が最近に奨励してゐるものであつたことを、薔薇はまだ知らなかつたのだ) さうして薔薇は有夫の婦人を好まない性質であつたので、この女ではなく売子の娘の方を愛することにした。彼はいつもこの女の心づかひで、窓に出されたりウヰンドウに置かれたりし

てゐるうちに、自づとそんな感情を抱くに到つたと思へる。――彼は非常なさびしがりやだつたものだから。

芸術の極致

窓のそばの机に対しながら、この家の二人の女たちは一冊の書物をのぞき合つて、「いいわね」「あら、素的じやなくつて」などとしきりに感嘆してゐるのを見た。薔薇は直覚的に彼女たちは詩集を読んでゐると考へた。さうしてこんな不可解な社会にも芸術のあるのを知つて欣快を覚えた。そこでその横綴の小冊子をのぞき込んで見ると、それは実に（！）模擬紙幣の図案集ではないか。しかも彼女たちがそれを一とほり愛読（？）して了つて本を閉ぢた時、表紙には現代文芸大全集の第八巻とあつた。彼女たちはそれを閉ぢ、しばらくの間文芸論を談合つてゐた。彼女たちは頬をほてらし目をかがやかしてゐた。ひとりはリアリステックな芸術を、ひとりはロマンチックなものを愛好するらしかつた。精々百円ぐらゐなものの方がより多く実感に訴へるといふのに対し、片一方は一万円などの方がいかに空想を豊富にし生命力を充実させるかを力説した。するとリアリズムの信者は、巨大な額面をテーマにすることの好ましい事に異議はなかつたけれども、それらを取扱つたものはどうも実際百万円などといふ観念に伴ふだけの壮厳な権威を表現し得なくて空疎な気持がすると反駁した。

当時文芸は、「いかにして金を儲けようか」とか「若し自分が百万長者であつたならば」といふ近代文化の唯一の生活題目を文字によつて表現する方法は一世紀も前にすたつてしまつて、今日ではどの定期刊行物も単行本も、また一円版全集も（現に今ふたりの女が愛読してゐるものもその一つであつたが、――さうして「数百万円ガ僅ニ一円」といふ宣伝はこれだつたが）同一の題目に対する、より直接的な効果に訴へる手法として、最近は殆んど悉く模擬紙幣の図案集になつてゐた。中にはその過大な迫真力のために人心を動揺させるといふので社会の風教のために発売を禁止されるものもあつた。人々はそれを熟視して生活の豊富になるのを痛感した。人生の目的を知つて生甲斐を感じた。さまざまの空想を誘はれて人生を光明的に感じた。さうして人々はこの種の芸術のことを精神的芸術と呼んで、もう一つの官覚的芸術と区別してゐた。

薔薇は間もなく知つたが、彼が飾られてゐるこの店といふのは花屋でも菓子屋でもなく実は、官感派の芸術家のギアラリイであつた。しかもこの主人といふのはこの社会ではなかなか権威のある芸術家に相違なかつた。精神派芸術の発達のために一時衰滅に瀕してゐた官覚派芸術に一生面を開いた人物こそ彼であつた。彼は彼のところへ訪問する後輩に向つて、よくさう言つてゐるのを薔薇は聞いた――

「色だとか香ひだとかそんなものをいくら強烈にしてみたところで、もう誰も何も感じはしないのだからね。そんなもので満足したのは昔の話だ。例へばこの薔薇さ（薔薇は指されて悔蔑を感じた）こんな馬鹿なものを見て喜んでゐた古代の人間は、滑稽な話さ。そこでこんな花なんてものを食べられるやうに工夫したのは、確に前時代の天才の仕事だつた。実際人間は瓦斯体ばかりでは本当の味覚は充たされない。固形体を嚙つて見たいといふ慾望は深く根ざしてゐるのだ。この点を発見して色や香の結合した固形体にその色なり匂なりから当然聯想される味をさまざまに工夫したのは、正しく一大進歩だつたのだ。ところが然し、それだけでは要するに古代の所謂お菓子と代りのないもので女や子供の為めの芸術にはなつても一般人士の要求には応ずるに足りないよ。そんなものをさういつまでも誰が喜ぶものか。だからこそ、まるで愚にもつかないつかまへどころのない精神派の芸術を、かへつて神韻があるなどと思つて、一般の芸術的流行はその方へうつつて行つたのだ。それにあの派の芸術も実際一時に進歩したからね。紙幣そのものの情緒を直接に目に見せ、その用途などは全然看る者の自由意志に任せるといふ手法が時代の風潮をうまく捕へたものだ。その単純で直接なところは大にいい。ところで近代芸術の上で吾輩のやつた仕事といふと、これは諸君も幸に認めてくれるとほり、強烈な肉体的刺戟の創造だ。吾輩の製作を食へばとめどなく笑へるものもあるし、涙の湧き出すのもある。深刻なのになると今にも死にさうな苦痛の官覚を呼びおこさせる。死ぬやうな珍らしい官覚に打たれながら、それでゐて一方、これは芸術の作用だから決して本当に死ぬ気づかひはないといふ安心はどこまでも失はない。つまり私のお蔭で人間はその時の気分に応じて無数の肉体的感覚を勝手に発生させられる。交感神経や迷走神経などに適当な刺戟を与へるものなどは尤も通俗的製作だよ。要するに吾輩は色彩や形態や味覚の芸術のなかへ文学的要素を取入れたのだ。吾輩の芸術は紙幣図案などといふ浅薄なものとは自ら違ふ。諸種の伝統的芸術に一大綜合を加へたわけだ。吾輩は実際、今までのどの芸術家も芸術のなかへ薬物学を取入れることを拒んでゐたのが不思議でならない。その癖、太古からアルコールの芸術的価値は知られてゐたし、迷信につつまれた十九世紀二十世紀などでさへオピヤムやコカインなどの芸術的用法は知つてゐたのだ。あの薬物学の全くの啓蒙時代に於てもさ。しかもそれを自覚することが出来なかつた。――といふのもつまりは芸術を形而上的なものなどと迷信してゐたからさ。そこで吾輩は君に一つのテーマを与へたいが、どうだらう、一つ我々が賤民になつたやうな珍らしい諸官感を一時に人々に味はせる方法を工夫して見る気はないかね。この贅沢な好奇的な希望を上流社会の人間に味はせると、きつと流行するよ」

偸み聞いて薔薇は少しもその意味を解することが出来なかつた。それでゐて不思議にひどく腹が立つて来るのであつた。何を見ても何を聞いてもあまりに腑に落ちない事ばかりで、彼の最初の幸福感はどうやら段々うすれて行くのであつた。たゞ一つ喧ましいのや眩しいのにはもう自づと慣れてしまつて、睡ることだけはよく出来た。それに毎朝の太陽は一日ましに温さを増して来た。日光の中でうつらうつらしてゐるのが彼には唯一の幸福であつた。ところがその夢のなかには彼の同類のこの上なく繁茂したものが現はれて彼に話しかけるのであつた。

「お前は月といふものを知つてゐるか」

「お前は星といふものを知つてゐるか」

「お前は虹を知つてゐるか」

「小鳥たちを――夜鶯を知つてゐるか」

「黒土の芳ばしいにほひは？」

「泉の囁きは？」

「夜の露は？」

「少女の接吻は？」

彼はそれらの問に、何一つ答へることが出来なかつた。さうしてそんなむづかしい問ひを発する者は誰だと言つて反問すると、相手は言ふのであつた。

「私はお前の祖先だ。千八百年代の薔薇だ」

さう答へて、その頃の花の生活といふものを語り出した。――夢がさめて薔薇は身慄ひをした。日光は消えてしまつて彼はガラスの箱のなかへ運び込まれた。空気は生気がなかつた。人々は楽しい夏の熱さをいやがつて、このいい季節にアルプス山頂の空気を毎日幾リットルだか混和してしまつたのだ。薔薇は夢のなかの祖先の言葉を思ひ出し、彼の身辺を見まはして自分を囚人だと感じ出した。その夢は彼が毎日、三十分間日向に置かれる度ごとに現はれた——さめてから後に彼の現実を嘲笑ふために。花はどれもこれも三分の一だけ開いてしなびた。——噫、病気だ。

新しき恐怖

或日、一群の女たちが興奮しながら我勝ちに店のなかへ入込んで来た。主人も二人の店の女たちも口々に品切だと言つてあやまりながら、熱心なたくさんの客たちをかへした。さうして慌てて店を閉ぢ、本日休業の札をかかげた。店の者たち、特に主人は狼狽してふさぎ込んでしまつた。薔薇にはこの一場の異様な光景の意味がよくわからなかつたが、聞くところを適当につぎ合せるとかうである。その世界に不思議な恐ろしい病気がこの都市で発生し、若い女で理由も判明しないうちに同じやうな症状で瞬間に死んだものが、この半日にすでに九百何人に及んだ。この新奇な噂が拡がるとともにその強烈な新種の戦慄を一刻も早く実感してみたいといふので、かくも騒々しく婦人たちはこの芸術家の店に殺到したのだ。けれども、さすがに有名な肉体実感の製作家たるこの店の主人もこの異常に新奇な感じを如実に表現する製作は無論持ち合せてゐなかつたのだ。彼はその名声を失墜させないために店を閉ぢたのだが、この奇病が世界に全く始めてのものである以上、これは要求者の方が無理と云はなければならない。

夜になつて薔薇は窓の外に睡つてゐた。と、不意にどこか近いところで、人間の歎息を聞いたが、その次には多少人間の訛りのあるアクセントのややちがつた植物語で、

「全くわれわれは欺かれた」

と言つてゐるものがあるのに気づいた。薔薇は目をあけて四辺を見た。姿はどこにもなかつた。

「誰です、僕に話かけたのは」

すると声はごく近くの壁のあたりで答へた。

「一たい君は誰だ」

「僕は薔薇科に属する植物だ」

「それではお前も、近ごろ人間から変形したひとなのだね」

「さうです」

「さうして一たいお前さんは幸福か」

「…………」薔薇は否と言ひかけて口をつぐみその代りに「で、君は一たいどうなのだ」

「先づお前の方から言ふがいい」

「僕ですか。僕はそれや幸福でない事はないのだが」薔薇は曖昧な口調であつた。彼は相手が、いつか同じく変形させられた連中であると知ると、どうしてだか不幸だと告白したくなかつたのだ。

「それは俺たちだつて幸福でない事はないさ。空気はある、日光もともかくある。それに植物はものを言へないなどと言つたが立派にこのとほり口が利ける。それから飛ぶことさへ出来るのだ」

「飛ぶことが？　植物でゐながら飛ぶ事が？」

「然うだ」相手は吐き出すやうに言つた「俺は出来そこなひなのだ」

「一たいどこにゐるのです」

「壁に吸ひついてゐるさ」

薔薇はここで始めて、今まで全く忘れてゐたあの円形広場の群集たちのことを思ひ起し、自分以外のあの時の人間がどうなつたかを知る機会を得た。本当の植物になつたものは薔薇自身と槲の大樹——あの処刑された彼の養ひ親だけであつたらしい。他の無数のものは皆ただ一片の厚ぼつたい葉つぱのやうな物になつて了つたらしい！

さうして彼等は昨日までは槲の木のどこかへ寄生して巣喰うてゐたのだ。

「その槲の木はどうしてゐる。それは僕のお父さんとも言ふべき人なのだが」

「気の毒に、切られてしまつたよ。根元から」

薔薇は驚き悲しんだ「どうして！　又」

「知らない。あの人は毎日、この地上の空気は悪い――地面は人間の細工で硬ばつてゐる――燈が地上には明るすぎて夜になつても星は見られない、とさう言つてこぼしてゐた。それでもどこか星から声がすると言つて時々は笑つてゐたのに、突然人間が来てその根のまはりの土を掘り出したのだ。とても掘り切れないのを知つて今度は根元から切りはじめたのだ。どうなりとするがいゝ――俺は何度でも芽を生やすのだから。あの人はさう言ひながら切られてしまつた。恐ろしい電気鋸だ。困つたのは俺達だ。無数の俺たちはあの人が吸ひ上げるものを振舞はれて生きてゐた。もう俺は今日から喉が渇いてならない。俺は人間の血を吸はうと決心してゐる。渇いてゐる。それに変形させられる時一目よく見た貴婦人とかいふものの肌に俺はちよつとでも触つて見たい。ヒ！　ヒ！　ヒ！　ヒ！」

この笑声は不気味さ浅ましさが人間のものに似てゐた。

夜は更けて行つた。薔薇は眠ることが出来なかつた。どうしてだか久しく決して思ひ出せなかつたあの地下窟の老人を、槲の大樹になつた人のことを思ひつゞけたのだ。またこの地面のなかに自分はたつた一つの植物らしいといふ自覚がこの上なく淋しかつたのだ。夜があけた。朝日が彼の上を照し出した。その時どこかから直径一吋ほどの丸い葉つぱがひらひらと飛んで来て、彼の鉢の横腹へとまつた。

「ちよつとここで休ましてくれ！」

この不思議な植物性断片は吸盤のやうなものを供へてゐると見えて、植木鉢へしつかりと吸ひついてゐた。薔薇は半睡状態でいつもの日向の夢を見てゐた。……日の光の洪水。青春。そよ風。夜鶯が来て歌つた。月と星とは太陽と一緒に天にあつた。虹がかかり、その中から蝶がおりて来た。泉がささやき――渇いた者はそこで呑むがいい。少女（それは店の売子の娘であつたが）が満開の彼に接吻した。夢は消えた。日はかげつて、毎日の如く彼をガラスの牢獄である飾り窓へ入れるために、彼女が彼の窓のそばに来た。薔薇ははつきり眠からさめた。昨夜の不思議な吸血植物の事に気づき、どうかして人間の言葉を思ひ出して警告しようとあせつた時には、もう遅かつた。彼女は不意に床の上に打倒れた。と、その日の流行によつてすつかり露れてゐた右の乳頸が、ぽつかりと何者かに剔られ、全身は見る見るうちに紫色に変色した。

彼女の手から、驚きのあまり投げ出された薔薇の鉢は、窓の外にころがり出た。あたりに風のうなるすさまじい勢で薔薇はぐんぐん墜落しながら、叫喚し、こんな世界に生き長らへるにも及ばないと閃光のごとく感じたが、それきり気が遠くなつた。……

鴨長明

ひとりの従者を伴うて見るから都の貴人と思へるが、池畔の祠に休んで巨椋の池の水の面に晴れ渡つて行く朝霧を賞でてゐたのが向う岸をあざやかに照し出した日影を見て、やをら身を起すと、かへり見て従者をはげまし、山かげの日野の里の方へあゆみを急がせるのであつた。

于時建暦元年夏七月某の日であつた。史を案ずるに前将軍頼朝の死から十三年目、承久の乱に前つ八年である。

「山かげの路とは聞いてゐるが、朝涼のうちに辿りつきたい。あまりおくれては家に居なくならぬとも限るまい。一往は確めて置いて来たが、なにぶんに家長の卿も久しい以前の心覚えであり、わけては小鹿の角形の山の小径である。しるべも心もとない。ただ外山と呼ぶあたりには相違ないといふ。都から来た世捨人の四五年このかた住み慣れたのがゐる筈である。その柴の庵のあるのはどのあたりであるか篤と里人にただして来い。」

命ぜられた従者は門口に牛を曳き出さうとしてゐた男をいきなり驚かせた。里の男は先づまぶしげに都人たちを見上げて甚だいんぎんな会釈を幾度もしてから、鄙の言葉のままはりくどくどく言ふのであつた。

「ほど近いあたりの大岩の上とは聞いて居りますが、まことに不調法な事にはつきりとは存じませぬでした。隠者が山裾の田へ落穂を拾ひに出てゐるのは秋毎に見かけますが、まだついぞ近づきにもなりませぬから、庵もまだほど近い大岩の上と里の者どもの申すのを聞く外にはしかとは存じませぬでした。今少し麓に近く参られますと、山守の小屋がございますから、そこでもう一度お尋ね下さらばきつとよく知れませうかと存じます。里であの隠者と近づきのあるのは山守の家ばかりでございます。山守のせがれはいつもよく隠者と伴れ立つて居る様でございます。山守の家でございますか。この道を山裾に沿うて参られますれば、田ゐのつきて山の登り口となるあたりに、あやめ草のある軒端の傾いた一軒家でございます。直ぐとお目につきますでございませう。」

里の男は一くぎりごとに頭をさげてやつとこれだけを話し終へると額ににじみ出した汗を拭ひ拭ひ立去らうとするのを、道ばたの草を食ひ食つてゐる牛が動かうとせぬのに気を焦立てながら都の貴人の手前牛を叱るにも気を兼ねて、ただ無言に手荒く綱を引くだけであつた。やつと動き出した牛の後を追うて立去りながらも主従を勿体なげにふりかへつて居るのであつた。牛は気兼ねもなくあたりの空気を震はせて呻いた。牛の声に目をさました里の犬は見なれない都人を見つけておどろいて道ばたへ駆け出さうとして、前庭で餌をあさつてゐた雛雛《ひよつこ》づれの雞を騒ぎ立たせた。その鋭い声に山かげの里の朝の静けさは破られた。

歩々に蛙を田のなかへ追ひこんでゐる主従の都びとは飛鳥井の参議雅経の朝臣とその下部とであつた。

自分のこの唐突なおとづれが、故人を犬や雞や蛙や牛などのやうに驚かせなければいいが、と雅経の朝臣は案じながらも、それかとも見えぬほどに瘦せ衰へてゐたと家長卿のいふむかしの友の面影とこれこそ朝恩といみじくも世に拗ねたその生活とが今に目の前に現れて来るといふ故旧の情と好奇心とが交々動かずにはゐなかつた。しかしそんな一片の好奇心や旧友を慕ふ心だけが朝臣を未明に都から立たせてこの山村に急がせたわけではなかつた。重要なさうして隠密な用向が彼をして古い友をその隠遁の庵に訪はせてゐるのであつた。事そのものが重要なばかりでなく、その用向を果し終へると否とは彼の身の上にも大きな影響があつたからである。人々は多く雅経のこの使命を最初から危ぶんでゐた。ただ友の心を余の人よりは一しほ多く知つてゐるとひそかに信じて、雅経は、一往は十分当つてみるだけの値があるものと進んでこの使命を引き受けて来た。さうして人々の見込よりも自分の見こみが当つたならば、人の心を深く知る者といふほまれが彼にあるわけである。人の心を深く知るとはやがてもののあはれを知る所以でなければならない。してみればこのほまれはやがて歌人のほまれである。かくて、言はば院の和歌所のおん人々を一度にお相手にして歌を合せてゐるやうなものである。ともあれ行くならば行つて見るがいいと仰せられた院だけは畏多いながらまだしも雅経と幾分見どころを同じうして居られるわけであるが、その外のおん人々誰も雅経ほどは長明を知らぬかと思ふのが雅経のこの使命を院からお受けして来た心のときめきとなつた。しかしこの命をお受して来たからにはもし長明がこれをうけがはぬとならばその代理の役は申すまでもなく再び雅経にかへつて来なければならないといふ覚悟ももとよりあつた。はしたなく物をこそ賭けないけれども、その興味は殆んど似てゐた。いや物どころか、命をさへ賭けねばならないかも知れない。といふのは長明が鎌倉への下向を肯ぜぬ場合は余人ならぬ雅経が自分で出かけなければならないに決つてゐた。鎌倉右大臣のお好みに合ふ蹴鞠と和歌との技のために既に一度は雅経に仰せ出された役を雅経は辞退して長明に振り向けようとしてゐるのである。いたいけざかりの末の子を見るとものの十日も家を離れようと思はぬのに、鎌倉ではどんな憂き目を見まいとも限らないからである。その危い使命を自分は避けて長明に負はせようとしてゐるのか。さうだ。しかし長明は事情が違ふ。妻も子もない世捨人の、往生をさへ願つてゐるといふ彼ではないか。それに院が浦のはまゆふ幾重なす御恩はよもや忘れてゐる長明ではあるまい。それに説き方によつては振ひ立つ筈の男である。世人も知らず彼自身も気づかぬかも知れないが雅経が知つてゐる。感じやすい弱い心が傷けられた男ではあるが、思ひつめれば底の剛いこの不調和が彼の生涯を今日のやうにしてゐるのだから、院の御恩を忘れてさへゐない限りはその性根を覚まして鎌倉へ下向を思ひ立たせるのはむつかしい事ではない、と雅経はおのれの舌の力を恃んでゐた。長明の心はまんざらの灰ではない。燼があればこそ世を拗ねもした。そのもえさしを煽つて燃え上がらせずには措くまい。

沈みにき、今さら和歌の浦波に、よせばや寄らむあまの捨舟

と和歌所の二度のお召しを御辞退申したといふ歌の心の底にも余人は知らず雅経にはまだ全くは世を捨て切らぬひびきが感ぜられるのである。それに家長卿が誘ひに心のこめ方が足りなかつたのであらう。しかしあれからもう幾年を経たらうか。長明も、早六十でなければならない。世の常の翁心になつてゐなければいいが、と雅経はいささかは自分の信念の揺ぐのを覚えて、でも命のある限りは院の御恩寵をまるで忘れ果てた長明とも覚えぬ。夜昼御奉公を怠らず御所から退出する暇もなかつたほどの彼ではないか。

思ひ入りつゞけてわき目もふらず歩を運ぶ主人の後から下部は声をかけた。

「しばらくお待ち下さいまし、山守の小屋はこれかと見えます。一往しるべを存じて置きませう。」

その声に雅経は思ひがとぎれたままに、行く手に繋つてゐる木々の梢に照り始めた日かげと、それをかがやかに揺ぶる風とを見あげてゐた。

下部はつかつかと路傍の陋屋へ入つて行つて、やがてひとりの童子を従へて出て来た。

「山守の童が案内を致さうと申します。」

「さうかそれは珍重だ。」

われにかへつた雅経はふりかへつて下部と童子を一目見てから、

「山守の童とやら、お前か。山の世捨びとと近くしてゐるといふのは。」

「はい」と童子は何かものにおくれた態であつたが、

「山の小父とはいつも一しよに岩梨をとつたり、つばなを抜いたり、むかごを集めたりいたします。」

「そんな事の外に山の小父はいつも何をしてゐるか。」

「よく本を見て居ります。それから月のよい晩などは笛を吹くと見えて麓へも時々は聞えてまゐります。」

「お前は幾つか。」

雅経は童子が見かけによらず話ぶりの気が利いてゐるのを見て問うたのである。

「十になります。」

気が利いてゐるといつても山家の十の子を相手にして遊んでゐるといふ長明を雅経はあはれにも心細くもなつた。雅経主従は山守の童に導かれて辿るのであつた。東に向うた細径である。岩間をつたひ草をわけ上ること三町ばかりであつた。大して険しい路でもないから童子は元気よくわけ登るのに、山に慣れぬ従者はもとより雅経も足たどたどしく、息をはづませてゐるのであつた。

「もうすぐそこでございます。あれに見える松の下でございますから。」

童子はふたりの足弱を劬《いた》はり顔に立ち停つて休みながら指さしてゐる。見れば一本の老松のみどりがほかの木立のなかで一きは黒ずんで見えるのに風が当つて音にひびいてゐるのであつた。琴をこの上なく愛した長明が世を遁れてもまだ松の下かげを家にしてゐるわいと雅経はそぞろに歌ごころを催したが、従者の童子に追ひついたのに彼も急がされて歩みをはげました。

童子等が待つてゐる松の根方まで来て見ると、ここは山の中腹のきりぎしになつた上であつた。さうして目の下には二丈ばかりとも思へる大岩が西に突き出た上にささやかな草屋根の見えるのは童子の指すまでもなく既に聞く長明の庵と知られるのであつた。目を遠く放つと西の方晴やかに伏見淀などの白く光つた川のおもてに朝日を受けた帆の行き交ふのがおもしろく見渡されるのであつた。童子は足もとを踏み固め、踏み固め、あらはな松の根やまさきの蔓などをたよりに崖を下つて行くのであつた。

従者が危ぶむのものとはせず雅経は身軽に童子の後を追ひながらかへつて童子を案じて、

「気をつけろ。」

「大丈夫でございます。毎日歩みなれて居ります。」

と童子はきつぱりと答へて身軽にもう下におり立つてゐる。雅経もつづいて下りた。見ればささやかな土を見つけてあばらな垣を結んだなかにくさぐさの薬草らしいものを植ゑてゐるのであつた。養生のよすがに当ててゐるのだなと、そぞろにさすが世捨人に哀れが催されて目をふせて見やると、何やら一つ二つつぼみをつけてゐるのもあつた。ふと、どこやらで潺潺《せんせん》たる水の音を聞きつけたので目を上げてみまはしたが、どこにも見当らなかつた。

やつと峯を下りて来たらしいけはひに下部をかへり見て雅経が言ふには、

「お前は退つて、きままにゆるりと山守の小屋ででもくつろいでゐるがよろしからう。」

「では御免を蒙りませう。」

と下部は恭しく一礼して再び崖を上つて行つた。庵へはもう童子が彼に代つて案内を求めに入つて行つたからである。下部は幽趣に富んだあたりの様子をつぶさになががめるほどのみやびごころもなかつたし、早く主人の意に従ふのを分相応の美風と心得てゐたからである。

「石の上はひえびえとしてまことに快い。」

雅経はなほも脚下らしくおぼえる水の音に耳を傾けながら、目の前の庵の軒端に朽葉の多くたまつたのを見上げ、つぎに青々とゆたかに苔むした土居を親愛なまなざしで見下した。このひまにも庵の主が現れるだらうと思つたからである。けれどもまだ姿を現はさぬのに気をいら立てたか、雅経は童子の歩み去つた後を追うて庵の西の方へ出た。その季節にはさぞやと思はれる藤蔓の芽の多く巻き垂れた木の間越しに伏見淀などの川の面やさては多分桂川の岸べを這ひさかのぼつてひろがつて居ると思へる明るく青い野面などを見とれてゐるのであつた。

　よもすがらひとり深山のま木の葉にくもるもすめる有明の月

雅経はあたりを見まはして、ふと長明が得意の一首を思ひ出し、つづいて、

　住みわびぬげにや深山の槙の葉にくもるといひし月を見るべき

と世を捨てるにのぞんで友が咏みのこした一首を思ひうかべた。その友が山棲みのこころもここに来てみるとさすがに苟《かりそ》めならずおもはれるのであつた。背後にさゝやきあふらしい人のけはひにふりかへると、先刻の山守の童子が藤の衣を身につけて糸のやうに髪の乱れた見も知らぬ翁となれなれしく語り合つてゐる。と見てつくづくと

見直すとこの見も知らぬ翁こそこの庵の主。余人ならぬ長明であつた。なるほど痩せおとろへて見るかげもないがただならぬ光を帯びた眼のあたりは憂とも憤とも知れぬ曇にたてこもつた風情がむかしのままの故人を偲ばせるのであつた。彼方でもそのもの狂はしいとにもあらず世の常ならぬまなざしで雅経を認めて進みよりながら、

「思ひがけない都の貴客《まらうど》を迎へて物乞ひの爺は夢かとばかり顚倒いたしたわい。」

と長明は大声でわざとらしくひとりごとめかして童子に話しかけてゐるのであつた。

「世すて人の清閑をおどろかした心なさを深くはとがめて下さるな。」

雅経の言葉も要もない長明の漸羞《はにかみ》を映してまだほんたうに打とけなかつた。もどかしく腹立たしい。

それでも長明は直ぐ雅経を庵室に誘ひ入れた。ここに入つてみると先刻から心をひかれてゐた水のひびきは一しほ近く一しほしづかに聞かれた。あたりの閑寂は清水とともに湧くやうにおぼえるのであつた。

「ききしにまさる好もしい閑寂の世界。」

と雅経に言はせも果てず長明は、

「また聞きしにまさるむさくるしさ。枝の小鳥野の鼠の巣にも劣る蚕の繭に似せて営んだ末葉のやどり……」

とつづけた。雅経が言はうとして言ひ得なかつたところを長明が言ひ放つたので主

客は同時に心おきなく笑ひ、始めて自づと和気が生じた。雅経は長明が院の和歌所にゐたころの最も打とけた友であつた。ひとりは花やかに楽しげな、ひとりはしめやかなのがかへつて気が合つたばかりか、雅経の位があまり高すぎなかつたうへに雅経が長明のこころを知つてゐるのを長明も気づいて馴れ親しんでゐたものであつた。

見れば筧は庵の南面にあつて岩を積みたたんで水をためたのが青空をうつして戦き揺れてゐた。

取りはづせば二台の車に積み込むことが出来ると主の説き明すこの庵は竹を柱としてひろさは方丈高さは七尺といふが、何さま大男の雅経朝臣が一気に両手をつきのばせば天井がもち上がるかと思へた。それでも主が出て来るのに手間取つたのは童子をてつだはせて片づけてゐたのでもあらうか、いや、主がむかしながらのたしなみで、快く小ぢんまりと整つてゐた。

室の南にはさし出した仮りの庇があつてその下には竹の簀の子が敷かれてゐる。簀の子敷きのこの縁側の西の端に閼伽棚の作られてゐるのが雅経の目についた。別に東の軒に三尺の庇があつてそこは炊事の事に用ゐてゐるといふ。また庵室の内部の西の壁に阿弥陀如来の画像を据ゑ奉つてゐた。主の話では入日が射し入つてこのおん像を照すと自づと眉間の白毫の光になると。この画像をまつり奉つた御厨子の帳の外の扉には普賢菩薩と不動明王との尊像がかかげられてゐる。室の北面の壁には唐紙をはめてその上は小づくりな棚にしつらへ、黒い皮籠が三つ四つのせ並べてある。和歌や管絃などに関するものや往生要集からの抄録を入れてあるといふ事であつた。そのそばには箏と琵琶とが一張づつ立てかけてある。主が工夫の折り箏、つぎ琵琶といふものである。

この庵についての主の話が終ると今度は客に話させようと長明がさすがに都の噂を聞くのであつた。雅経は十一月ごろには法然房の源空が入京されるといふ噂があるなどと聞かせてゐるうちに長明にも一度源空の法話を聞かせたいものだと言ひ出し、未だにその折がなかつたと長明のいふにつけても、長明がまるで都に足を入れない年月の久しいのに気づいて都で最後に会つたのは何時であつたらうと語り合つた。長明はよくおぼえてゐた。俊成卿が九十の賀のあつた前の年の春定家や家長卿などと二条どのの南殿で桜を見て横笛を吹いたのがたのしい思ひ出になつてゐることや、その前後の元久二年の詩歌合の記憶などまですべて昨日の如くあざやかなものであつた。みな五六年前の事どもである。雅経は長明の頭脳の今なほ昔ながらに働いてゐるのをまづたのもしい事に思つた。

雅経は庵室の西南の隅に招ぜられて着席してゐた。つまりは閼伽棚に隣りして仏をまつり奉つたわきだからここが室内の上座に当つてゐたのであらう。これに対して主の長明は東北の隅に、東の壁の小窓の下にある文机の片端によつて、文机の前に敷いた蕨の穂莿の片隅にかまへてゐた。長明の膝の前には蕨のほどろと殆んど重つて藁のふとんが机のきはまで一杯に敷きのべられてゐる。その枕もとには炉が切つてある。長明は自分の寝床の裾の方につつましくひかへてゐたのである。全く小鳥の巣に二つの卵が置かれたやうに主客はやつと膝を入れてゐた。雅経は目を上げると自づと相対する棚の上の箏と手習といふ銘のある琵琶とをたへず見つめてゐたが、用談に入らうとして巧みに迂廻して切り出した。

「ありのすさびには今でも折ふしには手習を棚からおろしますか。」

「え、時々はね、やつぱり塵を払ふ序には潯陽江を思ひやつて源都督の流も汲みます」と長明は先づ素直に答へてから「何にせよ人里を放れた有難さには流泉であれ、啄木であれこころのままですよ。秘伝のゆるしのとやかましく申し立てる人もなければ、また巧みであれ拙くあれ里人の聞き咎める筈もありませんから、自分の気に入りさへすれば天下の妙技と自分で許してゐますよ。」

「院の御返歌のある黒木の撥は今もお手元へ置かれてゐますか。」

「経袋のなかに秘め納めてゐます」と何気なく答へてから長明はふと、なにやら雅経朝臣の不時の訪れも判るやうな気がした。さてはあの撥に就てであつたか。それにしても琵琶は遊ばさぬ筈の朝臣が何人に頼まれて来たものかと疑はれながら「もとより何であれを手放しませうか。いつぞやも家長卿にも申し上げましたが、苔の下まで同じところに朽ち果てたいほどの所存はあの世の障りかとさへ思ふばかりです。」

雅経朝臣は無言で心に期するところあるがごとく深くうなづいた。

山の小父が都の貴人とどんな様子で対座してゐるかを見たいと思つたものか、山守の童が筧のあたりからちらとのぞき出たのを雅経朝臣は目ばやく見て取つた。

「山守の童は山家の育ちにも似ぬりはつな生れだね。貴君が話相手にされるのもご尤だ。」

「字を教へろとうるさく言ふのだが、山守の子に文字はいらぬといつも叱つてゐますよ。」

「実は少々密談があつてね。童だからいいやうなものの……」

と言ひかけたのを長明は早く察して、童を手招ぎして、

「これ、これ。お前ちよつと谷へ下りて行つて岩魚を生け捕つて来て都のお客にお目にかけてあげてはくれまいか。」

「さあ。うまくとれてくればいいが。」と言ひながらも童はあたりから姿を消した。

「長明どの」と雅経ははじめて相手の名を呼びかけて口調も自づと改まり「院の御恩寵をそれほど深く肝に銘じて居られるのは奇特のおん事ではある。世ひとはおん身が志を知らぬと見える。院がわざわざ氏社を官社に昇格してまでおん身を鴨の代りにそこの禰宜に補し賜はると内定遊ばされたお志をお受けせずにおん身が大原へ隠れたの

をあまり心ない仕打のやうに申し伝へてゐる。」

「世人が何を申さうと関はりのない事ではあるが、自分が大原へ籠つたのは人と合はぬ自分の心がらを愧ぢたからでした。西行法師ほどにすぐれた才は持たぬながらも、出家の志は早くからあつたものでした。瀬見の小川の歌にまで無念を申し事毎に長明をよろこばぬ一族の祐兼に対してたとひ憤はあらうとも何で院に対し奉つて不満がましい思を抱き奉らうか。あらう筈のない道理でせう。長明身なし子として育ちはいたしたがそれほどには心ねぢけたものではないつもりであります。卑しく無才のものを特別におん和歌所へ召し入れられたおん思召だけに対し奉つてさへ院の御恩寵を忘れ奉つてならぬさへあるに、ひとが不伝の秘曲を広座で奏でたと訴へ出た折にすら院は数寄のあまりに出た事としてお咎めは遊ばされなかつたのもこの身を不便とおぼされたからといともつたいない。」

「それならばおん和歌所へ再度のお召しのあつた時何故有難くお受け致さなかつたか。」

「長明は一途に世を遁れたかつたからです。深くは咎めてくださるな。才の無い身で才に富んだ月卿雲客の間に立ち雑るのが切なかつたのです。それに東砌下では歌も出来にくいからね。しかしこれとても院のお心にそむき奉つたのを今も折にふれてはおん申しわけなく存じて身をせめてゐます。飛鳥井の参議どの、むかし長明が夜昼の御奉公を怠らず御所から退出する暇もなかつたのは、おん身も親しく御覧なされたとほりでございます。長明の院に対し奉る心はその頃も今も露いささかの変りもございませぬ。」

「それをはつきり承つて雅経も、後を申す気になりました。これはおん身のその心を頼もしく思召して院からお命じになる事どもを同時に雅経がわが身からお願するわけであるが、長明どの、この十月の中旬に鎌倉まで下向してはくれますまいか。いつぞやは気軽に思ひ立つて伊勢路を二見の浦まで向はれたおん身だ。かねて西行法師を羨しいと仰せられてゐたのを今更鎌倉は好ましくないとも申されまい。」

「草まくらには心ひかれる事どもであります。しかし鎌倉へ下向の趣は。」

「決心致しかねると申すのか。」

「いや、その御趣意を承りたいといふのです。」

「おん身が院に対し奉つて御奉公の実を顕はされたいのだ。実は仰せは雅経が承つたが二の足を踏んでゐるところである。御承知の如くこの十月は前将軍頼朝公の十三年に相当する。十三日の御法事には公家からも御使者が立つ。そのお供のうちに雑つて院の格別な御用の御奉公に雅経がお目がねに叶つたわけであります。右大臣の蹴鞠や御和歌の御相手を申して右大臣どのが近ごろの御様子を心の奥ふかくからさぐり出すといふ大役であります。『山はさけ海はあせなん』とは申してゐるがそのかげにかくれた深い心を知るにはふとした言葉のはしはしなどを見なければなりますまい。このお

使には歌をよくし、また先きのかへしうたのこころを深くくんで、さらに読みかける
だけの力のあるものでなくてはかなふまい。かねておん手づから刀を鍛へ武を錬り給
ふ院を御存じのおん身は、

奥山の　おどろがしたもふみ分けて
道ある世ぞと　人に知らせむ

と院が遊ばされたお心の程をもよく拝察し奉る筈。つらつら天下の形勢を見るに頼朝公薨去の後は鎌倉も老臣の没するもの誅に服する者などひきもきらず、二代将軍頼家公の世も久しからず、只今はまだ乱脈に見うけられるが、やがては次第に落ち着くところへ落ち着くものと考へられるにつけても、只今の鎌倉の内外の様子をつぶさに窺つて置かうと思召すのもさもあるべきおん事どもである。鋭いまなこと深いこころとを持つてゐなければならないこのお使には長明どのに優る人もない。右大臣殿の蹴鞠や和歌のお相手を致すことは雅経にも出来ても、この大切の御用向には力及ばぬ節が多い。その上雅経ちかごろ草まくらを好み申さぬ。それにまたこの隠密の用向が鎌倉方に察せられたならば、まさか打取られるでもあるまいが、二度と都へはかへされないで都からの客人といふ名でそのまま鎌倉へ監禁の憂き目を見ぬとも限り申さぬ。まづそれぐらゐの覚悟は必要と存ずるのに、妻子を持つてまだ恩愛の妄執に迷ふ雅経にはその覚悟の程がおぼつかない。つつまず申せば鎌倉へ幾久しく客寓などとは思つ

てみただけで慄然と致す。」

「そこで妻子もない世捨人の長明を思ひ出して賜はつたといふ次第でござり申すか。」

「うち明けて申せば、まづ左様である。長明どの、雅経に代つてこの役目を引受けては賜はらぬか。」

長明はやや久しく無言であつたが、

「院の御恩寵の万分の一はいつかお酬い申さずばなるまいと深く心に決して居りましたから、こよなき機会を賜はつたのをお礼申します、たとひそのために鎌倉に召し捕へられるはおろか打ち取られても厭ふところではございませぬ。後にのこつてなげく妻子もなければ、生き尽して一期の月かげもかたぶき余算山の端に近い長明の身でござります。ただひとつ、親しげに振舞つて置いてものをさぐり出しそれをあばき出すといふわざがうしろめたくて……」

「いかにも、おん身としてはさもあらう。その心弱さと癖とがおん身を人の世から山の中へ追ひ込んだのだから。だが別だんのはかりごとをたくらむにも及ばずただ見聞きしたところとかの地で心におぼえたところとを事つばらかに心に刻み置いてそれをおみやげ話に院にお語り告げ申せば足りるわけである。しひてそれ以上に振舞へとも仰せ出されませぬ。」

「そればかりの事ならば誰を憚るところもありませぬ。長明にも出来ませう。」

「お引受下さるか。」

「それはもう喜んでお願ひ申し上げませう。鎌倉は岩間や石山よりは遠いだけに草枕の趣も深うございませう。右大臣にお目にかかるのは蟬丸の翁の跡を弔ひ人丸太夫の墓を尋ねるに優るとも劣らぬたのしみでございます。朝恩をまた一つ加へたかの思が致されます。」

「左様申されれば忝い。おかげで雅経まで面目をほどこす次第である。まことは和歌所のおん人々がみなみな申すに、和歌所への再度の出仕をさへお受申さぬ長明、この度の仰せをよもお受け致すまい。世を捨てた長明、世の怨みとともに院が海山の御恩寵をさへ忘れ申したであらうなどと取沙汰致すなかに、雅経だけは長明どのの心を頼んで参つたのである。」

雅経は今や心も晴やかに、西の庇の下から木の間の窓を通して深草あたりと思へる里や野山をのぞき込んで、ま昼すぎの日ざしをまぶしく眺め入りながら、山を下つて日ざかりの三伏の暑のさなかを釜中のやうな都へ帰ることの煩しさを思ひ出しては、せめては弥陀の画像に夕日が自づからな白毫を現はすといふ時刻までこの庵にゐて、序に幸のやみ夜ではあり夕風に乗つて槙の島のしるべまで出て、も早命衰へたなごりの蛍を見て、明日の朝霧をわけて家へ帰らうかとも考へてみたが、家といふ思と同時に夕餉に父を待ちかまへてゐる末の子を幻に浮べ出すと、

「それでは、お暇を致す、長明どの、何ぶんによろしくおたのみ申す。」

「先づもう少し日かげのうつるまで樹下石上に涼風を浴びて行かれるがよろしからう。」

「貴君も近々に京都へ出て来られるでせうね。いづれは院からの御沙汰もあらうが草まくらの用意万端は雅経が心得置き申すから、お立寄りを願ひます。ではその節またゆるゆる。」

せめては山守の家のあたりまで見送らうといふ長明を押しとどめて雅経はひとり蔓や松の根づたひに崖を登つて例の松の根方にしばらく涼風を浴びてゐると、真下に庵の東の庇に出て来た長明の姿が見えて、頭上に雅経がゐると知るや、知らずや、長明は粟であらうかそれともただの水であらうかものを煮ようと柴を折りくべてゐるのであつた。その煙がしづかに立ちのぼつて来て雅経の膝のあたりへも流れて来た。なほも見戍つてゐると、先刻用もない岩魚を取りにやられた山守の童が大岩の一角を攀ぢ登つて帰つて来るのも見えた。

帰りの途の雅経は限りなく満足してゐた。下部が童子の父の山守から頼まれたとかいふ童子を都の然るべき方へ奉公に出したいといふ話にさへ耳を傾けたほどであつた。雅経は長明の生活の有様をまのあたりに見て来たにつけて、気の弱いながらも一面には剛気なところがあつて、この二つの心がひとりの人間のなかに住んでゐるところに長明の不幸があるのだといふ日ごろの考へをまた考へはじめた。志を遂げ得ない人間は世の中に多い。長明ひとりとは限らない。けれども志が遂げられぬと言つて思ひ切つて山林に遁れる人間は長明ひとりである。祖先伝来の家を一族に奪はれたからと言つて家や屋敷が人を苦しめるものと気がつくやそれを十分の一に縮めてみたが、今度のはまたその百分の一にも及ばぬ蝸牛の殻のやうなものにしてしまつてゐた。愛読する書物を持つてゐる人は多いけれどもその書物の内容をそのまま生活しようと企てる人も稀有なものであるのに、長明は池亭記を愛するあまり、その生活を段々と愛読の書に近づけて行つた。雅経は長明のかういふ一面に推服してゐた。さうして院の恩寵に感じてゐると言つては真実鎌倉で召し捕られるのをものとせぬらしい口吻を自分の煮えきらぬ態度と思ひ較べて長明に敬服し、院が長明を寵愛される所以を思ひ合した。

雅経が家人に長明の生活の話を聞かせてゐるころ、その噂の方丈のなかの主は名ばかりの夕餉の後しばらく文机の前に坐つてゐた。彼は山の乞食爺が鎌倉で将軍に謁するといふ事にわが身が物語の主めく興味をおぼえて心をときめかしながら、雅経の言葉を思ひ出し思ひ出し鎌倉でどんな不慮の事どもが惹起されるかも知れないとそれを空想してもみたがもの怖ぢらしいものは不思議と少しもおぼえなかつた。その代り今まではいつでも機があると考へて、荏苒《じんぜん》日を期しなかつた事を今のうちに片づけてしまはうと思ひ立つた。彼はつと立ち上つて北の障子に対ひ、手をのばして棚の上をさぐつたから、旧友に会つて昔を思ひ出すままに、興に乗じて箏か琵琶でも取おろすのかと見れば、さうではなくて皮籠を取おろしてそのなかから一束の紙を出して机の上にのせた。さうして短檠《たんけい》をかき立てると禿筆をとりあげ、細い字で、ゆく河のながれはたえずしてしかもゝとの水にあらすよとみにうかふうたかたはかつきえかつむすひて……と書きはじめた。いつも興を持つて耳を仮す梟の声があちらこちらで鳴きはじめたのにも気がつかぬげに長明は一途に筆を走らせてゐた。細かな字は興に従つてだんだん大きくなつて行つた。筆の勢に従つたばかりではなかつた、短檠の油が心細かつたからである。のこり少なくなつた油と紙とを心配してゐるひまもないほどの筆の勢であつた。東に山を負ふた家はあたりの白むのもおそかつたが、小高いところには里の雞の音がはつきりとほがらかにひびき渡つてあちらでもこちらでも、雞の声がつづいて興に乗じて明け易い夜は明けて、先づ空がさうしてあたりが、方丈のなかが最後に明るくなつて行つた。

　山守の童は幾度来てみても山の小父は物に憑かれでもしたかのやうに机の前にばかりゐて、彼の呼ぶ声にさへ、とり合はぬのを怪しみ、失望した。それでも次の日の朝行つて見た時にはもう筆を捨ててゐて彼の声にもすぐ耳を仮したので、童子は力を得て、いつもの親しみをもつて、

「山の小父、都の貴人があなたに何を言ひつけて行つたのです。何度来てみてもいつ

も机にばかり向つてゐて、いくら話しかけても少しも返事をしてくれなかつたではありませんか。」

不平がましくたたみかけるのを、長明はかへつて珍らしい笑顔をふりむけて、

「いや誰にも何もたのまれはしない。小父はもう年が年だから、いつ往生を遂げないものでもないと気がついたので人なみに亡き後のたのみ事を書き記して置かうと思ひ立つたのに、妻も子も兄弟も友達もなければ七珍万宝はおろか牛馬どころか雞一羽ない身には、筆はとつて見ても記して置く事もなく、でもせつかく紙と筆とがあるのだからとつい今はおほかた忘れてしまつたと思つてゐた用もない来し方の事どもの思ひ浮ぶままを筆まかせに書き綴つてしまつた。そのため夜と昼とのけぢめさへもつかなかつたわい。ものくるはしい事どもであつたなう。」

いつもながらの自分を哂ふやうなその口ぶりさへ童子には気味が悪く思はれた。長明がまなこをかがやかせ血走らせてゐたからである。

「小父さん。久しぶりで峠へのぼつて見ませんか。もうちつとも暑くはありませんよ。今日はいいお天気だから京都がよく見えますよ。」

童は今日は特別の心で京都の方が見たかつたのである。長明はまた長明の心で京都が見たかつた。来し方を追憶すれば好悪にかかはらず思ひ出をそこに馳せないではゐられなかつた故郷の空をさすがにもう一度しみじみと眺めて置かうといふ心持であつ

た。彼等は歩み慣れた山径を嶺の方へ踏み分けて行つた。初秋の山気は肌に快いしかし小暗い木立のあたりでは蜩が啼いてゐる外には路傍にりんどうを一輪見つけた位なもので、まだ秋山の趣にはもとより早かつたが、童子はみちみちそれの言ひわけででもあるかのやうに、里では赤とんぼももう麦わらに代つてしまつた事などを話すのであつた。でも山ではまだ栗のいがの固いのが童子をも長明をも失望させた。僅に童子は歩々にひとり、かしの実を見つけてよろこんでゐた。それでも峠の眺めはさすがに澄み渡つてゐた。巨椋池は木幡山にかくれて見えなかつたけれど見はるかすかぎりやや色づきはじめた田の面には、風がすがたを見せて、通り過ぎてゐた。伏見の里、鳥羽はやや遠かつたが羽束師は叫べば答へんばかりに見えた。そのあたりを蜘蛛手に流れ交す水の色にさへ自づと秋の色は映つてゐた。彼等は淀川に遠く行く帆を数へて、その上に影を落して舞ふ鳶を興じてゐた。視野を少し北に向けると京都の市中の寺院とおぼしく大きな公孫樹の下に大きな屋根の甍がきらきらと光つてゐた。この嶺の眺望は長明が好んでゐたところで、日のうららかなのにつけ、気のむすぼほれるにつけ、童を伴うてよくここへ来て、勝地に主のないのを常に喜んでゐた場所だから目に入るかぎりの野や里や杜や山や水や、みなその名を或は教へたり教へられたりして、今は老幼ふたりとも少しもめづらしいところではなかつた。彼等はいつもそこに座を占める二つ並んだ木の切株に腰を下してゐた。ただいつもとは位置をかへてこの日は長明はほんの一瞥で気がすんだのに童子が日ごろより一しほ熱心に京都の空を見入つてゐるのであつた。この間山の小父のところへ来た貴人の従者が、休息の間に山守の一族が交々述べる乞ひを容れてこの見どころのある童を都の然るべきところへ奉公させることを主の朝臣にもお願し、自分も奔走してみてやらうと約束して帰つたからであつた。従者は山守の一族の好遇に対してのほんのお礼心に格別の当もなく言ひのこしたことを田舎人のまめやかさで疑ひもせず一途に喜んで既に童の夢は白日の下でさへ都に彷徨してゐた。童はその希望の実現される日をもどかしがつて遠望に思をやつてゐるのであつた。

「小父さん、この間の都のお客はあれは何さまですか。お婆さんやお父さんなどは大したえらいお方に違ひないと言つてゐましたよ。さうしてあんなえらいお方にちかづきのある小父さんもきつとえらい人だと言つてゐたよ。小父さんも時々京都へ出かけて行くが、あんなえらい方がたとおつき合ひをするの。」

「うむ、わしは京都へ乞食に出かけるのぢや、えらい人からでもえらくない人からでもくれるものならみな貰つてくるよ。この間のえらい人は山の乞食小屋が見たかつたので寄つてみたのだよ。」

「あのお方の御家来衆がわしを京都へ出られるやうに世話して下さるとうちのお婆さんに約束して行つたさうだけれどいつ迎へに来てくれるでせうかね。」

「さあいつ来るかは知らないが約束ならそのうちには来るだらうね。おせつかいなことをするものだな、都の人といふものは。お前はわしの友達でいつまでも山にゐて、大きくなつたらおやぢどのと同じ山守になつたらいいのだわい。山守の子が山守になるに越した仕合せはない道理だ。わしは禰宜の子だから禰宜になりたかつたのだ。それがなれないばかりに今は山の乞食おやぢだ。わしがまだお前ぐらゐな年のころにやはりおせつかいな人がゐてな、親のないわしを可哀さうに思つたからであらうが、わしに出世しなければならないと教へたものだ。わしがお前に言ひたいのとまるで反対なことを教へこんだものだ。その人はわしに、お前の家は代々立派な家柄だから、親がなくて人が世話をしてくれなくとも、お前自分の心がけ一つで出世をしなければならないよとかう言つたものだ。悪気もなしにとんだ重荷を負はせたものだね。わしは子供ごころに歌でも学んで世に出たいと考へた。だがわしが生意気にそんな道に志したのを見て喜ばない人が一族の中に居てね。わしはつい親代々の禰宜にもなれないでしまつたよ。ふた親に早く別れたのがわしの不運のはじまりだつたね。それでもお婆さんがわしの父や母に早く別れたのを不便に思つてくれてわしのためにいろいろと心配をしてくれた。わしはお前と同じことでお婆さんに育てられたのだ。お母さんは見おぼえもないよ。お父さんはわしがお前位よりもつと後までは居たのだがね。お婆さんの特別な可愛がり方とそれをまるで目の敵にしてゐたらしい一族のなかの意地悪とがわしをこんな変人に育ててしまつたのさ。それでもお婆さんが案じて下さつたおかげで、わしはお前ほどの年のころには、もつたいなくも白鷺と同じやうに五位といふ位までいただいて、やがてはやんごとないお方のおなさけでわしは歌でお仕へ申すやうな忝い身分になつた。この間の客人といふのもそのころの知り人なのだ。わしは禰宜のくせに禰宜にならうともせずに歌よみになつたり箏や琵琶を習つたりした。それがわしの不心得のもとであつた。お前がもう五つ六つも年をとつてゐたら、もつといろいろ思ひ出して話して聞かせたらいくらかは世の中を知る足しにもならうと思ふが、どれもこれも浦島子のやうな面白い話ではない。そんなことより、わしはお前が山守の子でありながら都を憧れたり文字を知りたがつたりするのを見て行末を思ひ案じていつまでも山にゐて山守のあとつぎをせよと言はうと思つて愚痴になつてしまつた。お前も都へ出たいと思ひ立つたならその志も一度は遂げて見ずばなるまいてのう。何の年寄りどもがとめ立てすることではなかつたわい。世の中へ出て行つて世のなかが山の方より住み憂いことを自然と追々に悟るだらうよ。財産があれば心配は絶えまいし、なければないで無念な事だらけだ。人のおかげにたよらねば自分の身が他人のものになり、さうかといつて人を養ふ身になつたらその恩愛にわが心が自分のままにはなるまい。世間のままに従つてゐれば自分の心にもない事をせずばなるまい。それかといつて世間に従はねば、気違の沙汰だわい。世に処する道を知らないわしはみさごが人を避けて荒磯に住むやうに山へ来て、宿かりのやうな殻のなかにひとり身をかくして自分で自分の主とも奴ともなつてこれがまづ一番いい生き方と考へてゐるが、お前は世の中へ出て見てお前の生き方を自然に考へつくだらう。受け難い人身を享けた甲斐には何にせよ精一杯に生きねばなるまいて、処生の心得もなく、財宝もないわしが都へ出るお前にはなむけにするのはまあこんな言葉ぐらゐなものだが、いくら言つてみたところでさかしいといつてもお前の年ではまだ何も判るまい。つまりは達者で元気よく好きなやうにするまでのことよ。もしまた年をとつて故郷の、山つまりはここが恋しくなつて帰つて来る時があつたら、むかし、つまり今日の事だ、この山に乞食おやぢがひとりゐて都へ出ようといふ矢先きに何やら言つたことがあつたと思ひ出してくれればいいのだ。さうして千人岩の落葉でも見てかへつてくれることだ。わしは近いうちにむかし御恩になつたお方の御用で関東の方へ旅をするが、この年だから無事で帰るやらどうやら知れない。何れは命は天に任せてある。お前が都へ出る日にはこの山には居ないかも知れない。いつまた三界のどこで逢ふやらなう。」

「小父さんわしはまだ明日都へ出るといふのではありませんよ。それに小父さん、涙なんか出してどうしたの。」

「いや何でもないよ。年をとると何でもなくとも目から水が出るのさ。それにこの二三日寝不足をしたので目がくたびれてゐるからだらう。」

長明はまだ恩愛の妄執の影を宿してゐるらしい自分の心が腹立しかつた。さうして逃げるが如く切株からやをら身を起すと、

「こんなつまらぬ話はもうやめて、また岩間の方へでも行つてみるとしようか。もう日が短くなつたから粟津までは行けまいが。」

童の同意をも待たずに彼はもう歩みはじめてゐた。彼等は峯つづきの炭山を越え、笠取を過ぎていつもの道を岩間山の正法寺に出た。童子は何とも知らずこの気の毒な年寄りの関東の旅の無事を本尊の千手観音に祈つて小さな手を合掌するのであつた。彼等の頭上の夕焼のそらは地に映えてさらでもややみどりの褪せた木々はところどころ赤く紫に見えた。

十三日。辛卯。鴨社人菊大夫長明入道（法名蓮胤）雅経朝臣ノ挙ニ依リテ此間、下向シ、将軍家ニ謁シ奉ル。度々ニ及ブ云云而シテ本日幕下ノ将軍御忌日ニ当リ彼ノ法華堂ニ参リ念誦読経ノ間懐旧ノ涙頻リニ相催シ、一首ノ和歌ヲ堂柱ニ注ス

草モ木モ靡キシ秋ノ霜消テ空シキ苔ヲ払フ山風

とこれは、鎌倉の記録吾妻鏡巻十九の建暦元年十月の条に見えた一節である。長明が鎌倉に無事に到着し実朝が快く長明を引いて接見したのを知るに足ると思つて仮名交りに直して引用した。しかし長明が法華堂の柱にしるした一首に対して実朝にどんな唱和があつたかは聞えてゐないし、更に長明が鎌倉を帰去の後京都でどんな報告を

したかも明かでない。力が及ばぬから調べても見ないが、事の性質として多分は何の記録も残つてはゐないだらうと思ふ。

ただ長明が鎌倉の法華堂の柱に書きつけたといふ草も木もの一首を再三吟誦してみて感ずることは、それが故英雄を追弔するといふ情よりも言外の実感としては彼が小庵のある山中の大岩の上に落葉を吹き掃ふ風に吹かれて岩の上をかさこそと鳴る落葉をなつかしがつてるかのやうな一種の里ごころを感じさせるのをおぼえるではないか。それほど彼はあの庵室の生活を愛してゐたのを知るわけである。

大形にも死を覚悟して山を出たが岩間寺の千手観音の御加護があつたからかどうかは知らないが長明は、再び無事で日野の外山に帰つて来た事だけは確実に判明してゐる。さうしてその年の方丈の冬ごもりのつれづれには彼の関東への旅の紀行がものされてゐた。が、年来胸底にあつたものが一朝事に感じて自ら溢れ出た方丈記とこの紀行とではまるで別人の筆の観があるのも尤もである。長明自身が何人よりそれをよく気がついたであらう。紀行はほんのありのすさびに書きはじめて見たものだし、そのころ彼の心中に起つてゐた考へから見てこんなすさびに日を消してゐるのが自分でも慊焉《けんえん》たるものがあつたので、その稿はさし措いてその代りに前年の秋の未定稿を再び皮籠のなかから取り出して炉辺で推敲し、完稿を心がけた。その全く成つたのは冬も終つて三月の末であつた。

その足音に雉を驚かせ、飛び立つた雉の勢に満開をすぎた山桜の散りかかる山の径を笠取から岩間へ越えて行く二人づれの老幼があつた。長明と山寺の童子とであつた。彼等は先きごろの遠い旅路を恙なく帰つたのを喜び仏に感謝しながらも、老翁と幼童との事とて、雪にとざされて心ならずもまだ果さずにゐたお礼まゐりを今日こそしよう、かへりには家苞《いへづと》のわらびももう得られようと出て来たのであつた。岩間の千手観音にぬかづいた彼等は更に春霞を分けて目白鶯などの山禽の声に興じつつも雪消に水嵩の増つて岩に激する水を互に相いましめながら瀬田川を下つて石山に向つた。それはいよいよ京へ出ると決つた少年のために老人が遠く石山の二臂如意輪観音に参拝しようと云ひ出したからであつた。翁はもう童の都に出るのを思ひ留らせようとはしなかつた。いよいよの名残にいつもより遠く山を分け入らうといふ童子の心と鎌倉で山の庵を愛しすぎてゐると気づいて以来、鬱屈して来た心を散じようとする翁の心とが偶一致した日の遊行であつた。

長明はその後二年を経て建保六年秋十月十三日に、山中の方丈で入寂したといふ。異説も二三あるやうだけれども仮に六十二歳であつたといふ説に従ふのである。訃を聞いて、京都からは山守の童と雅経朝臣とが相誘うていち早くかけつけ、雅経は童子の言葉によつて長明が関東に立つ前に書き残したものがあつたのを知るや、棚の上の皮籠をさぐつて三四種の稿を見つけ出した。

その二つは大同小異だし、他の一つは全く別の稿であつた。雅経は完稿らしく見えるのを読み耽つて巻を措く間もなかつた。最後に、「仏の教へたまふおもむきは事にふれて執心なかれとなり、今草庵を愛するも咎とす閑寂に着するもさはりなるべしいかが要なきたのしみをのべて、あたら時をすぐさむ。しづかなるあか月この理をおもひつづけてみづからこころに問ひて……」

といふ一節に到つて、彼の業の深い気の毒な友が六十年の生涯を賭して最後に安住してゐたかのやうに見えたこの生活さへ実はまだ苦悶の種を残してゐたのを知つて、気の弱いくせにどこまでもおのれが心を主として来た奴としておのれが心ゆくまでに生活を徹しようと心掛けてゐた友を有難がつた。さうして彼の友に対する日ごろの見解とこの一節との合致とを誇りかに都の友に語るのであつた。

後鳥羽上皇が二度までも長明が方丈のあとへ行幸あつたと伝へられてゐるのはいつ、いかなる折であつたかを詳かにはしないが、ともあれ故の寵臣を追憶あそばされての思召しと畏多い極みである。

岩が根に流れる水も琴の音の昔おぼゆるしらべにはして

といふのが行幸のお供に加はつた一人の詠だといふが、なるほどさう聞えぬ節もないではない。ただ歌のさまもこころも少し時代が下るやうに思はれるのはいかがなものであらうか。

青雲の志を抱いて都に出た、あの山守の童子の後日に就てはその後杳《えう》として一向に伝はるところを見聞しない。恐らくは道芝のやうに生き道芝のやうに枯れ果てて、今もまだ三界に流転してゐるのであらう。それとも都に出て折から勃興した浄土宗の念仏によつて極楽に往生したのかも知れない。

秦淮画舫納涼記

指を折つて見るとあの旅ももう殆んど十年の昔になる。本来とりとめもない旅行であつた上に、上海ですつかり遊意のだらけてしまつた南京は、本来の目的地であつたのに、時日も短く案内人も面白くないので頗るつまらぬ遊覧に終つて印象も散漫である。それでも秦淮《しんわい》の画舫《ぐわばう》の一夕の納涼だけは毎年夏になる毎に思ひ出す。これを書いてしまはない間は負債でも返済して居ないやうな妙な気持である。去年の夏も同じ気持から西湖の遊を書いて見た。秦淮を後にしたのは西湖ほど甘美でなかつたからであるが、今年こそいよいよ秦淮の画舫の一夕を記さう。当時から既にその兆を示してゐた秦淮の画舫は、自分の遊んだ一九二七年を最後としてその後は政府から禁止されてしまつたと聞いてゐるから、この記は偶然にも秦淮の最後の一頁を記すわけである。異国人ながら古来の支那の文学名所の最後の姿を写して見るのも、彼の国の文学の愛好者たる自分にとつて不愉快な任務ではない。さう思つてこの稿を作る約束をしたが、事実がもともとあまりとりとめもないところへ、十年前の記憶は当時の旅日記の墨色とともにすつかり色褪せてしまつてゐるので、何やら夢を語らうとするやうなおぼつかなさを覚える。

孔子廟の前に無数に雑然と繫がれてゐた一艘に乗り込んだ。舟夫は何やら云ひ残して陸へ上つてしまつたまま我々を打捨てて置いて帰らない。この分ではいつ漕ぎ出してくれるものやらわからない。舟夫はどこへ行つたのかと問うてみるが、誰もよく知らない。何か言つて行つたではないかといふと、ちよつと待つてゐてくれと頼んで行つただけであるといふ。結局いつまで待てばいいのかは判らない。多分まだ時間が早すぎるのであらう。

舟は所謂画舫であるが、一向どこにもその呼び名に相応するほどの趣は感ぜられない。西湖に浮んでゐたものと大差はない。ただ西湖のは屋根が布で平らに張つてあつて一帯が軽快に感ぜられたのにここのは板で葺きおろして周囲も西湖ののやうに吹き放しではなく汽車のを簡略にしたやうな窓のある板壁で囲まれてゐる。幅の狭い板の卓を挟んで同じやうな板の座席がある外には壁間に柱かけのやうに細長い鏡が申しわけらしく一対ある位なものである。別に仔細に見る程のこともない上に、風通しも悪く陰気だから、腰かけの上に置いてあつたうすべりを持ち出して艫の方の屋根のないところへ敷いて、その上へ腰をおろして日のくれ方の景色でも見渡してゐるより仕方がない。

暮れ悩む晩夏の夕空や、その空の赤い色を映してとろんと油のやうに重く漾《ただよ》うてゐる水の面や、明るい夕空を背景にして程近い橋の上を去来する人や車の影絵、その下に二つならんだ半円形の底辺をなす水の面から時々小さな舟が現れて水の面を掻き乱して皆向ふ岸近く通りすぎる。その舟の向ふに対岸の参差たる屋根（谷崎はそれを大阪の道頓堀のやうなと記してゐる）の下のあちらこちらに屋後の欄干へ出て止り木の小鳥のやうに押し並び合つて外を見てゐる商女等、退屈しのぎに目を慰めるものが、まんざら絶無でもない。尤も対岸までは少少距離がありすぎるから二三の家で合計十五六人も出てゐる彼女等の顔はただ森の奥の白い花のやうにぼんやり白く見えるだけである。話に身の入つてゐるらしい身振りや手振りは、場所柄でその職業も身の上もほぼ想像がつくから、話の内容だつて大方は判つてゐる。きげんのいいのは足拍子をとつて気に入りの曲の一節を口ずさんでゐるであらう。ふとどこやらで鳩らしい啼き声がするので彼女等の家々の軒にでもゐるのかと見渡して捜して見るがどこにもそれらしいものもない。振り返つた拍子に自分の舟の直ぐうしろの高い建物の一角の亭のやうな八角の屋根の中心になつてゐる青く光る陶器の甕を伏せた上に二三羽の鳩が来て嘴を交へて戯れてゐるのが見えた。見てゐるうちに銀の翼を灰色の空のあちらこちらに閃かしてこの屋根を目ざして集つて来た。屋根の諸所が白いのはその糞であらう。

鳩の数は見る見るその屋根を覆うてしまつた。この建物のどこかに巣のあるのが、黄昏の前に帰つて来たものと見える。

あたりの家々にも燈が入つた。例の止り木の鳥のやうな女たちの背後からも燈の光が流れて彼女等の肩を照し出したので今までは白の外は皆一様に黒い着物のやうに見えてゐたのが肩のあたりに紫や藍などそれぞれの色彩がほんのりと見えて来た。白衣だと思つたものも淡紅色であつたらしい。舟が急に揺れたと思つたら、我等の舟夫が帰つて来たのであつた。人々と話してゐるから何の事かと思つて問うて見たら、

「ランプの油が無くなつてゐたのを取りに行つたついでに夕飯を食つてゐたので、つい遅くなつた」

といふ申しわけださうである。我等の舟にも燈が入つた。半時間前にはその上に夕焼雲が流れてゐた水の面に家々の燈火が流れはじめた。欄干の女たちは何時の間にやら何処にももうひとりも居なくなつてしまつた。いづれは各自の部屋に帰つて、化粧をしたり、食事をしたりしてゐるのでもあらうか。しかし、空と水とはまだ本当には暮れ切つてゐない。我等の舟は貝殻色の夕闇をわけて水の上を滑つて行く。闇はやがて藍色になつて刻々に濃くなつて来る。行く手の方に稍遠く特別に輝やかな電燈があつてそれが水に映つた影が一きは長いのは水面を動す風も死し、流れが特に静かなためであらう。何やらその燈影を乱しつつその光を目標に漕いで行くやうに思へるが果

してどんなものか。言葉が判るならちよつと問うて見たいが、わざわざ通弁を煩はすまでもない。

不意に舟が思ひがけないあたりへつけられた。二三本の柳の古木のある渡場の舟着きのやうな岸である。田《でん》のお伴の三人が打連れて岸に飛び下りたから、自分も舟を下りるのかと思つて立ち上つたら——

「いや、下りるのではありません。あの人たちお弁当を註文に行きます。出来次第舟のなかへ持つて来ます。」

と田が説明してくれた。

田は先年来、彼が日本留学中知り合ひになつた中華の青年芸術家である。当時は南京政府の芸術部の役人になつてゐた。自分は彼に誘はれて南京へ来た。今夜でもう四日ゐて、明日はいよいよ九江から楊州の方を経て上海へ帰らうといふその前夜を、秦淮の画舫へ案内してやらうといふのであつた。尤も南京では秦淮を見たいといふ註文を出したのは自分であつた。それは南京へ到着の二日目の朝から見物したい場所として数へて置いた。古来世に知られた烟花の地で、文学名所である。曾ては杜牧がこの地の夜泊に後庭花を洩れ聞いて感懐を催した。板橋雑記は無論、桃花扇伝奇を読んでそれが彼等は、もこの地を一度見て置きたくなつてゐる。三日目の晩に秦淮の見物を促すと、それがもとで田の夫婦は喧嘩をはじめた。上海から連れて行つた案内者に聞いても、彼等は四川だか湖北あたりのものらしい言葉だから意味は少しも判らないといふけれども、壁を通して響いて来る怒罵の叫は、問はずして夫婦喧嘩に相違ないのは知れ切つてゐる。判らないのはその原因や動機である。一体、田は自ら進んで案内を約束して自分を彼地へ招いて置きながら、殆んど一ケ月近くも自分を無視して上海へ自分を迎へに来なかつた事実が、この夫婦の空気で幾分か察しもつく。田が上海へいつ迎へに出てくれるやら見当もつかないうちに自分の予定の日子も旅費も費へてしまつたから、もう待ち切れなくなつて、自分は上海の人々の好意で同文書院を今春卒業したといふ某君に送られて南京へ来た。来て見ると田は彼の役目たる宣伝用映画の製作に忙殺されて客を閑却して居たと弁解した。映画を製作中、俳優の一人が女優と問題を起して駆け落ち騒ぎにまで及んだので、製作は中途で駄目になるし、監督者の立場はむづかしくなるし、神経衰弱は昂じるばかり、遠来の珍客を無視して事務の停滞を取返してゐたといふ話であつた。さうして到着の第二夜は、彼の第一製作の封切が政庁の広場で公開されるのを見せられた。何の事はない自分は東京から南京まで田の映画作品を見物しに来たやうな具合であつた。その夜も田の夫人は田や自分が誘うても一緒に行かうともしなかつた。そのくせ見たい事は見たかつたものかひとりで後から出かけたといふのが後からふきげんにひとりで帰つて来た。妙だなと思つてゐると今度はこの口論である。声は相方とも益益大きくなるばかりだつたのが、不時に中絶して、田は額の汗を拭ひながら手荒に扉を閉しながら隣室から出て来た。

「どうした?」と問うて見ると、

「いや、何でもありません、このごろ政府で軍人や役人が秦淮へ遊びに行くことを禁じてゐるのです。いろいろ問題がひきつづいて起るものですからね。それで僕があなたの御案内をして行くと言つても妻はぐづぐづ言つてゐるのですよ」

「ふうむ。僕も別に君に夫婦喧嘩をさせてまで案内して貰はねばならない事もないが、秦淮はともかくも文学名所として一見して置きたいね。時々来られるといふ土地でもないからね。尤も君の案内は少しも必要はないわけだ。僕は上海からそのために来て貰つてゐる人もゐるのだから、それでは案内者につれて行つてもらつてひとりで行つて来るから君は構はずに置いてくれ給へ。でないと細君に対する僕の立場もへんだからね」

「でもそれでは僕困ります。しかし、今夜はもう時間も晩いからやめて、明晩でも御案内しませう。是非さうさせて下さい。あなたが上海へお帰りになるまでには必ず一晩ゆつくり画舫へお招きします。」

「さう。ありがたう。無論今夜に限るわけではありませんとも。いつでもいい、都合のいい時があつたら一緒に行つて下さい。無理にとは云ひませんよ。」

その翌晩も別にすることもないのにぐづぐづしてゐて出かけなかつた。南京ももう今日かぎりといふその日になつて日中から諸方を歩きまはつて、その帰りにここへ来たのである。どうやら無理に案内させたやうな傾が幾分ある。

弁当を頼みに行つた連中は僅にビールを二三本運んで来たきりで料理は来ない。人々はビールをはじめたが、この飲料は自分には性に合はない。実は大分北山であるが、催促すべき筋でもないので心もとない。一そ自分で舟を下りて行つたらと思ひながら黙つてゐるうちに舟はもう一度方向を変へて向岸の方へ漕ぎ出された。田の話はあまりはつきりしないが、この岸のこのあたりに友人の家があるから彼を誘うて見ようといふので今度は自分をも岸にのぼらせた。足場の悪い、何だか塵芥捨場のやうなところに煉瓦をところどころ五六枚並べた上を飛びながら踏んで行くと煉瓦塀の一丁半か二丁ほどつゞいたところに沿うて細い淋しい路を、注意深く爪先上りに登つて煉瓦のアーチの崩れたのが廃墟のやうに建つてゐるあたりに自分達が待つてゐると、田はひとりで豚や家鴨などが群れてゐる庭を横切つて、知らないひとりの立派な服装の青年を誘ひ出して来て舟に帰つた。自分は何故か田はこの青年に金を借りに来たのだと直感してさう信じてゐた。今まではまだ本当に暮れ切つてゐなかつたのがもうとつぷりと暮れてしまつて水の面も黒くなつた上を我等の舟と同じやうなのがあとからあとから幾つも幾つも水の上に黒く現れてそれが目の前を通り過ぎる間だけはぼうとあたりを明るくするかと見るとどこかへ行つてしまふ。聞けばこれ等の舟は夕涼の常連ともいふべき人達が、自分の気に入りの場所を他人の舟に占領されるのを虞れて急いでゐるのであらうといふ話であつた。これ等の舟はまだ極く時間の早い方で、我等の舟などは番外の一番といふ格であつたらしい。それが今になつてやつとぼつぼつ舟の出る時刻になつて来たものと見える。

我等の舟は客の数を一人殖やしてからもう一度向ふ岸の柳の樹のある岸の方に向ふ。柳の木立の間には今まで気のつかなかつたアーク燈のやうなランプが樹の枝にかけられてゐる。その下から出て来た一艘の舟が我等の舟を目がけて来て我等の舟に向つて呼びかけた。

舟は註文の料理を運んで来たものらしい。水の上で品物と金銭とを引換へた。ビールも再び半ダースばかり自分の場席であつたあたりへ積み込まれてゐる。これでもう空腹の心配はしなくてもよくなつた。

みんな卓について直ぐにビールの口は開けられた。折角だから自分も一杯もらつて、一口つけると、あとはこつそり川の水に混ぜてしまつた。田も今朝からの活躍で疲労してゐたのであらうし、彼は思ひの外早く酔つてしまつて腰かけの上へ横はつてゐた

がいかにも窮窟さうに身をもがきながら、

「ああ、からだ多すぎる」

と自分がビールを川にすてるために出てゐた艫の方へ這ひ出して来て、自分の傍に足を投げ出した。体多すぎるのは単に体大きすぎるの言ひそこなひかも知れないが自分にはその後今日まで終に忘れることの出来ない絶妙の表現である。くたびれ切つたぐつたりした体をあの細長い小さな箱のやうな座席へ納めるのは、たしかに体多すぎるの気持に相違ないからである。

我等すべてはみなそれぞれに関節が外れてしまつたやうな感じのする多すぎる体を船中のあちらこちらに投げ出して、今は口を利くのも大儀なといふばかりに押黙つて柳の樹立のある岸の方ばかりを注視してゐた。

時折にそのアーク燈の光芒のなかに盛装した婦人が現れてそれが舟のなかへ乗り込むとどこかの舟へ運び込まれるのであつた。間違つて我等の舟の近所まで来て通り過ぎたものもあつた。物好きに数へてゐたら七人だか八人だかの芸者がこの岸から水上に出た。

しばらくするとどこともはつきり知れないあたりのところどころから絃の音が洩れて来た。暗い方角から漂うて来るやうに思へた。

舟が急に明るいところへ出たと思つたら、それは最初からその光を目標にしてゐるかと見えた長い影を水の上に引いた例の明るい燈の下であつた。堀割はこの燈光のあたりから百三十五度位の角度で左へ折れて幅が今までの倍以上も広くなつてゐた。燈火が特別に明るいと思つたのも道理で大きなアーク燈である。そのぐるりには蝶が幾つも集つて舞ひ狂つてゐる。曲り角にともされて道しるべともなり、水面の両区域に光を注いで水上の闇を監視してゐるこの燈は政府で今年から風俗取締の目的に具へた設備であると田が説明して聞かせた。思ふに公園の樹間に燈火を明るくしてゐると同じわけで、秦淮は実に水上の公園なのである。

広くなつた水の上を突き切つて行くと、今度は大きな橋のあるところへ出て橋の下のトンネルを通り抜けて向ふへ出る。ここらはもう行き留まりで一段と暗い上に舟もここらまで来るのはあまり無い、途中のところどころへ停めてしまふのが普通だけれども我等の舟は若干奮発して特に見物といふ意味でこんな隅の方へまで入り込んで来たものと見える。この最もさびしいあたりをぐるつと一まはりして再び橋の下をくぐらうといふ意嚮で我等の舟夫が漕いでゐるその中心点のあたりに一艘の舟が水の上の闇の中にぽつんと一つ、不動で沈黙を守つてゐるのが、何だか奇異であつた。

「あの舟だけ一つ何だか不思議にひつそりしてゐるのが目立つね、釣でもしてゐるのか知ら」

田は何とも答へなかつたが上海から来てくれた某君が
「釣よりも、芸者でもつれて、しんねこをきめ込んでゐるのか、それでなけや、まづばくちでもしてゐますかな。」
自分は得心がいつたやうに思へた。我等の舟は来る時もこの舟を迂廻して過ぎたし帰りにも避けた。何か怖いものか邪魔してはならないもののやうに感じられたので釣道楽の舟かと思つたが、秦淮の舟夫は彼等のお客を遇する方法を心得てゐて、この辺でこつそりしてゐる舟はおどろかさない不文律でもあるのであらう。
今までひどく悠然とかまへてのろのろと舟をやつてゐた舟夫は急に万事が遽しくなつた。自分はそれには気づいたが、どういふ意味か知らなかつたのに、柳の並木の岸の近くへ来てまたのろくなつた。この岸から女を乗せた舟が先刻よりももつと頻々と出るからそれを自分でも見、客にも見せようといふつもりであつたらしい。そこらまで迎へに出て来てゐたらしい舟に乗り移る女もゐる。舟のなかからあかりを照して置いて手を出すとその手を握つて女がこの舟のなかへ跳り入るのである。また一しきり諸方から絃の音が起つて、歌ふ声なども雑つてゐる。亡国の恨を知らぬ後庭花があるかないか我等には一向判らない。舟は漕ぐでもなくこのあたりに漂うてゐる間に、やがて四方から集つて来た舟のなかに包み込まれてしまつた。水の上はいつしか舟で埋まつた。両国の川開きの舟があれの三分の一の河幅のところで混雑すると思へばいゝ。

舳艪相銜、舷舷相摩といふ状態は今に舟合戦がはじまるやうな雑沓である。この混雑の場所を目ざしてまだ孔子廟の方から続々と舟が物凄いほどつめ寄せて来る。それが皆我勝ちに先を争ふ勢である。これ等の舟の激流のなかを押分けて普通の画舫の三倍か五倍はあらうかといふ大形のテントを高く張つた下に籐椅子を持ち込んだ上に五六人もふんぞり返つて甚だ景気のいいのが来たと思つたら、田は自分の後から自分の耳もとに囁いた。それが政府の取締船である、田は士官の格式がある上に今日は正当の理由も完備してゐるし、舟中に女もゐないから憚るところもないが、近ごろはなかなか厳重にやつてゐると綱紀粛正の宣伝がよろしくあつた。九時半ごろでもあつたらうがこの取締の船が巡つて来た頃が賑ひの盛りであつた。我等は田舎者が銀座で自動車に見とれるやうにぼんやりしてゐると、あたりの舟を押分けて我等の舟をめざして漕ぎ寄せた一艘の舟のなかから、女が何やら呼びかけた。もとより何の事とも知れないが好奇心を催したから隣席の田に聞かうと思ふのに田はこの女との問答に気をとられて自分の相手をするひまもない。女の舟はやがて他の舟にまぎれて見えなくなつてしまつた。何か売り込みに来たのか値段が折り合はなくて帰つたらしいのは双方で指を上げて金高を押問答してゐるので察しられたが、果して女芸人が芸をさせないかといふから一円といふのを五十銭と値切るともう一度一円と呼んだまま慍《おこ》つて帰つてしまつたのであるといふ。

そのうちにその女らしいのが簇る舟の向ふに自分の舟のなかで突立つて歌ひはじめた。誰か一円で歌はせる客を見つけたものと見える。舟は各自その歌の方へ近づかうとして少しづつ位置をかへた。

その女芸人は太皷のやうなものをたたきながら歌ふといふよりは節をつけて語るのである。田は自分の手帳の上へ梨花天と記してくれたが、それが芸人の名であるか芸の名であるか説明がはつきりしない。太皷の打ち方の称呼だといふかと思ふと山東の出身の女である。山東の人間でなければ出来ない芸である。山東省の人発音正しい、などの説明があつた。この女は紛ふ方もなく一二年前までは上海の第一流の小屋に出てゐたのを愛好してよく聞きに行つたものだが、いつ落ちぶれてこんなところを流して歩く芸人になつたやら。それでも見識を示して自分の言ひ出した値でなければ芸を売らないところが有難い。と田は無闇と有難がつてゐる。舟が不意に揺れはじめたので、水の面を見ると二三尺程自然と出来てゐる隣の舟との隙間へ不意にぴよこんと浮び上つたものに驚かされた。西瓜か何か流れて来たかと見てゐると、この西瓜に手が生えて、自分の腰かけてゐる舷へ両手をかけて舟に乗り込みさうな勢を示したのは更に不気味であつた。ふと河童が浮び出して人語を操るかと思はれたからである。田は声を荒らげて叱ると怪物は体を水のなかへ沈めて手だけはまだ舷につかまつてゐる。田は舟夫は棹を取つて手を打たうと構へたが、手はなかなか放さない。田は舟夫に命じて先刻の残肴の新聞にくるんで舟中に残してあつたものを出させる。それを見て怪物はもう一度半身を舷から現はし残肴のなかから目ぼしいものをつまみあげて大急ぎで口のなかへ放り込む。最後には新聞包のままで持つて行つて、立泳ぎでぱくついてゐる。おしまひになつたと思つたら舟の底へもぐり入つてしまつた、今度はどこへ行つたやら、二度と我等の目につくあたりへは現はれなかつた。怪物は唯この賑やかな泥沼の水底に巣を喰うてゐる乞食であつた。なまなかに河童やお化でなく人であつたのがかへつて怖ろしいではないか。

華やかな時は去つた。船はみなひそかに同じ方向へ影のやうに引き上げてしまつた。時計を出して見ると十時半である。祭のあとのやうにさびしくもの悲しい。きらめいてゐたあたりの家々の燈も、戸を鎖してもう眠つたのか、ただ消されたのか、追々と数少くなつて遂にはみな一様に黒く並んだ両岸の水閣の屋根の上を銀河が橋のやうに白く渡されてゐる。なかにどこかで一個所だけまだ絃を弄びつづけてゐる処があつたのがそれもやがて終つた。

混雑を避けてわざと群におくれてゐた我等の舟なのに、今となつては取残されたもののやうにさびしい。河岸の家並の間に右側に唯一つだけ明るい窓のあるのが妙にものなつかしい。舟夫も別に心あつてか或は客の心を測つてか、舟はその燈の方を目ざしてゐる。我等の舟はその窓の下を通りはじめた。試みに舟のなかから叫ばせてみると、窓のなかに人影が動き出してそれが黒く硝子戸の外を窺うてゐたが、窓を隙けて何やら叫んで消えた。その言葉は舟夫に命じたものででもあつたか、舟は窓の下に停つた。もう一度窓の中の空気を探るため、女を呼び出す手段に、舟の中からものを言ひかけると、直ぐ女が出て来た。上と下とで問答をするのがひつそりとしたあたりに反響する。問答無用と思つたか、舟のなかからひらりと岸へ飛び下りた一人があつた。一丈ばかりの石垣を見上げてゐたが、いきなり猿のやうに攀ぢのぼりはじめて、わけなく窓に手をかけると窓のなかへ跳り入りさうな姿勢をとつた。窓のなかの人影ははじめは驚いてこれを制止しようと拒んでゐるらしく、ひとりでは力及ばぬと思つたか内部に救ひを求めてゐる様子であつた。外に二三の人影が窓に重なり合つて防がうとしてゐるらしいのに、登つてゐた男はまだやめようともせぬので田は声を張り上げて制止した。けれども猿のやうな男は、制止の声よりも早くもう身軽るく窓を乗り越えて室内に跳り入つてゐた。明るみへ出て悪漢でないことが認められたものか、窓のなかでは女たちの華やかな笑ひ声が闖入者を取囲いて起つてゐるのが聞えて来た。闖入者は得意げに窓から我等の方をのぞきおろして呼びかけた。田は我等を顧みてこの家に行つてみることを誘うた。我々は舟を下りて、岸に立つと窓の方を見上げ、その中の最も若い者は先駆者の例にならつて石垣へ手をかけるともう三分の一ほど攀ぢてゐる。窓の中からは我等の先駆者を窓際から押しのけた一人の女が、我等を見下ろして叫びながら先づ我等の左手の道を示しつづいて大きな半円を我等の視線の中途に描いて見せた。その方向に従つて門口を求めよといふ意味に相違なかつた。我等はすぐ左手の道に向つた。既に石垣にゐた者は下りようともせず更に登つて行くらしい。それには構はないで我等は道を辿つた。一間半か二間もある道で靴の踵に当る具合では石を畳んだ平坦な道である。暗い道であつた、どこにも札のやうなものを見かけたやうには思はないのに自分は何故かこの道筋が釣魚巷——釣小路といふ名であることを不思議によく知つてゐて、今でもはつきり記憶してゐる。星明りより外には何の光明もなかつたこの路傍で自分は世にも思ひがけないものを発見した。凝脂のやうに真白な女の生きてゐる片脚が大腿からまる出しに路にくねつてゐるのであつた。あまりの暑さに戸外に出て石畳の冷気の上に横はつた者が眠りのうちに無意識で褌《こ》を脱してしまつたものに相違なかつた。自分は数年前、厦門の鼓浪嶼で土民たちが屋内の暑気を逃れて夜中路傍に就眠してゐるのを屢々見て知つてゐる。尤もそれはみな漢子でそのうへ着衣のものばかりではあつた。褌を脱した婦が路傍に眠つて、それも放奔な形でゐるのには、自分もさすがに自分の眼を疑はねばならなかつた。場所柄有り得るものとは思へても、それは現実のものと考へるよりも、妄想の下に見るにふさはしいものだからである。あまりにも白くあまりにも艶々しい。人も憚らぬ姿態である。星明りのほの暗さに、自分は佇立《ちよりつ》して半ば無意識に眸を凝して見た。ゆくりなく自分の眼前に現れて来たものに不安を感じたからである。歩行しながらこんなものが不意に幻に現れたのでは困ると思つた故である。しかしこれは正しく妄念でも夢想でもなく安心して然るべき、従つて驚くべき現実に相違ないと確めて自分は再び歩き出した。人々に遅れたのを取かへさうと大股に急いだ時、自分に現れたものが現実に相違なかつた証がまた一つ見えた。自分の靴音に夢を破られて寝返りしたものか脚の姿態の変つたのがけはひで感じられたからである。そんな奇異な街の片側の家並はすつかり鎖されて燈影はなかつたし、片側は高い塀がほの白く長くつづいてゐた。自分は自分の同伴者たちの後を追うたが、彼等は塀の片わきに小さな門の前に立ち、その扉が今や開かれたなかへ吸ひ込まれて行くところであつた。自分は急いで声をかけて扉の鎖されないやうに注意して置いて彼等につづいて暗い大きな建物のなかへ導かれて行つた。

あの明るい窓のなかには先に闖入した者がビールの満を引きながら我等を迎へた。二三の女が彼の傍に立つてゐた。窓のなかは外から見た時程には面白くなかつた。自分は手持無沙汰に煙草をくゆらしたり僅に女たちのくれた瓜子をつまんだり、三十分ほどの間に立ち代り入れ代る五六人の女たちを見ただけでこの家を未練げもなく立去つた。未練を残すに足るやうな代物は目につかなかつた。表へ出て自分は、道の両側の軒と軒との間一ぱいにそれを覆ふやうに道すぢと同じ方向に流れてゐる銀河を仰ぎ見ながら天地と自分の胸底とに萌してゐる秋意を感じながら歩いた。来る時に自分が佇立したあたりにはもう人影はなかつた。自分は来る時に見たものに就て話したが誰もそれを信ずるものはなかつた。就中、田は力めて否定した。自分が荒唐無稽なことを言ひ出したといふ風にしかとらない。厦門で見た事実を告げても南京は厦門のやうな田舎とは違ふと駁するに至つて自分も口を閉ぢた。田が南京政府の御雇だといふことに今更気づいたからである。

我等は再びもとの舟に乗り込んで孔子廟の傍のもとの場所へ帰るのであつた。舟のなかであたりを見渡して

「すつかり夜は更けた。あたりの家も河の上も今からは秦淮ではない、もうインワイだ」

と田は自分の思ひついた語呂を興じてゐた。南京の街はづれの秦淮から市の中心地にある政庁に近い田の寓居まではなかなか遠かつた。自分は何気なく一つかみを上衣のポケットのなかへ入れて来た瓜子を下手にかぢりながら時々石角の堅く靴底に当る路をよろめきながら急いだ。田は時間を気にして途中わざわざマッチをすつて時計を見てゐた。田の家へ帰りついたのは二時半ごろであつたらう。田夫妻の口論は何時果

てるとも知れなかつた。自分は苦々しさと騒々しさとでつひに眠ることも出来なかつた。やつと口論がおちついた頃には硝子窓が明るくなつて来たし、自分は六時半ごろの汽車でこの地を発しなければならなかつたからである。もしあの夜明けに一睡でもしてゐたら、自分はその夜の事どもを南京の最後の一夜に不思議なちぎれちぎれの夢を見たのではなかつたかと今、自ら疑ふかも知れないであらう。

別れざる妻に与ふる書

——一名「男ごころ」——

近ごろ上林暁の癲狂院で亡くなつた妻を哀み慕ふ一聯の愛妻小説が甚だ好評らしいと耳にして、早速一読してみると真率の気が人を打ち、我々のやうな軽佻な読者を反省させるものがあつた。

今は昔、と云つても自分がまだ学生として文学青年であつた頃だから、三十年ばかり前のこと、当時はまだ徳田であつたかも知れないが、近松秋江が「別れたる妻に与ふる書」といふ一作をものしてその纏綿たる情緒を謳はれた。古人にも似たその情痴の風を哂ふ人も無論多かつたが、自分は珍重なものと思つた。その後、文学書を一切売り払つて以来、再読の機もないが今読んでもきつと面白からう。

自分は何事によらず他人の麾下《きした》に立つを潔しとしない気風でいつも自分勝手の方法で人生にまごついてゐる者である。それ故、上林氏や秋江に倣つて、殆んどこれに近いとは申せ、未だ歿せず、未だ別れない妻に対して綿綿の情を抒べようとも思はない。

ただ上林氏や秋江の如き人間性の文学を求めて今ここに「別れざる妻に与ふる書」を書き出すが、同じ人間性の文学を求めて、こんな事を書かなければならないのは、我ながら因果にみじめな事である。上林氏や秋江以上にみじめなどとは決して思はないが、彼等と同等にみじめな気はする。思ふに人間性の文学といふものはこのやうにみじめなものであらう。あらゆる人間の生活がそのやうにみじめなのだから。

それにしても自分がどこまでこれを書き得るか。自分の力のほどもおぼつかないが、これを常に傍で監視してゐる（であらうと自分は想像する）荊妻がこれをどこまで書きつづけさせるか自分にもまだよくわからない。もとより途中で近所合壁を悩す口争ひぐらゐは覚悟の前であるがその結果或る程度に出来上る見透しのついたあたりで、原稿が引き裂かれるぐらゐな憂き目に遭はないとも限らないからである。決してぬすみ読みはしないといふがそんな事が当になるものか。こんな強迫観念がついてまはつたのではペンの運びも重い。これはやはり家庭では書き出したくない。

ペンと原稿紙とを持ち出して漂泊するに若くはない。かの山荘の女主にさし当つての智恵を借らうと脱去を試みたが、近ごろ既に二度ほどそれをやつてゐるので警戒厳重でそれがなかなかむつかしい。その機を気永に覘つてゐたのではこれを書く感興まで壊されてしまひさうだ、ままよ、ここで書き出して見よう。これも亦一つの試験になる。

　そこでお方よ、まだ狂人でもなく、気の毒にも生きて、まだ別れてもゐないX子よ。先づこれがまだ愛妻物語にならないで悪妻物語になる可能性の多いのは、専らお前がまだ正気で別れもしないで生きてゐる不幸のせゐだとあきらめよ、ある時はありのすさびに何とやら云ふではないか。さてそのあきらめの後に、この小説が最後まで行けば立派に新体乃至は珍体の愛妻小説になる事がお前にでも判つて来る事を信じるだけの気永さを持ち、また小説といふものは裁判所の記録でもなければ、況んや聖人の懺悔録でもないから事実とはまるで違つたものであるといふ点を一般読者なみによく了解して、嘘つぱちばかり、それも自分に都合のいいやうに天下の同情を己一身に集めてわたしを悪いものにして恥をかかせようとするなどと、とんでもない被害妄想を起すのはやめて貰はう。小説といふものはいくら下手でもまた上手でもさう飴細工のやうに自由自在に自分の都合よく書ける筈のものではないのだ。人焉《いづく》んぞ廋《かく》さん哉で、自分の都合で書く偽りなどで苟《いやしく》も天下の目をくらませるものではないのだから、その点もまた安心してよからう。だから、ともかくもこれを最後まで書きつづけさせるやうに協力してほしいものである。自分の要求してゐるこの内助の功とやらは別段さうむつかしい註文ではないつもりである。ただ亭主のする事をしばらく黙つて見て居てほしいといふだけの話である。事毎にお前の流儀で解釈してお前の言ひ分を主張されるのが困るといふだけの事なので、自分は世間の常識とは少々違つた事も時々には考へないではないから、世間といふものをさう重んじても居ないが、お前と来たら世間並み以外の考へ方はまるで無いのだから世間はいつでもお前の身方だと安心してゐたらよからう。それでお前が亭主のする事を黙つて見てゐても、万が一自分が何か間違つた事をしでかしたら、お前の有力な身方たる世間はお前に代つて強硬な抗議を自分に持ち出して決して恕さないわけだから、お前は出来るかぎり堪忍して黙つて見てゐるのが得策だらうと思ふ。敢てそれが婦人の美徳などとは申すまい。男子も女子も皆お互に相手の為人を蹂躙しないで他の行為を束縛しないのが現代の要求する大切な道義である。それだけにそれぞれの人が皆それぞれの道義によつて生活してゐる。男子たると女子たるとを問はず自分の道義に他を屈服させようといふのが大きな間違ひである。この間違ひを何かの権力をふりまはして遂行する事が所謂封建的と申すのである。お前の持つてゐる夫婦の道徳をお前が自分で守らうとするのは別に異議も申し立てないが、それを法律上妻たる権利によつて自分に無理強ひしようとするのは平に御免を蒙りたいものである。これを男の昔ながらの優越感を以て我儘を云ふものと同一視して貰つては困る。自分は女権を尊重し女子の智能を開発しようと思へばこそお前をつかまへてこんな御談義もする。人が見たら彼奴家庭と学校とを混同してゐる。やつぱり生れながらの女学校教師だと笑ふだらう。或はさうかも知れない。

追放令のおかげで完全に失職したからには、闇屋になるだけの体力もないから外に仕方もない、青春の頃の志を思ひ出して、今更例によつて気が若いと笑はば笑へ、出来るか出来ないかも知らないが、新進の老朽作家としてでも売り出さなければこのインフレの荒波と晩年の苦悩とを乗り切れないだらう。自分は生活難の果の夫婦心中などは真平だよ。唯一つの命をそんな散文的な事で無駄費ひしたくない、同じ事なら無理心中でも情死の方が好ましいね。かういふのが自分の柄ではあるまいか。ところでこれは年来道楽の詩作とは少しわけが違つて、実はこれだけの野心があるのだから、お前と口喧嘩の合の手の筆のすさびではちとむつかしい。精進潔斎して執筆しなければならない。

それ故、もつと快適に自由な状態でこれを書く場所も方法も無いではないのに、それを実現するのがなかなか困難である。それが困難でさへないならば何も今こんな事を書く必要はなくなつて来る。家庭にゐて書けないやうな原稿ならやめてしまつたらよからうといふのか。果してそんなものであらうか。いつも作家の細君の喜ぶやうな主題でなければ文学にならないといふ理由はどこにもあるまい。この間までは軍部のごきげんを気に病んで執筆したり執筆を遠慮したりする先生方ばかりで今になつてやつとそれを大笑ひしてゐるらしいが、細君の鼻息をうかがつた作品などはなほさら可笑なものであらう。この間の「意馬心猿歌」さへお前のごきげんを傷じたらしい様子で、うしろめたいから原稿も見せず、急ぎもせぬその原稿をわざわざ自分で投函して来た、多分、序にS子さんのところへも送つたのであらうといふ解釈であつたが、事毎にわが身に不快なやうにものごとを判断して自らまづ苦しめ、亭主を手こずらすのは困つた道楽でふびんなと云ひたいが、心にそれだけの余裕もなくただ迷惑な話だと思ふ。馬鹿もちと休み休み云はつしやれと云ひたいが、まあ勝手に何とでも申すがよからう。第一作品を何で一々細君の目を通さなければならないのだらうか。見せてほしいといふから、判りもしないくせにと思ひながらも別に意地悪をする事もないと、実は書きかけの原稿はいつも何人にも見せたくないのを特別の好意でいつも見せてやるだけの事が習慣のやうになつてゐたが、意馬心猿歌は偶々お前の留守中に出来た。偶々ではなくひとりの気分がせいせいして暢やかなおかげで出来たものらしい、ちやうど隣のおやぢさんがお方が出かけたあとに限つて鼻歌で仕事にとりかかるのと同じわけ合である。さうしてその即興詩らしいのんきなところが自分の気に入つて、しかしこれを手もとに置けば少し品のよくないところを気にしていじりこはして神経質な別のものにしてしまひさうな惧があつたので、すぐ発送したわけであつた。わざわざと云つたところでポストまでは百米はおろか五十米もないではないか。ここにもう一度あれを書いて置いてもよいが、今に雑誌に出るから、その時虚心坦懐にゆつくり拝見したがよからう。

（意馬心猿歌略）

「新生」と同じ時期に発表が重複しても悪いかと気兼ねして詩は消して置くが要するに多情未だ老いず身の拘束されるべき何物をも知らぬ虚無の心境を自ら楽しむその詩情にいく分反世俗的なものが含まれ象徴されてゐるにしても決して山の神の検閲などでとやかく云はれる類のものとは思はない。これをさへぐづぐづ申すなら、今度の原稿はとても無事に家では書きつづけられないと思つたのである。

別に皇室から御降嫁があつたわけでもなく、家附の箱入娘のところへ入婿したといふのでもないのに、何をさう自分の女房に気兼ねするのかと人はをかしく思ふであらう。自分自身でさへいつもさう思ふのだから他人がそれを怪しむのは当然である。けれどもこれには格別な事情はない。偏へに自分の性格から出てゐるとでも説明する外はあるまい。自分は他から傍若無人な我儘な性格のやうに見られがちであるが、それでゐて一面は極く気の弱い生れつきなのだと云つたら、女房が第一に、さうしてその発声に応じて声を合せて笑ふ人も多からうと思ふが、自分ほど気の弱い性格もめつたにあるまいと自分ではよく思ふ。それが時々自分でもおやと思ふほどの事を平気でやつてのけるのは、子供がとんぼの頸をもいだり蛙を踏みつぶす類といふよりも寧ろインドネシヤのアモックとか称するものに近い心理ではあるまいか。それは出来るかぎり身を屈してゐるが遂にはその状態に我慢し切れなくなつて不意に何くそと立ち上つて徹底した逆作用を演じ出すのである。相手に対してと同時に自分に向つても反撥するのであらう。

かういふ性格は自分の先天的な気質でもあつたらうが後天的に養はれたところも多からうと思ふ。自分の父は極く厳格に自分を教育しようとするのに母の方はまた度はづれに甘かつたからこの二つの愛情のなかで自分はこんな性格を育てられて来たらしい。

父と云へば、父は或る時成人した三人の男の子の前で述懐をして、わしの父親はわしの生れる前に急死して、母親はわしを生むとわしを残して他家へ再縁してしまつた。昔の人でありながら二夫に見えずといふ風な心掛のない人であつたと見える。お爺さんは万事に行届いたぬからぬ人で、ひとり子のわしの父親の嫁さがしには相手の家柄や財産、当人の体質や器量までやかましく見立てたと云はれたが千慮の一失で明石屋といふその大商人の家の娘の躾までは見なかつたと見える。わしにもこの母親から受けた血が伝はつてゐるがお前たちにもきつとあらうぞ。よく気をつけなければ。と父の云つた如くそれが祖母から来たやらもつと遠く深いところに源があるやらともかくも父の憂へた通りであつた。

父のその言葉と一対になる母の言葉は或時母のお前に語つて、その言ひ方のをかしさでお前を笑はせたものであつたがお前はもう忘れたかも知れぬ。

母の言葉はお前にはごく同感されさうなものだからお前にまた有力な身方を与へるやうなものではあるが、母の言葉は、

「さうぢや、焼餅をやくといふのでなくても、それはちいたかり番をしなければならんよ、男といふものはほん悪いものぢや」

と云ふのであつた。自分は自分の少年時代を追想した序に或る時の父の言葉や母の言葉を思ひ出した。自分の父母はお前も知つてゐるとほりごく正直ないい人であつた。母はまた別の時にこんな事も云つてゐた。

「この間東京のお宅で使つてやつてくだされと云つて頼まれたのがあつたがあまり綺麗な可愛らしい子であつたから断つた。女中の美しいのは悪いものぢやからの」

と、この言葉も意味深長である。

自分もふだんは別に女房を怖いなどとは思つてゐない。女房の懐には鬼も蛇も住んではゐない。ただ怖ろしいのはその抱懐し盲信してゐる世間並みの常識や道徳律である。この背景によつて立つてゐる女房に対しては出来るだけ妥協的な態度に出る。その信念を打破し改宗させる事が困難だと思ふからである。ところで、この妥協が益々

山の神を増長させる。世間並の常識や道徳律が女房の形になつて与へる圧迫感といふものは世にもやり切れないものである。こんなお化けは退治する方法がないからたいていの男なら降参してしまふ。これに比べると自分にもまんざらおぼえが無いでもないが不貞な女房の方がまだしも、この痴情を憫み宥す心境を自分に求めるといふ手があるだけに始末がいい位なものである。とはいへこれとてもその境地に立つてみるとまた別様にくるしくみじめなのも事実である。人間の牝牡の生活は何にせよいたましくむつかしい。そこでごく善良な好色漢トルストイは悲痛な声で「動物的な一切の事に就て人は動物に学ばなければならない」と云つてゐる。松の事は松に習への筆法でいい教へではあるが、動物的な一切の事に就て人間は動物にない人間の情操とかいふものの外にまた人間同士の規約といふ最も厄介な拘束を与へて人間自身を自縄自縛してゐる。この縛めは容易に解けない。色情に関する問題は文明人に残された唯一のタブーだと云はれるが、東洋ではこの禁忌は最もやかましい。それは必ずしもその文明が西洋より低いためばかりではなく、東洋の文明が本来が節度の上に立てられた原始的な文明で、西洋の近代文明のやうな人間解放の文明ではないためである。

西洋ではさすがに社交上の礼儀や作法などのなかに夙に色情の要素を取り入れてこの問題を少しづつでも解決しようとしてゐるらしい。握手や接吻や抱擁の礼法やダンスなどといふのがそれである。人間の愛情——といふよりも色情が、相手に触れてみたいといふ衝動のあるところに着目して手を握つたり腰をかかへたりしていい機会を用意して、これを特別の人だけではなく誰にも許していい機会をこしらへたのは色情を人間の日常生活のなかへ健全にとり入れて人生を楽しいものにしようとする合理的に賢い方法であつた。しかし、婦を見て色情を起す者は心に既に姦淫を犯してゐるとするキリスト教流の色情観のなごりはいつになつたら完全に拭ひ去られるであらうか。

キリスト教で一夫一婦をあれほどに重んじるのは一たいどんな根拠に因るのであらうか。人間の肉体の構造が一度に一人より愛するやうに造られてゐないがためであらうか。それとも何か純潔を極愛する人間の本然の性質でもあつて、それにもとづいた要求なのであらうか。それとも単に社会の秩序を維持するための手段として多少は人間の本性を矯めて案出され採用された生活方法に過ぎないものであらうか、実のところ自分にはそれが第一に疑問なのである。それ故、この一夫一婦制に基礎を置く結婚生活の家庭といふものの意義も自分にはあまりはつきりとはしない。一夫一婦を金科玉条とし、今日普通なるが故に家庭生活を人間生活の最高無比の、これによつてのみ真に人間らしい生活が実現され得る申し分のない生活の鉄則と信じて何の疑ひをも抱かない善良なお前と自分との根本の相違は実にここにある。お前にはそれが性にあつて、この生活様式が最も楽しく美しく思はれてこの束縛や、亭主の看守に甘んずる事がうれしいと本心から思ふなら、自分はお前の単純を笑ふよりもその単純の幸福を平和だと羨む。だがお前の幸福を完成させるために自分の不幸に甘んじてやらうといふ犠牲的な気持にはならない。お前は運悪くも相手を択びそこなつた。自分は不幸にしてお前のやうにさう単純には生れついて来なかつた。

自分は東洋の帝王のやうに昂然として朕に疾あり色を好むと揚言すべき性情を持ち、また世に恋愛と名づけた心理追求の遊を甚だ好む――この遊は他のすべての面白い遊のやうに時には生命を劫《おびや》かす多くの危険を伴ふとは知つてゐるが。要するに自分は婦を見て心に姦淫する無頼の異端者である。たとひ一夫一婦が正しいと考へたとしても到底それでは満足しさうにもない。況んや一夫一婦を正なりとする論拠をも知らないのである。どうして人間にとつて一夫一婦が正しいのか。それを先づ聞かして貰ひたい。皆がさう決めてゐるからではこの返事にはならないのだよ。尤もそれが納得できたからと云つて自分の性情がその人間生活の規格に当てはまるやうに今更改造できるかどうか保証の限りでもない。

ああ神さま　あなたは
わたしの心を歪《いびつ》につくられた
これはどうやつてみても
この幸福の小籠には納まらない

と自分は以前、こんな事を口ずさんだ時もあつた。人々は自分の無頼を憎み石打つか、それともさげすみに憫れみをまじへた眼差を向けるかは知らないが、すべては他のするにまかせて、自分はただ真実を語る喜びのために今はこの道ばたに身を投げ出すだけの事である。古来あまりにも真実を語つたがために罪せられた人も尠くはないと知つてゐる。自分の場合、どういふ結果を惹き起すか、それすら今は考へてゐない。

それにしても一夫一婦が何故に正しく、またこれとても出来そこなひかは知らないが神さまがお造りになつた一人の男、お前の亭主のやうな性情が人間として、どこが何故に間違ひであるかはつきりと証明して見てくれないものか。お前がこの自分をよく知つてゐると思ふからこれを要求するのである。この性情が直らないまでも、お前の申し分がなるほどと思ふところがあれば傾聴して参考にはしよう。ただお前の亭主がお前に不愉快を多く与へるといふ事実だけではお前の亭主が間違つてゐるといふ理由にはなるまい。もしかすれば只お前の我儘にすぎないかも知れないではないか。

多分お前はさう間違つてはゐないであらう。同時に自分もさう間違つてゐるとは思はない。とすれば夫婦生活といふこの生活形態に何か無理なものがあるのではあるまいか。そんなむつかしい事はわかりませんと逃げてしまつてはいけない。わからないと云つてしまへば誰にだつてわからない。それを他人にも自分にもわからせて見ようとする事が、ただ泣いたりわめいたりするよりも必要なのである。さういふ習慣がこれからは男子にも女子にも無くてはならないものださうである。考へながら生き、生きながら考へ、自分の考へたところを人にもわからせ、他の考へたところもわかる。さうして自他の生活を共々に改善して行く。それが人間らしい人間の生活といふものである。在来の生活方法だけでは満足しきれないで、自分の考へたところに従つて生きる習慣を持つのを生き甲斐といひ、やがて生活の向上とも進歩ともいふのであらう。また教師の癖が出てお談義になつたが自分は自分の考をお前に注ぎ込むつもりはない。かへつてお前にもう少し自分でものを考へる事を要求する。さうしてお前にもう少しものを考へる事を尊重する風を望む。自分の快不快によつてのみ批判せず、理窟にあつた事を言ひ、人の理窟にも耳を傾ける事を頼む。自分はもともと理窟つぽいから人の理窟をもいやがらない。だからお前が以前よく理窟をいふ馬鹿と罵られたやうにお前を罵らない。といふのは即ちこの手紙をお前が面倒くさがらず、また腹を立てないで、よく考へながら読むやうにと云ふ事なのである。

伝説によれば、東洋のさる哲人は己の心のなかに住んでゐる力強い野獣に気づいて、この猛獣を好奇心の鞭で刺戟する代りに分別の飼ひ葉で飼ひ馴らして家畜にするやうに工夫修行したといふ。この猛獣を放ち飼ひにして置いてはけんのんだといふので、哲人ならぬ凡夫凡婦の心にも住む猛獣をそこに押し込んで飼養する檻房の名を家庭といふらしい。家庭にはもとよりその他の多くの使命もあらうが、この檻房としての用途もなかなか重きをなしてゐる。それ故に家庭は牢獄の如く女房は或は亭主はさながらに看守の如く（と申して一般の夫人を侮辱すると申すなら）猛獣の飼ひ主の如くなのであらう。ところで自分の久しく夢みてゐるところでは家庭といふものは一対の男女が自由に便利にさうして楽しく生活するために案出された愉快に気の利いた生活様式であつて、決して女房が亭主を監視する場所でもなく、また亭主が女房を荷厄介にする場所でもあるまい。その一対の男女の共同責任に於て家庭を無形の貞操帯のやうな野蛮なものにしてしまつてはならない筈である。いかなる貞操も他から強要される性質のものではなく、各人の内部から湧き出す清冽な情操でなければ価値がないからである。しかしすべての家庭の実状をつらつら見るに、果してその当初の目的がどれだけ実現されてゐるであらうか。楽園行の列車が地獄に到着してゐたやうな観がないであらうか。他の家庭は必要ならば恐らく他の家庭の人々がそれを自ら考へもするであらう、我々の乗り込んだ列車の到著駅がまるで我々の希望の駅の正反対の方向にあつたのを見て、我々お互にその責任を他にぬりつけ合ふやうな無益に不体裁なことを致すまい。あなたが、お前がを千万遍をくり返してゐるうちに秋の夜が明け、年が暮れ、また年が暮れて、永くもない一生が楽しくもなく過ぎてしまふであらう。それよりもこの責任こそは仲よく等分に分ち合つて共同に負ひ、共同にその改善をもくろむべきものではあるまいか。この重要事の前に今までの行きがかりや世間体などをのみ申すべきではあるまい。この年になつて今更そんな事をといふ感じも無いでは無いが、そんななげやりな捨鉢の気持ではなく、さながら昔の人が隠居したやうにせめては晩年の余生だけでも本当の——といふのは自分の本性のままで暮して見たいといふ気持である。夕陽無限好只是黄昏近でもよい。そんな事をすればお前のいふとほり誰も相手にする人もなくひとりさびしく野ざらしになるぐらゐが関の山だといふならば、それも亦よろしからう。たとひ女房に殉死させて見ても、何の足しにもならないとすれば結局同じ事ではあるまいか。

身中の猛獣を飼ひ馴らす修行は哲人の仕事で、凡俗の能くせぬところだから凡俗は分相応な結婚生活といふ通俗な生活様式を案出して重宝なと思つてゐるのであらうが、それがいかにも浅はかな智慧で工夫された無理の多いものであつたから、千態万様な破綻はまぬがれなかつた。更に最も凡俗らしいやり方は、その己の工夫考案が実験の結果甚だ思はしいものではなかつたと重々判明した後も、それを素直に承認することを潔しとしないばかりか、嘘の上に嘘を積み上げて長城を築き上げて得たりとしてゐる事である。さうしてこの楽園行の札をかかげた列車が実は地獄行きであるといふ事実を語る事をお互に固く相戒めて後進を誤る事に協力し合つてゐる奇怪事である。人々はそれによつて後進を誤る事などには一向無関心に各自がさも楽園の住人であるかのやうな涼しい顔がしてゐたいからであらう。例へばかの従軍報道員なるものがさも優遇歓待されて来たやうな顔つきをして意気揚々として帰り一人として言語道断に不条理な冷遇虐待に甘んじなければならなかつた事実を洩らさないやうな罪の無い虚栄心みたいなものであらうが。

結婚生活より外にこの二足無翼の厄介な動物の雌雄が共に暮すに適当な生活様式が今のところ考へ出し得ない実状かも知れないが、それにしてもこの在来の方法が決してうまい方法ではなかつたといふ一事ぐらゐはもうそろそろはつきりと打明け合つて、この問題を正直に腹蔵なく討議し考察すべきではあるまいか。他に方法を見出し得ぬからと云つて今までの間違つた方法をいつまでも継続して行かうといふのがそもそも卑怯なごまかしではあるまいか。もし他にもつと正当な方法さへ案出されたならば、ヒステリーなどといふ奇怪な病気は人間の世界からそのあさましい影を消し、また今日の犯罪のすくなくも四五割は減少させる事もできるであらう。かういふ伝染力の強い悪疾や犯罪の源泉に近い不健康地帯を楽園の如く錯覚せしめる偽瞞策の代りに、もつと合理的な男女の共同生活法を考究する事こそ人間を進歩させその生活を向上させるものではあるまいか。それがいつまでも打捨てられ忘れられてゐるのも、色情をタブー視する文明の偏見のためであらう。この偏見の打破のためには処女のままで神の子なるものを懐姙したといふ或るゆだやをとめに関する伝説などもこのタブーを助長するものとして速に抹殺さるべき神話の一つではあるまいか。白魚でさへ雌雄なしに身ごもらない事は科学の我々に教へるところではないか。自分のものの如き駄文はもとより例外として近代の文学者が、さうして近頃の我が国の誰彼が好んでものする色情の文学なども徒らに醇風美俗を荼毒《とどく》して喜ぶのではなく、人間生活の進歩のために、文明社会の紳士淑女の偏見を打破するための使命を帯びたものであらう。批評家が芸術家の徳性を論じ、芸術に道義を要望するのは好い。ただその指して徳性や道義と称するものが通俗な既成観念から出発した女学校の職員会議用の尺度ではなく、もつと人間性の深淵から発したものであつてほしい。これはお前の関はり知つた事ではないが、お前がそんな馬鹿げた低俗な議論に身方を得たやうな気持になつてお前の亭主たる自分が永遠の文学青年なるがために、身勝手な振舞ばかり多くそれを何か文学者の特権と心得て慚愧を知らない自分であるかのやうに考へてゐるらしい口吻をお前が時々洩すのを思ひ出して序に一言して置くまでである。

人間には凡庸なのが多いが、皆がみな凡庸とばかりも限らないから、自己身中の猛獣を飼ひ馴らしてかかる哲人もあれば、さては猛獣をも怖れず、また最初から家庭などといふ愚劣な生活形態を択んで巣を営まないで敢然と独身寡居の境涯に従ふ達人も稀にはある。孤独といふ高い代償を仕払つても迂闊にそんな檻房などに収容されないで、自由の山野に永く棲息して悠遊自適してゐるのである。下衆《げす》の智慧は後からの識はあらうし、又その代償の高さは自分の分際では結局及びもなかつたではあらうが、それでも自分なども、その性情から云へば正に寡居の境涯に甘んずべき変人であつたものを、凡庸の身の悲しさは己を知らず、また凡庸人は凡庸の方法に従ふのが分相応と生悟りをして、且つその時代に真実を教へてくれる親切な先輩を知らなかつた不運のために、ひと度誤つて、全く人のよく云ふ若気の誤といふものから、家庭生活といふ生活様式を美しく便利重宝なものと飛んでもない思ひ違ひをしてしまつた。それも無理ではない、世間は善良な子弟をしてさう錯覚させるやうな仕掛けに出来てゐる。さうしてこのたちの悪い欺謀で善良無垢な若者たちを凡庸社会の一員に引つぱり込んで質よりも量を以てするこの仲間の勢力に加へる。だからこの思ひ違ひこそ、自分も若年の頃は極めて素直ないい青年であつたといふ事の証拠にならうかとさへ思はれる。

ともあれ自分は世間の張つてゐる罠に落ちたわけである。しかしあらゆる欺偽はもともとそれにひつかかる者の欲心から出た夢が原動力になつて自ら誤られるものなのだから、静に思へば他を憤る何ものもなく、偏へに自分の痴愚を憾むばかりであるが、自分は先づこの飛んでもない思ひ違ひをしてしまつて後、次いで更に重大な間違ひを重ねてしまつた。といふのは結婚生活は自分の性に合はない生活様式であると悟るべき時期に、自分は愚にもこの生活様式の根本的な間違ひにまだ気づかず、また世間の人々が一種の不文律から、誰しもみなこの苦しい生活法を楽しんでゐるかのやうに演出してゐるその見せかけを疑はず、又この生活法を真に便利に享楽してゐる少数の人々は人知らぬ奸計をめぐらしてゐるといふ内幕を見抜くだけの眼力もなかつた。これ等の自力の愚かさとお人好しとに加へて他の人々に出来る事なら自分にだつてといふ実に馬鹿げた負けぬ気まで手つだつて、生来虚偽に慣れず、面倒くさい奸策を弄する煩はしさに堪へるのを第一の必須条件とするらしい家庭生活といふものには自分の性情が凡そ不向きなのを先づ気づかないで、唯、自分の結婚生活の不成功は一切その相手がつまらないせゐだとばかり片づけてしまつたものであつた。今にして思へば実に恥づかしい浅慮でもあり、相手にも気の毒なみたいな話であつたが、自分はせいぜいこの相手を択んだ自分の手落ちを自分の責と認める程度の軽佻な反省と誤を改めるに憚るなき君子気取の公明正大な気持であつさりこれを離婚して、更に別の相手を求め、第二の相手も第一のものに相似て好もしくない事が発見されるや更に第三の相手を求めたがこれも程なく去る事にした。最初のものに対した水準と気位とに照してみて第二第三のものを容認して置くのは第一のものに対しても不公平自分でも不徹底と敢てこの方針を繰り返したが事態は善くなるどころか益々悪くなるばかりのやうな気がしはじめたのには、さすがに愚かな自分も当惑して今は十分に考へざるを得なかつたが、根本の考へに達するだけの考察力もなく、ただ考へ及んだところは最初のものも最後のものも中間のも、その好ましからぬ点はみな同程度で優劣どころか、愚劣の状態に寸毫の差違すら見出せなかつたから、依怙地になつて徒らに手数をかければかける程自分の条件が悪くなつて事態悪化の全責任が今度は相手方になく自分のせゐにされててしまふのに気がついた。女どもは自分の熱望してゐるところは更に理解しないで、唯々自分を我儘勝手で文句や理窟のみ多くて、気に入らなければいつでも虫のいい申し分で女房をたたき出してしまふ悪い癖のある男といふ先入見を抱いて自分に対しても仕方のない立場を、自分はいつの間にか自分でつくつてしまつてゐたからである。自分は専ら自分の夢を追うて現実の女といふものはみな一様につまらぬものとは容易に気がつかなかつたのである。自分は現実の女に自分の夢の花嫁仕度をさせて娶つて、その衣裳を脱がせてみて後その現実の肢体のみすぼらしく汚らはしいのに腹を立ててそのぶざまな有様を罵りながら羞と憤りにわなないてゐる女どもを素裸のままで現実界のただなかへ突きかへしてしまつた。かくて無二のフェミニストたる自分は結果としてはこの上なき女性侮辱者に似てゐる。その誤解を受けるのも是非もない仕儀であらう。これがすべての詩人の運命かも知れない。盛唐の詩人崔顥は才ありて行なく、妻を娶るに美なる者を択び、少しく意に愜《かな》はざればこれを棄て前後配偶を易ふる事数回に及びしといふよほど我儘な耽美家のやうに伝へられてゐる。もとより自分には、李太白にすら圧迫感を与へたと云はれる黄鶴楼の作者のやうな才も無いから、美を知る事も浅く、それを求める念も薄弱に、妻を択ぶにも必ずしも「才長けて顔うるはしく情ある」を求めはしなかつた。尤もお前もよく知つてゐる亡友の全集印税横領者である口にするも不愉快な現代の流行詩工某のやうに持参金目当で結婚するほどのいい度胸もなかつたが崔顥のやうなぜいたくな註文もなく、いつでもたいがいなところで我慢し、相対して不快な感じさへ起らなければいいとして、その他の点でも寧ろあまり重荷にならないのを採るだけの凡庸人相応な用意はあつた。だから自分は四回の結婚でまだ一度も所謂良家の処女といふものを娶つた事はなかつた。さういふ趣味がなかつたせゐもあるが、自分のために深窓の人を路傍の塵まみれにさせたくないと思つたからである。さうして自分は自分のせゐでなくて既に一生の踏み出しを幾分誤つてゐるかの如く見える相手が自分のために適当であると思つたものであつた。そんな考が自分の結婚生活を不幸にした観も多少無いではないのは、自分の見かけによらない気の弱さ、人の好さ、頽廃者らしいなま悟などのさせるわざであつたらしい。この同じ自分の性情が、ニイチェが折角、結婚生活者心得のつもりで与へて置いてくれたその一流の簡単明瞭な忠告「汝ら婦女に赴くや必ず鞭を忘るる勿れ」を実行する事を忘れてゐた。東洋の古い哲人のやうに色情を身中の猛獣と見なかつたこの近代の哲人は、その代りに女性を鞭を以て御すべき温和な猛獣と見做してゐたものらしい。

お前は今更あらためて、思ひ出して見るまでもなく自分の四人目の妻である。さうしてお前も自分を前科者視して、気に入らなければいつでも女房をたたき出す男といふ先入偏見に支配されてゐる点では四人目らしい相当の不安と多大の予覚的の被害妄想を抱いてゐるらしい。或は三年、五年、七年、さうしてお前とは既に十六年にならうか。かくて自分は一身のなかの猛獣とまた山の神と呼ばれる家庭の猛獣どもとに全生涯を荒し尽されてしまつて今や既に幾何の残年を持つてゐるであらうか。亭主の事ならば何から何まで一つ残らず知り抜いてゐるらしいお前にもまさか亭主の残年までは判るまい。

西鶴の「よろづの文反古」といふ手紙の形式の短篇を集めたもののなかに何といふ題であつたか思ひ出せないが幾度でもこりずまに結婚生活に失敗した男がその思出を友達に宛てて愚痴をならべた手紙のあつたのを、若い頃読み興じたが今はわが身の上に似てゐるのを思ひ合せてをかしくも悲痛にもう一度読み返して見たいが、これも今は手もとになくなつた。

それにしても幾何もない余生を賭して今更相手を見つけるだけの何物も残してゐないお前も又々離婚してみたところで何が面白からうか。尤もお前の方でそれが面白いとならばまた話は別であるが。自分はお前を去つてしまつてもう一度といふ希望もないし、相手の如何にかかはらず自分はもう結婚生活などは真平なのだ。自分も今度こそは自分の正体をも女の正体をも、それ故結婚生活とか家庭とか名づけられた醇風美俗のインチキ性をも悟つた。と云ふとえらさうだが実は三十年来の痴夢がやつとさめたといふまでである。女たちはみなそれぞれに美しい夢と幻とを与へはするが、その正体はどれもこれもみな同じものなのだ。今更、これを捨ててあれを採るといふほどの手間をかける値うちのある代物ではない。そんな面倒な繰り返しはもう考へてもゐない。夜目遠目傘の内とやら女を見るには他のすべてのものと同様に適当な距離が必要なものと悟つた。S子はあの山荘のベランダのなかにゐるところを見るのが最も美しくてよい。手ごろの距離にあつてこそ美しくも有難くもあるものを好んで万難を排してしやにむに手近かへ引き寄せて見て折角のものを不快の種に代へてしまふやうな軽挙妄動を敢てしなければならない理由があるのか。一切はもう試験ずみである。自分は既に飽きた。懲りた。もう自分にもそれだけの分別が出来てしまつたのであらう。世人が年をとつたといふのはかういふ心境になつた事をいふらしい。危つけはないがおもしろをかしくもない。慾ばつたゲーテが永生きはしたい年は取りたくないと云つた筈である。

さふいふ分別が出来ながら、なぜS子にあんな手紙を書いたかといふのか。もう何十度だか説明した筈だが、それが正当にお前にわかる位なら、お前自身も気が軽く自分も幸福なのだが、お前は常にすべてお前の視野の狂つた不思議の目で見て、お前の邪心に満ちた心で解釈して、自分の説明などには一度も素直に耳を仮さうとしたためしもないではないか。そのくせ、決して納得する意嚮なしに何度でもその説明を聞きたがる。自分は最初から事実のままに述べてゐるから、何十度繰り返しても変化もなくくひちがひも生じないのだから、一度だけで沢山であらう。こちらの説明がいつもお前をたぶらかし、云ひくるめるものと決めてかかつてゐるお前の口吻が明瞭な限り、自分にはただ唖の一手あるきりである。うるさいから無用な一切の発言をさけて口に風を引かせない方針である。

手紙はお前の発見によつて、その現物が現在お前の手もとに保管されてゐるのだから、事実はそつくりお前が握つてゐる。事実はすべてであり最も雄弁である。自分はそれを否定する意志もなくその方法もない。その事実をお前が事実のままで素直に会得しさへすれば自分の説明は屋上屋を架するにすぎぬ。蛇足である。お前の解釈に到つては一種の蜃気楼であり、平地に波瀾を生ずるものである。

だから自分は手紙にあるとほり、S子の可憐洒脱な人柄を愛しその容姿を好んでゐる事実を否定しようとはしないばかりかもつと事実を事実として見る事を希望してゐる。そこであの手紙はその表現が少々ダダ的に過ぎてあまり無作法に飛躍しすぎる。それがS子に与へる効果に就ては自分もまだ明確な予想を立て得ない。それが逆効果を生じて今までの友情をさへ覆す惧なしとはしないものであると思つた。それなればこそあれがS子に送られないで現にお前の手中にあるではないか。自分があれをポストに入れる事をためらつた事実と、それが自分の書いたものであつて、S子のまだ見てゐないものであるといふ事実などをも、素直にあつさりと認めさへすればいい。一々その理由や解説などを自ら試みるには及ぶまい。事実以上に一歩も勝手に踏み出してはならないのである。お前のやかましく騒ぎ立てる事実の正体といふのは洗ひ立ててみればたつたこれだけの事実で、あとはみなお前の根強い先入偏見の上に奇異に組み上げたお前の空中楼閣なのだから、これに対してはS子は勿論、お前の亭主たる自分も何等責任を負ふべきとは思はない。有婦の男子が妻以外の婦人に愛情を表現したいと思つた事がたとひ相手が有夫の婦人であらうとも、その未然の受信人たるS子は勿論その手紙の筆者であつて発信を企てた男子にも何等の不都合はないと信ずる。人生はそんな窮屈なものではあるまい。この事実によつてお前が不快を感ずるのはただお前の我儘と申すものである。

もし何か問題があるとすればその愛情の手紙が発送され、さうして読まれて、更にその愛情に答へようといふ意志が表現され、さて、それからその意志が実現された上の事であらう。まだその事実の何一つもないに先だつてお前が妄想を逞しくして有りもしない他人のさまざまな罪を創作するに到つては、寧ろお前の人柄にかかはるものではあるまいか。男は少しばかりは番をする必要のあるものであるといふ家訓があり、それでなくてさへ男に幾度か出しぬかれた苦い体験のあるお前としてはその心理に同情すべきものをまんざら認めないのではないけれど、それでもあまりにあさましすぎる。

昨夜読み終つた荷風の「問はず語り」のなかに次のやうな一節があつた。

「エミール・ゾラは五十を越してから、家に召使つてゐた若い女を愛して、二人の児を生せた。ゾラの夫人は紛擾の後、其の女の心根を憐み正式に子供を引取つて養育した。伝記の筆者アンリイ・バルビュッスは老衰しかけた文豪が畢生の元気と青春とを呼戻し、浩瀚なルーゴン・マッカル叢書を完成させたのは此の若い女の力に外ならない、と云つてゐる。」

その若い女の力であるか夫人の力であるか自分は知らないが、自分も五十を越してはゐるがエミール・ゾラのやうな文豪でもなければルーゴン・マッカル叢書を書きつつもない。と同時に若い女を愛して二人の児を生ませたわけでもない。ただひとりの有夫の婦人に手紙を出さうと思つて、それもその文句の不洗煉と感情の過剰とに気づいて出さないでゐたのである。この事実とゾラの家庭の事実とは文豪ゾラの偉大とこの自分と以上のひらきがある。それだのにお前の騒ぎはゾラ夫人の紛擾以上ではないだらうか。といふのも自分にゾラの偉大とその徳に欠けてゐるためではあらうが、お前はゾラ夫人の心情とお前自身のものとを自分で思ひくらべて見てその雲泥の相違に気づいて見るがよい。絶えず恥にもならぬ事を恥々と叫び立てるより、時には女といへども本当の恥を知る事も必要であらう。

お前が若し騒ぎ立てたいならば、気永にS子の返事を見て、それに対して僕のする行動をしばらく見つづけてから後でも決して遅くはないのではあるまいか。ゾラの夫人は夫が若い女に二人の子を生ませるまで見てゐたのだ。相手が召使女ではないから、万が一間違ひがあつては一切合切後の祭だといふのでお前は後の祭の予防に前の騒ぎを騒ぎ立てるのであらうか。お前たちは誰も彼も（と申してゾラの夫人のやうな例外もあつたが）自分の周囲では何故にさう事毎にお前たち自身が最も好まぬ不愉快な、さうして必ずしもそれが合理的でもないめちやくちやな解釈ばかりして万が一を惧れて現実を怖れる事を知らず、その曲解に原づいて事の最後には採るべきかも知れない最悪の解決を性急に実現しなければならないのであらうか。寔《まこと》に不可思議な心理である。

それはまるで街の一隅でペスト菌を持つた鼠が一疋見つかつたといふので今にも全都市がペストの流行地となつて市民のひとり残らずこの流行から脱れるものもなくやがてはわが身も忌はしいペスト患者になつて死ぬであらうといふ空想の恐怖から自殺を企てるやうなまるでギリシヤのエピグラム風な滑稽事ではあるまいか。誰もその暗示をだに与へもしない妄想的な解決がお前たちにとつて楽しいならばそれも一種の趣味として致し方もあるまいが、それで苦しみ悩むだ果にそれが自分から出た空想にすぎない事を自分で気づかないさまは、さながら己の影におびえて月下に吠えたてて、己の声の山彦に闘争をいどみかかつて、狂ひたけりながら、自分だけは主家の門を守るために忠実に奮闘してゐると思つてゐる犬に似てゐる。主人はたぶん騒々しく腹立しくしかもふびんで安眠することも出来ないでゐるのであらう。

うろたへて反対の方向へ舵を取り、相手の感情の狂風を呼んで帆を孕ませながら、世界の果にあると聞く大渦巻のなかへ自分を狩り立てわが船を追ひ込んで行く。それがお前ひとりのやり方でなく、自分の今まで知つてゐるすべての女どもに共通の最後の方法である。男にとつて女には実に多くの不可解なものがあるが、これ等の非常時心理も亦そのうちの一つであらう。

今にきつとこの事があるであらうと実はひそかに予想してゐたとほり、果してこの原稿が偸み読まれて抗議が出た。わたしがいつ原稿を引き裂いたりした事がありますか。そんな事を書き立てて人に恥をかかせる事は無いではありませんかといふ。

恥の観念まで自分とは大ぶん違つてゐる。それが本当に恥だと思つたら、自分も他人の事ではなしそれを書き立てて身の恥を売り物にするでもないが、そんな事がつまらぬ見えではあつても恥をかかせるといふものとも思つてはゐなかつた。それよりもこの間S子のところへ怒つて行つた時の反知性的なお前の方がもつと恥かしい筈だと思ふ。あの時はおかげで自分までも恥かしい思ひをした。しかしお前は当然に正当な事をしたので決して恥づかしい筈はないと思つてゐるであらう。お互の恥の観念の相違である。自分に云はせればお前はS子のところへ怒つて行く事は何もなく、寧ろお前の亭主が歓待されたお礼を十分に云ふべきではなかつたらうか。その方が温健に社交的で戦法としても進歩したものであつたらう。

日常の生活のなかにもお前と自分とでは、大ぶん違つたところがある。一つ一つを取り立てて数へるのは煩はしいからその一つだけを記せば、たとへば自分がいつも鼠の巣のやうに紙屑や書冊が雲脂や脱毛や虫の死骸などの雑つた塵に埋もれたなかでなければ落ち着いてものの書けない困つた性分で、それでなくては自分の部屋のやうな気がしない。さうしてこの塵に埋もれた混乱のなかにそれでも自分だけの秩序ならぬ秩序があつて、自分の座席から手のとどく限りのところに自分の必要なだけのものは夜停電中でも手さぐりにつかみ出せるのを、なまなか他人に整頓されると結果としてはひつかきまはされたやうな迷惑なのだがお前は明窓浄机の趣味と見えてどこまでもきちんと整頓しなければ気がすまぬらしいからいつも一歩を譲つて置くと有難迷惑な努力をした序に書きそこなひの詩稿や、出す事を躊躇した手紙などを塵塚のなかから発掘してくれる。部屋のなかも心のなかも社会の状態も雑然たる塵まみれよりは秩序整然たる明窓浄机の方がいいに相違ない。鼠でもないのに鼠の巣のやうなのが勝手で性が合ふなどはなさけないが、その方が落ち着き能率が上つて便利だといふのが容認されない。尤も自分はお前が発掘事業の序に整頓作業を兼ねてゐると邪推した事もないし、明窓浄机に慣れたらその方がいいには相違ないと思ふからお前の流儀に敬意を表し、そのおせつかいを咎めないでお前の掃除の労を推察してゐる。お前ももう少し他の流儀を容認する雅量を養つてみたらどうだらうか。さうすればお前自身の生活もきつともう少しはのんびりするのだがね。さうしてあの塵の積つた自分の部屋に秩序ならぬ秩序が埋蔵されてゐるやうに、自分の一見乱倫のやうな精神のなかにも自分だけにはこれでも徳義ならぬ徳義は伏在してゐるつもりなのだが、これは口を酸つぱくしてみてもこの手紙の分量を倍にしてみても塵まみれの秩序以上に理解されもすまいし容認されるきづかひは到底あるまい。よろしいせいぜい骨を折り埃にまみれて整頓して明窓浄机にして貰はう。でもそのなかに住み切れないとすればそれが自分の部屋である限り自分は自分の流儀でいつかはまた乱雑極まるものにしてしまひ、日日の塵は刻々に積つて行くであらう。思へば今までの十五年の日日もそれで明けそれで暮れた。お互にそれで寿命が縮むといふ程でもあるまいが、たとひもし縮むとしても致し方もあるまい。だがお前のやうに何から何までみな自分の流儀を第一と心得て他を宥しにくい人は赤ん坊や子供たちばかりを相手にして暮した方がいいのではあるまいか。

尤も子供も男の子は十五六にもなるとなかなか母親のいふ事ばかりは遵奉しないものだからこれもよく心得て置いた方がよからう。

それが自分の方から云ひたいところであると知るや知らずや、お前はよく今のさつきのやうに声を励まして、

「何の遺恨があつてわたしをそんなに苦しめ、恥づかしめるのですか」

といふ。もとより自分はお前に何の遺恨もなければ、そんな事を云はれるおぼえさへ無く、その同じ事を自分が先に云ひたいと云へば、お前もきつとあつけにとられるであらうが、お互に何の悪意もなくした事がいつもお互の心情をそれほどに傷けるといふのは、多分お互の気風の相違に原づくのでなければ、きつと前生でお互に敵同士ででもあつたらう。自分とお前とばかりではなくすべての男と女とは前生で敵身方に分れて色情の大河を挟んで対峙してゐた大軍の、一軍は男に他の一軍が女に生れて来たのでもあらう。さうしてお互に傷け合つたその怨恨の最も深いものが夫婦といふものになつたのであらうか知ら。だから何を好んで、今さらS子と前生の仇敵の名告を交す要があらうか。尤もそれが宿業であるといふならば「縁《えにし》とやらんはまぬがれがたくて」では思案の外である。人生には思議に絶した事が往々にある。だからお前が心配するのでもあらうが思議に絶した事は心配では追つつかないものである。きのふの淵はけふの瀬となる人間の心理はまことに不可測な怪物だからである。その一つでも

測り難い人心が二つまで重りもつれ合ふ恋愛といふものの複雑怪奇にもう一役も二役もあちらこちらから参じ加はるのでは、事の面倒に身も細り、一そ一思ひになどと無分別なのも出る筈である。健全な意思と知性とを設備のよい哲人席の高見から見物したら面白からう道理である。

これをいつぞや村の物識翁に聞くに、嫉妬とは見て字の如く女の疾であつて又女が石になる事であるとか、女の疾の方は自らに会得もされるが、石になるといふのは松浦佐用媛や望夫石のやうなのではなく、また木石のやうに非情になるのでもあるまい。石の如く頑迷不霊に条理も聞きわけず、ものを考へる力も無くなるの謂らしい。いろいろな事を好んで云つたフリイドリッヒ・ニィチェはこれに就ても亦面白い事を面白い云ひ方で云つてゐる。曰く「嫉妬は霊の陰部である。この譬喩はどこまでも押し進めて行くことが出来る」といふのである。詳しくは説明の限りではないから読者各位各自に追及し考察せよと突つぱなしてゐるのであるが、まことや、嫉妬に関してはすべての女がみなその言葉を聞く事さへ恥ぢる点も肉体の恥部に関してとほぼ似てゐるが、これは男子たちが己れに都合よく女子を教育した一成果に外ならぬであらう。ちやうど彼女たちが己れに都合よく男子を仕立てようと思つて浮気といふ観念を造り上げたのと同じ事である。いづれも自己防衛上の宣伝用語風なもので、誇大に歪曲された大つかみな観念にしか過ぎない。真実を云へば嫉妬はただ少しくたしなみの悪い愛情であり、浮気とは躾の身につかぬ愛情なのである。ともにそれによつて損害を受ける者を生じ、ひいては社会全体に不安を与へる性質のあるものではあるが、みな人間生命力の潑剌たる現はれであつて、本質的には決して彼や彼女等がそれぞれに宣伝するやうな重大な悪徳として慚愧する程のものではない。それ故その道の通人といふ寛厚の長者たちはきつね色の焼き方や浮気者のほどのよさを説いて共に程度問題のものと見てゐるではないか。どうしても避けられないものならばせめては自粛を求めただけにとどめて一途に弾圧してもその到底根絶し得られないのをよく知つてゐるからである。家庭生活に一脈の活気と賑やかさを与へてその沈滞した無風状態を救ふのを程度にして騒動を誘発しないのが程度なのであらう。誰人の言葉であつたやら忘れたが「妻の嫉妬にも面白き節なきにしもあらず、そは常に思ひ者のうへを問はるることなり」とかいふのがあつたがこれなどは程よく浮気してこんがり焼かれてゐる人らしい温雅な申し分でこの夫妻が道に長けた心にくい痴れ者同士であつたのを思はせるに足る。かういふいい効用さへあるのだから焼餅も浮気も罪悪視して誇大に攻撃したりまた慚愧すべきではない。自分は通人ではないが、男子の浮気に対しても女子の焼餅に対しても一様に寛大である。ただ浮気が経済的事情を楯に男子の特権のやうに振舞はれたり、嫉妬が通俗倫理の後援によつて正義の言動ででもあるかのやうに主張される時にだけ、これを恕し難く感じる。世の中にはもつと無邪気に天真な浮気や嫉妬がある筈だと思ふからである。

「そもそも浮気をせぬ亭主とやきもちを焼かぬ女房とは、鬼畜の世界は知らぬこと、人間の世には金の草鞋で探しても見つかるまい。亭主の浮気、女房の焼餅、それが、さながら人間の夫婦の証拠であるかのやうである。思ふに男の浮気と女の焼餅とは本質は同じものであるらしい。陰性の浮気を焼餅といひ陽性の焼餅を浮気と名づけたものかと思ふ。尤もこの二つには陰と陽とだけに少しは違つたところも無いではない。本質が同じだからともに妄想にすぎないといふ点は相似てゐるが、それでも浮気の方は自分で楽しい妄想をつぎつぎに描いて他を困らせるものなのに焼餅となると自分で苦しい妄想をつぎつぎに描き出して遂には他をも苦しめ困らせるものである。この一点で大きな相異があるから、自分は少くもひとりだけでも楽しみ喜ぶ人のある浮気の方が自他とも無用に苦しんで一家の日常生活を荼毒し、ひいては累を社会に広く及ぼす悪現象たる嫉妬より浮気の方が多少気の利いたものと思つてゐる。女房が焼くから焼かないやうなのを求めて浮気をするのだか、亭主が浮気をするから女房が焼いて逆効果の牽制をするのだか、この因果関係は可なり微妙複雑なものがあつてその研究は今ここで発表するまでに纏つてはゐないが、肝腎な点は亭主の浮気を咎める事の出来るのは焼かない女房だけであり、女房の焼餅を叱りたしなめる資格のあるのは浮気をせぬ亭主だけである。焼ける女房はその焼餅に免じて亭主の浮気を承認すべく、浮気をする亭主はその浮気を考へて女房の焼餅を同感すべきである。この言葉を夫妻とも忘れない限りは家庭円満は請合である」

自分はかねがね浮気焼餅同質哲学を抱懐してゐて、それを前述のやうに表現して結婚披露宴のテーブルスピーチに代へて、自分はさも夫婦喧嘩などといふ犬の食糧とするにも足らぬと伝へられる馬鹿な事などしたおぼえもない人間のやうな、教育者特有の神妙な嘘つき顔をして喋つたものである。

自分は郷里の富豪が売名のため独力で経営してゐた某女子専門塾で文学部長と称するのを小十年勤めてゐた。この学塾は戦争中自由主義教育の急先鋒として閉鎖を命ぜられその文学部長たる自分は終戦後戦争協力者として追放されたのだから世の中の何が何やら自分は判らない。学校をインチキと申してはさしさはりもあらうが、この部長をインチキ部長と呼ぶには誰に遠慮も入らない話である。それでそのインチキ部長は年々二三度は教へ子の月下氷人は固辞しても結婚披露宴ぐらゐには引き出され、生れつきのお喋りを見込まれて迷惑にも花嫁御の先生たる理由でテーブルスピーチの指名を受ける毎に、浮気焼餅同質論を披瀝すると型やぶりで退屈しなくていい、部長先生は見かけによらぬ、わけ知りだとお世辞を云ふ者があつたのを、真に受けたわけでもないが、度々の事をその都度考へるのも億劫だから適宜に多少は改訂増補しながら新郎新婦に与へる言葉を重版して名論卓説の好評を恣にしてゐた折から、或る時思ひがけなくも旧い卒業生の一人からといふ伝言で「人間の世界に浮気をせぬ亭主や焼餅を焼かぬ女房は金の草鞋で捜すまでもなく、つい近いところにあるのにお気がつかないのは部長先生の世間知らずも甚しい。ここに焼かず焼かれもせぬ一対があつておもしろをかしくもなく不幸である。といふのは亭主は出世第一主義でわき目もふらず浮気をするひまもないから女房に焼く機会を与へず、その御主人はその地位才智風貌誰の目から見ても第一流の紳士でありながら、肌合が合はぬといふのか、女房の我儘か、終に女房の愛情を喚起するに足りないのはどういふわけか。もしや浮気もせぬやうな人柄のせゐではあるまいか。それ故、人間の世界にも稀には浮気もせず焼餅もやかぬ女房もあらうが、これらの夫婦は決して健全なるものではなく、幸福でないといふ一句を是非部長先生の御高説のなかに加へて置いて頂きたい」といふのであつた。これを自分に伝へたのがそのころよく自分のところへ出入してゐたC子で、その伝言の主こそ余人ならぬS子であつた。S子の抗議を聞いて自分は「人間の幸福はみな一様であるが人間の不幸は千差万別である」といふ意味のたしかアンナ・カレニナの書き出しにあつた名文句を思ひ出しながらも、S子とやらの伝言に興趣を感じた自分は、まづ一とほりをC子から聞いただけでは満足せずに、それが自分の教へ子でなく就任以

前の旧い卒業生であつたと知つて、仏蘭西語教授で開校以来の勤続の同僚に、S子に就いて聞いてみると、

この間の開校十五周年記念に久しぶりにちらと顔を出してゐたが、さあ何と評したものであらうか、容貌風姿必ずしも秀絶といふのではないが先づ感じのいい十人並といふところでせうが、在学中から多少の詩才を発揮して試験の訳文なども見事で、一種風格のある性格が級友間でも人気があつたやうでしたが、卒業後すぐ結婚して、世に知られたさる実業家の夫人となり、琴瑟甚だ相和してゐるとか、わが校出身者中でも指折りの名流夫人――ではない――有閑マダム――の一人らしいのです。この間見かけたところでは先生の所謂美しく老いつつある一人のやうでした。在校当時の印象は何しろ旧い事で雲煙模糊、たるものですが、と云ふ噂であつた。

東京の空襲が日ましに激しくなつて、帝都では一夜も安眠出来なくなつた頃、C子が気を揉んで疎開をすすめ、それではといふので早速見つけてくれたこの疎開地が偶々S子の別荘に近い地域であつたから、一日C子に誘はれてS子の山荘に行つて見たのがそもそも事の面倒になりはじめである。C子の説に従つて食糧のルートでも紹介して貰はうといふ食ひ気の方の問題が主で、実のところ色気はまるでなかつたと云ひきつて正確でないならば、寧ろ案内のため同行の生気潑剌たるC子との林間の逍遥の方が主眼であつたといへば正直であらう。ともかく用事が用事だつたからお前を誘

つて同行すれば一番よかつたのだらうが、格別の成心はなくとも自分は時たま女房や家庭から離れたい理由のない慾望を持つてゐる事を告白しなければならない。かういふ心理はお前の妹が、以前不良娘であつただけに男ごころをよく知つてゐる。彼女は時々上京してはひとり遊び歩くのをお前が心配して、亭主をひとり残して幾日も遊び呆うけてどうするかと叱ると、男なんてものは時々ひとりにして置くものですよ、ねえ兄さん、と答へてゐた。まづそんなものだらうと自分は答へたが、この心理も自分の説明では気に入るまいから、今度お前の妹が来た時によく聞いて見るがよからう。

その日山荘の主人は会社の重役会議に出京したとかで、家にひとり退屈してゐたらしいS子はいそいそと若い同性の友と老いた異性の友とを迎へた。

山荘はその丘の中腹にあつてその山裾は千曲川の上流湯川の水源といふ小さな流れが襟のやうに丘をめぐつて流れてゐた。向ふの丘には落葉松の林に新芽が萌えはじめて麦が十分に熟れくわつこうが天地の情熱の訴への如く諸方から鳴き交しはじめた頃であつた。

S子と自分とは初対面で、とかくはにかみやでこの年になつて人見知りをする自分ではあるが、対談はC子の介在を油にして円滑に運転した。S子は人をそらさない座談の術を得るにふさはしい齢に達して、ごく素朴に自然に相手を親しませた。学塾特有の師弟相睦む気風が自づとこの場の空気をなごやかにしたのであらう。S子は多弁にならない範囲でよく語つた。世間ばなしを少しと人生に就て稍多くを、彼女はその意見を述べながらC子や自分の説に耳を傾けた。彼女の意見は浮薄に流れず、固陋に堕ちず、独自の考へに立つて所信を云ふ囚はれない婦人の風格があつたが、その意見の内容よりはその若々しいとよりも寧ろ子供つぽい声の方が耳に快くひびいた。また彼女は談話の途中にふと沈黙に落ちて一種暗鬱な表情を眉や眸の間に見せるのが謎のやうな印象を残した。正直なところ自分は快い談敵の見つかつたのを喜んだ。

S子はお茶の後には青い苔の深く石の多い庭から庭つづきの傾斜の茂みへ我々を案内して置いてから、彼女はもう年頃になつてゐる長女を督励して我々の晩餐の用意をしてくれたらしい。

不意の訪問ではあつたがいつも十分に蓄へ準備してゐるらしいさまざまな材料を使つて好意の限りを見せた晩餐の後は甘いコーヒーのお代りまで貰つてベランダの眺めはよかつた。夕雲が赤く流れた下の低い部落の夕餉の煙が静かに重くゆらぐのを飽かず見てゐる間に夕靄はあたりを深く閉し、そのなかから家々の燈が雲間の星か蛍火のやうに見えて来て、昼間は気のつかなかつた淙々たる水音がひびいてゐた。もうそろそろ引き上げずばなるまいかと思つてゐるところへ山の夕立がぱらぱらと落ちて来たのがだんだんひどくなつて来ると、S子の発言にC子も口をそへて泊めて頂いて帰りはあしたにしませうと云ひ出したのを自分も強ひては断らなかつた。たとひ腹の中でさうは思つても、まさか女房がやかましく申しませうからとも口には出せなかつた。——それは、はげつちよろけの浴衣がけで山荘へ乗り込むより自分には恥づかしいからである。

S子はC子を彼女の寝室に泊め、自分を二階の二人とも二十に近い男女二人の子供の隣の部屋へ泊らせた。来客のための専用の部屋のやうに見えた。主人はその夜は帰らなかつたがS子はそんな事には無頓着に、泊り客のあるのは賑やかでいいと云つてゐた。後に聞けばC子は時たま山荘に泊めて貰ふ事があるといふ。

はじめて訪問のそれも主人の不在の家に何時間も話し込んで泊つてその翌日また何時間も何を話し会ふ話題があるか。さういへばそんなものだが時はひとりでに経つて行つた。さうしてあの時の話は始終C子も同席だつたからC子に聞けば一番詳しくわかるだらう。

自分はこの第一次の山荘訪問で大様に人柄なS子に対して好もしい感じを抱きはじめた事は否定しない。さうして山荘に一泊の翌日も午後おそくなつてC子とともに帰る途中まで見送つて来たS子が、先生の疎開のお家わたしが捜したのだけど狭くつてお気の毒で申し訳がないなどと話し出した時、S子は先生のお仕事の時やなぞあんなお部屋でもよろしければいつでも山の家の一室をお使ひになつてくださいと云つてくれた。

その帰るさ、自分は
山高み　ここにして
たゆたふ春の　くれなづむ
道のほとりの　よつづみのくれなゐ淡く
ほのかにも白き卯の花　すひかづら
花むらがりて　散りがての
あめ色にほひ　かなしみの
淡盛草の　かぐはしき
小野の径《こみち》に　よき花を
誰とか摘まん

（反歌）
かぐはしく野はなりにけり
よき花を君ならずして
誰と摘むべき

とひとり口ずさんで、帰つてから昨日のもてなしのお礼の片はしにこの口吟を記したのはS子が在学時代からそんな趣味があつたと聞いてゐたからである。

C子が自分を山荘に案内し一泊まですすめたといふ科で家庭へ出入禁止となつたの

は不当であると自分は思ふ。子供でもない自分はC子の意志によつて行動したのではないから、C子はとんだとばつちりを蒙つたものである。

S子も自分には好意は持てたらしい。自分の礼状に対して、その次の月の幾日とかが誕生日に当るからまたC子さんと一緒に来訪してわたくしの三十六回の誕生日を祝つてくださつたら喜ばしい。コーヒーはこの間より上手に甘くして差上げるつもりと招待してくれたが、既にC子はお出入禁止ではあり自分はお前をC子の代りにお前の同行を誘つたが、お前は招かれざる客だからといひ、C子の代役では役不足と云つてS子のところへ行かうとしないばかりか、自分が山荘へ行かうとするのをさへ拒んだ(尤も自分の出さないでゐたS子への手紙が折も折とてその前日発掘されてゐたせゐでもあらう)から、こんな時にお前の指図を受けるものかと思ひ、またC子に対するお前の処罰にも既に含むところがあつたから、自分はお前の知らぬまに洗ひざらしの浴衣がけで飄然とひとり山荘に飛び込んで行つた。それをそんな狂人か乞食のやうな様子で誕生日のお祝ひに手土産一つなく出かけて行つて、わたしに恥をかかせたと云ふ。そんな事ぐらゐは格別お前にも自分にも恥にはならない。S子はそんな愚な事を問題にする女ではないと自分は思つてゐる。――かう申してはお前の気に入らぬかも知れないが。それでもお前がやはりそれを恥かしいと思ふなら、自分が出かけようといふ時に誰も恥しくないやうに着飾らせて出せばよかつたではないか。自分もおしやれを好まないではないから。

書きつかれた。もうやめよう。あとの事は何もかも、自分の知らない自分の心理までもみなお前が知つてゐるらしいではないか。

意馬心猿歌

浅間の煙とだゆとも
胸に思ひの湧くものを
意馬をつながん絆《ほだし》なく
心猿いまだ老いざれば

みな幻と知れりとも
夕の雲を追ひ求め
休むひまなき心もて
流るる水に花を摘む

道なき野べに行き暮れて

千草の丘の洞に伏し
天つ少女を夢むれば
ものに狂ふと人云へり

飛花をとどめん術《すべ》を無み
落葉いまだ地に藉かで
詩《うた》と夢とにまかす身の
わが名を何に繋ぐべき

幽香嬰女伝

一名『幽明界なし』

はしがき

この稿はもと『群像』三月号に『幽明界なし』と題して発表したものであるが、本誌『大法輪』編輯部がその取材に興味を持つたものか、転載を希望して作者の許可を求めた。作者は偶々旧稿を『幽香嬰女伝』と改題して初稿にいささか加筆してやや面目を改めたものがあつたのを手交して、ここに再録を承引することとした。

霊魂不滅といふ説がある。わたくしは必ずしもその説を信奉する者でもないが、しかし界を異にすると聞く幽明の界は、一般に考へられてゐるほどにはきつかりと別れてゐるのではないやうな気がする。いや現にこれを証するやうな事実が多いのをわたくしは知つてゐる。

亡友牧野吉晴は若くからわたくしを親愛してくれた後輩であつたが、その死の三、四日前、偶々《たまたま》さる会場で同席して帰途が同じだから同車で帰る途中、わたくしは彼を陋屋に請じて酒を愛する彼のために粗酒を侑《すす》めた。病後酒量を慎んでゐると云ひながらも快く盃を重ねていつになく酔いを発して、酔中に家庭の近状などをしみじみと語り出し、今は多少の貯金もでき、後顧の憂もあまりないなどと、放胆な彼らしくもない話題までしやべつてゐた。後に知つたところでは貯金といつたのは巨額の生命保険の契約のことであつたらしい。

牧野は十分に酔い、十分に語りながらなほも名残を惜しみつつ、三日ほど後にわが家に近い椿山荘で催される或る忘年会に招かれてゐるから、その帰りにはまた必ず立寄ると云ひながら座を立つて、玄関では靴をはく手元もおぼつかないほど泥酔してゐながらも、繰り返し繰り返して、

「ではまた三日ほど後にはきつと来ますからね」

と云ひつつよろよろと立ちあがつて出て行く。

「めづらしくだいぶん酔つてゐるが大丈夫か」

「大丈夫ですともたいして酔つちやゐません」

と言葉を交して別れた。

さうしてその三日後には、椿山荘でも同席の友人に帰りにはわたくしの家へ立ち寄

らうと云ひながらも、まだ用談がかたづいてゐないからそれをすましてから、帰途でもよいと云ひながら銀座のバーの二次会へ出かけていつたと云ふ。

さうしてそのバーで酔余、階段から墜落して死んだといふ思ひがけない電話をバーから直接ではなく間接の電話で聞き知つて愕然とした。わたくしは階段から落ちて死んだといふのはちと合点がいかぬと思ひながらもその急死を悲しんだものであつたが、酔余心臓か脳に発した故障のため、半死の状態で墜落したらしいのである。

恰もその時刻わたくしども夫妻は家の応接間にゐて二階のわたくしの居間には、七つになる孫むすめがひとりでテレビの前にゐたのだが、それがあわただしく降りて来た。何ごとかと出て行つた家内をつかまへて、

「おばあちゃん、今こわかつたの。二階に誰か来て、表の戸をガタガタさせるので出てみたが誰も居ないのだもの」

「風か何かでせう」

「ちがふ。足音もしたもの」

「でも、誰も二階へはあがつて行かないのだから」

「だつて、ほんとうに誰か来たわよ」

と七つの子はそれを力説する。見てゐたといふテレビの番組の時間と牧野の死の時刻とを照し合してみると、偶然か必然か、それがほとんど同じ時刻なのであつた。牧

野は三日後にわたくしを必ず訪問しようといふ先日の約束を果したかのやうにわたくしには思へる。

この間も九州旅行中、さるささやかな薩南の温泉宿に一泊して、枕についてまだ就眠したかせぬうちに、不意に背後のふとんの上から、さながら空手チヨツプのやうなひどい一撃を浴びせられて驚いた。あたりに人がゐるではなし夜更けではあり不気味だから枕もとの電燈をつけると何やら黒いものの影が見えたやうでもあり見えなかつたやうでもあつて、あたりには何事もない。目がさめたついでに便所へ立たうとするが、臆病者のわたくしはまだしばらく不気味で様子をうかがつてゐたが、いよいよ立つて行つてみたが、別に異状もなかつたが、それにしてもあの一撃は何であつたらうか。この宿の一室はもしや怪異のある部屋かも知れない。見かけは明るいよい部屋だが、怪異のある部屋といふのは、昼間などは案外明るいものだがなどと語り合つたことであつた。さうして無事家に帰つてみると、五十数年、中学一年生以来の旧友が歿して三十日に郷里で告別式がある旨の電報が留守宅にわたくしを待つてゐた。

この友人はわたくしの祖先の地の出身であつたせいか数多いクラスメートのなかから特にわたくしに親しみ、後年はわたくしのよい愛読者として交誼をつづけてゐた。年齢はわたくしより二つ三つの年長であつたが先年細君を失つて以来めつきり老衰して、常に心細い手紙などをよこし、告別式場では是非とも足下に追悼文を読んでもらひたいなどと云つて来てゐたものであつた。昨年の初夏、鉄道がわが郷里の方へ全通したといふので帰郷した時など彼は勤務先の和歌山市から数時間の旅をわざわざわたくしに会ふために出かけて来たものであつた。それが最後の別れとなつたものであるが、それほどにわたくしを思つてくれた友人の告別式が三十日、さうしてわたくしが九州の温泉宿で不思議な一撃を受けたのが二十九日の夜半であつたのも思へば奇異である。わたくしはこれをかの友人がわたくしに告別式を知らせ弔辞を促しに来たものであらうと思ふ。わたくしは今まで経験したこともなかつたあの不思議な一撃をかう解釈して納得してゐる。

高村光太郎氏は神秘的な幻想家の一面がある人で、そのパリ時代にセーヌが一日血になつて流れてゐたと語つて人々を驚かせたことがあつたと聞くが、本郷のアトリエで独り棲みのころ、深夜泥酔して帰ると家の奥からもうひとりの自分自身が、泥酔の自分を出迎へに来るなどと語つたこともあつたが、このごろその親しい後輩、高田博厚から聞いたところによると、

或る夜、高田がパリ郊外のアトリエの隅にねてゐると、夢の中で、白い仕事着をきた大きな男が高田の床の傍にゐた。誰か忍びこんで来たかと思ひ、眼をさましたが白

衣の大男はやつぱり居た。だが頭が見えない。高田は起き上つてはつきりと眼をさました。ぼんやりした白衣の像は腕に何か大きな塊をかかへてゐる。それがだんだん扉口の方へ遠退いて消えたと、いかにも彫刻家らしい夢であるが、その数日後に日本の未知の青年から航空便の手紙がとどいて高村光太郎の死が伝へられてゐたといふ。あのブルース姿の頭のない大男は高村光太郎であつたらしいと高田は思ひ当つたといふ。

わたくしは高村光太郎の訃を電話で聞いた朝の未明にわが門前を徘徊する高村氏らしい大男を夢に見たことはその当時記したが、後に聞けば高村氏の住んでゐた岩手の村でも不祥事の前兆みたいなものがあつて気がかりだといふ問ひ合せが筑摩書房にあつたとか。高村氏は死の直前に魂《たま》能く千里を行つて遠近の諸方へ訣別にまはつてゐたものと見える。

これに似たやうなことは、何人にも直接なり間接なり多少はおぼえもあらうと思はれるが、昨年の晩秋、わたくしが直接に体験した幽霊を見た話のやうなのは、おそらくあまり類例もあるまい。わたくしはこれを典型的な幽霊の現はれと思ひ、幽明界の無い一例としてここに記録して置きたいと思ふ。

以下は全くの事実談で、毫も創作的なものではないから、わたくしは心理学の教材として採用されても適当なものとして、わたくしはこれを有りの儘に記すのである。

そのころわたくしの家ではひとり息子の結婚談がはじまつてゐた。

わたくしの寝室は四畳半の茶の間につづいて同じく四畳半の板の間に夫婦の単独ベツドを間を二尺ほどあけて平行にならべてゐる。わたくしのベツドは裾の方を二尺開けて通路とし、家内のベツドは頭の方を二尺あけて通路とし、ここからは便所に通ふ廊下に出るのである。茶の間と寝室との間はみどり色のやや厚いカーテンを垂れて仕切つてゐる。寝室だからもとより他人の自由に出入するやうな間取の場所ではない。

ところが息子の縁談がはじまつたばかりの秋の一夜、わたくしのベツドの裾の方にあるカーテンの入口のところの造りつけの洋服箪笥のほの白い扉を背景にカーテンをくぐり抜けて部屋に進み入らうとする姿でためらふかのやうに佇んでゐる人影がぼんやりと見えるのであつた。わたくしは恰も就眠直前で、精神は少しく朦朧としてゐたかも知れない。それにしても決して夢でもうつつでもない。人かげはよく見ると女のやうであるが、今ごろ呼びもしない女中がこつそりと来るはずもない。人影のやうに見えるものは枕もとのほの暗い電燈とカーテンのしわとの産み出した影ででもあらうとぢつと見据ゑて、やはり人影は正しく女に相違ないとだけは確めて、解せないことには思つたが、別に深く怪しみもせず、わが眼のせいと思ひつつも、もう一度よく見ようとした時には、もう何もなくただ洋服箪笥のほの白い扉だけであつた。

もしそんなことを云ひ出せば、みんなが気味悪がるだらうと思つたから、わたくしはその時は誰にも何も云はないでゐた。わたくし自身はと云へば、多少はへんに思つたものの別だん気味が悪いといふほどの感じもなく、何か光と影との織りなす作用と自分の眼のせいだらうぐらゐにあつさり見過してゐたものであつた。

そのまま半月あまりも過ぎたらうか。ひとり女《むすめ》と聞いてゐた先方の女子も嫁に出してもいいといふ親たちの意嚮もたしかめ、適当な相手と見きわめもついて、せがれの縁談はごく順調に自然に進行してゐるやうに思へるころ、秋もやうやく更けた或る夜、これは宵の口ではなく夜半であつた。老来小便の近くなつてゐるわたくしは尿意によつて眼がさめて、まだ起き上りもせず、ただ手を延べて枕もとの電燈をともした瞬間であつた。何気なく自然に眼を向けた便所に通ふ扉と妻のベッドの頭板《ヘッドボード》のすぐそばに扉のつけ根の壁に寄りかかつてひとりの若い女がゐるのがはつきりと見えるのであつた。この時は電燈の光にも近くぼんやりと見えるのではなく、ほのかながらも電燈の光をまともにうけた顔の目鼻立ちから何やら疲れたらしい表情まで見えるのであつた。笑ひかけようとしてゐるやうな口元で、目鼻立ちは妻にそつくりなのである。それが壁によりかかつたままでぐつたりした姿勢のまま動かうともせず、言葉をかけないのも不思議であつた。家内がこんな未明に何だつて起きてゐるのであらうか。どこか加減が悪いのではあるまいかなどと疑つて、わたくしは、

「おい、お前、何だつて今ごろそんなところに立つてゐるのだ?」

と呼びかけた。すると、

「わたし起きてなんかゐませんわ、かうしてここに寝てゐるぢやありませんか」

と、これははつきり家内の声である。わたくしは反射的にのぞき込んでみたが、家内はたしかにヘツドボードの影に横たはつてゐるのが見えた。次に立つてゐるものを見ようと視線を転ずると、そこにはもう何者も、もの影さへも見えなかつた。

その時、わたくしに閃光のやうにひらめくものがあつて、壁によりかかつてゐた今の若い女も、さうしてこの間のカーテンをくぐり出てゐた女も、同じぐらゐな背たけであつたが、あれは同一人、さうして紛ふ方もなく、今、縁談の成立しようとしてゐるせがれの妹に相違ないと思つた。ほとんど直感的にである。

わたくしはその後も寝室や廊下などで家人の何ぴとの物でもない櫛の落ちてゐるのを二三度見つけて怪しんだことがある。

せがれは一人息子であるが、実はその三年後の早春のころ、もうひとり女の子が生れたのであつた。それは生れるとすぐ死んでしまつた。いや死ぬために生れ出たやうなかはいさうな子供であつた。その不便《ふびん》さが、二十数年間わたくしの心の底に深く蔵されてゐたに相違ない。さうしてそれが、その兄の結婚談と一緒にわたくしに思ひ出されたものでもあらう。ああもしあれが生きてゐたとすれば、もう二十四五にもなつてゐたらうに。わたくしの潜在意識は多分そんなことを考へたのでもあらう。わたくしのありありと見た壁に倚りかかつてわたくしに笑ひかけようとしてゐたのは正しく二十四五の若い女であつた。

その女の子は生れる時から不思議であつた。その出産の日の早朝の夢に、わたくしは子供が生れたがそれが猫の子であつたと聞かされて、そんな馬鹿な話があるものかと思つて夢がさめたものであつた。するとその後三四時間経つて産院から出産の通知があつた。わたくしは早朝の夢を思ひ出しながら産院に駆けつけてみると、
医者はわたくしの姿を見るや、

「先刻、無事にお産はすみました」

と云ひながらもつづいて「お目出度うございます」とは云はないで、わたくしを別室に導き請じながら、

「残念なことに、少しできそこなつて居りましてね」

と小さなベッドの上にあつた産れたばかりの嬰児を抱き上げつつ、

「生れた時の泣き声が少しをかしいので、よく見ると鼻がいけないのでしてね」

と抱き上げてゐた嬰児を片手に持ちかへて片手ではその鼻を惨酷にもぐつと突き上げて見せ、

「これです」

といふのを見ると鼻腔が大きくただ一つなのである。わたくしは明け方のいやな夢

を思ひ出した。医師はなほも語る――

「奥はつまつてゐるのですね。これでは声も出ないはずです。かはいさうに死にに生れ出たやうなものですよ。胎内では臍帯からすべての栄養を摂つてゐますから困りませんが、生れ出て来れば第一に呼吸しなければなりませんから、これでは無理です。それでこれにいろいろ手を尽してみても、かういふ欠陥のあるのは他の部分にも必ず何か思はしくないところがあり勝ちでしてね。完全には発育しにくいものなのです。しかしこのままにして置けば今に死んでしまふよりほかありませんが、どうしたものでせうか」

「さあ?」とわたくしも、咄嗟には何とも答へかねて、ただ嬰児の顔ばかり見てゐたが、この子は胎内でも普通の子供とは違つた苦しい生活をしてゐたものか、それとも短い生涯の運命を担つてゐたためかは知らないが、普通の赤ん坊のやうな醜い肉塊のやうな顔ではなく、色も蒼白に、目鼻立も一人まへの成人のやうなくつきりとした相貌を見せてただ眼だけは外界の光をまぶしがるかのやうに細めてゐるのであつた。女の子だけに母親によく似た顔立ちだなあとわたくしはこの子の顔を深く印象にとどめながら遂に云つた。

「自然の成り行きに委ねてください。死産であつたとでもあきらめませう」

「それがよろしうございませう」と医師はほつとしたやうな調子で答へた。

わたくしはかういふ子供の生れたわけを考へてみた。さうして思ひ当つた。先年生れた男の子が生後二十一日目から小児脚気を病んで久しく全快しなかつたため、今度の子は受胎ののち、心労による母体の衰弱で栄養が十分でなかつたのが胎児に影響した結果ではなからうか。などと考へてゐるところへ、家内の兄も出産と聞いて駆けつけて来た。

家内の兄は西郷南洲によく似た風貌の偉丈夫でありながら、ごく気の弱い人で、この子を一眼見るとなさけないゝ表情を正直に現はして眼をしばたたいてゐるのであつた。彼は何時間生きるかわからないといふ嬰児を悲しみつつも産婦たる妹の無事を喜び、またわたくしの失望を慰めてくれた。さうして後日、この短命な子をその母に語る時には心やさしく細心な用意でわたくしをかへり見ながら、

「かわいらしいいい子でしたね」

と云つたものであつた。産婦はこの子を一目も見なかつたのである。産婦に見せるひまもなくこの子は死んだから、医者は死産として産婦に報告してゐたので、家内も簡単にさう思つてゐた。

その後何時間生きたかは問うても見なかつたが、わたくしが死産としてあきらめた死ぬために生れ出たこの不幸な女児は、その子の祖父、わたくしの父の心づかひでわたくしたちの知らぬうちにわたくしの父祖の地で弔ひ葬られて幽香嬰女の戒名を与へ

られた。その悲惨な短命は老父に報告すべき筋合ひでもなかつたし、筆不精なわたくしは詳しい通知もしなかつたのに、季節が偶々《たまたま》早春梅花の候であつたためであらう。不完全な鼻を具へて生れたこの子は、その戒名によつて完全な嗅覚の機能を与へられたのもまた奇である。

わたくしは幽香嬰女のほんのちよつと生きてゐた時の面影をその後も久しく忘れることがなく、二十余年後の今日も、時々ベッドの上に蛍光燈に照し出されてゐる家内の寝顔を見る毎に必ず幽香嬰女に似てゐると思ふのであつた。

さうして母の枕頭に壁に倚りかかつて立つてゐた死児をわたくしはその母と取り違へたものであつた。

幽界からの電波に特別敏感な種類の人間があると云ひ、彼自身よく幽霊を見たと自称する南方熊楠《みなかたくまぐす》によれば、夢魔《ナイトメーア》の類はすべて見る人に平行して現はれるが、幽霊に限つては必ず見る者の前に直立してゐるといふのである。ところでわたくしの見たものも二度ともたしかに立つた人影であつた。それにしても、

「お前、何でそんなところに立つてゐるのだ?」

とベッドの上にゐた人間にそんなことを話しかけて、それが決してただの寝言ではなかつたことを証明するためには、今度こそ黙つてゐるわけにもいかないから、わたくしははじめカーテンのかげで見つけた人影から、その後、昨夜、扉のそばの壁際に

倚りかかつてゐた若い女のはつきりした面相を見て、わたくしに笑ひかけようとしてゐた者のことを、ありのままにのこらず打ち明けることにした。さうしてそれが外ならぬ幽香嬰女だと説明すると、

「赤ん坊で死んだものが、そんなおとなで出て来るのはをかしいではありませんか」

「をかしくはない。幽界で育つたものか、それともわたくしの心のなか（これも一つの幽界である）で成長してゐたのだよ――生きてゐたらきつともうこれくらゐになつてゐたらうになあ、といふやうにね」

わたくしは家内の常識的な疑問に対してさう答へながら亡児たちの幽界からの消息を能く感得し、幽界で成長してゐる彼等の姿を好んで人々に語つたがため、時に狂気のやうに云はれてゐた晩年の土井晩翠の心事をわたくしはよく理解した。また泉鏡花の未亡人が亡夫の幽界の生活をつぶさに語つてゐたことをも思ひ出し、さうしてわたくしは云ひ足した――、

「彼女はきつとお兄さんの結婚をお祝ひにでて来たのだよ。古来、何か祝ひ事のある毎に必ず姿を見せる一族の守護みたいな亡霊の例は昔の本にも出てゐるから」

甥の結婚式に列席のため上京してわたくしの家にゐた家内の妹といふのは、日ごろ霊力があると自称して少々神がかりの巫女《シャーマン》的な女であるが、わたくしの話を聞いて、

「それとも女の子だから、兄さんのことばかりではなく、わたしのことも少しは思ひ

出して下さいと云つて来たのかも知れなくつてよ」

「あの子のことなら」とその母親は一目も見も知らない亡児のことをさう云つて「毎朝、家の仏さまを拝む時に必ず忘れないで一緒に拝み祈つてやつてゐるから、今さら思ひ出してほしいなどとは云つて来ますまいよ」

「それぢや、やつぱりお祝ひに来たのね」

「あの表情から見てもお祝ひだ。この縁談はきつと良縁なのだよ。何にせよ」とわたくしは云つた「この妙なことが少しも気味が悪くないのだからそれが不思議ではないか」

「一たい見える人には何の不思議もなく見えるものらしいのね。みんなさう云つてゐるわ」と神がかりの妹はその仲間うちの話などを語り出したものであつた。

わたくしは、心霊研究にうき身をやつしてゐると聞く長田幹彦の家ではその亡妹が家族の一員としてその家に住んでゐていつも廊下などで人々とすれ違つたりするのを何人も怪しまなくなつてゐると彼の書いてゐるのを読んだことを思ひ出した。

二度出て来た彼女は、今度いつまた出て来ないとも限らない。わたくしはむしろそれを待ち設けるやうな気持で、もし今までのやうに寝室の出入口などでためらひ佇んでゐたら、今度は、

「お前大きく美しくなつたね。そんなところにゐないでずんずんこつちへ入つておい

で」

と声をかけてやらうと思つてゐる。この前はあまり不意のことにせつかく出て来たのに、

「お前何だつてそんなところに立つてゐるのだ？」

などとまるでそれを咎めるやうなことを云つてしまつたのは思へば可哀想なことであつた。もつとやさしくいたわるべきであつたのにと思つてゐる。

縁談はめでたく運んで、せがれは新婚旅行に、父の故郷の方へ行きたいと云ひ出した。少し遠いが、近ごろ鉄道が完全に開通して新しい観光地として世の注目を浴びてゐるばかりではなく、その幼時に祖父母をたづねて、わたくしども父母とともに二三度行つたこともあるからであらう。彼はわたくしが命じたわけではなかつたのに、祖父母の墓前にも詣でることを予定のなかに入れてゐたから、わたくしは若い者にも似ぬその心掛をよろこび、さうして、

「そのついでに生れてすぐ死んだお前の妹のお墓へもお参りしておやり、幽香嬰女墓といふ小さなのが墓地の西北の隅の方にあるから、――祖父さんや祖母さんのものと対角線の位置だ」

と云つて置いた。幽香嬰女墓はその祖父母が建てて置いてくれたものである。

思ふにこの幽霊はあまりの悲しさに意識下に葬つて置いた記憶が年月を経てその悲

しさのゆるむのを待つて意識の蓋を突き上げてその姿を現はしたわが悲しみの映像であつたに相違ない。

ここにかういふ死児の歳を数へる話を記してゐるわたくしといふ人物は、当年六十八歳になる老詩人であるが、こんな話はおそらくは老人センチメンタリズムの所産とでも云ふものであらう。

それにしても幽香嬰女は懐しみをもつて笑ひかけるやうに現はれたからこそわたくしもそれに応《こた》へる気持で見たのであるが、若し何者かが怨恨憎悪の表情でこんなふうに出現したとしたら果してどんなものであらうか。それはわたくしの知らないところである。わたくしはいかなる怨恨憎悪をも意識下に埋没しては置かなかつたから。

小説　シャガール展を見る

　わたくしはフランスの画家、ロシヤ人マルク・シャガールの芸術が大好きである。あの奔放な空想の世界、それでゐて芸術的真がある。さうしてそれにふさはしく輝く光線の泉から迸り出たのか、さもなくば粉砕された虹の粉を地上から掻き集めたやうな色彩。あれに向つてゐると、わたくしは少年時代のやうな喜びを見出すからである。それで彼の画集は大小、幾冊も集めて、気のくさくさする時は取り出しひろげては、この異常な才能に任せて傍若無人にふる舞ふ芸術家に何やら血族的近親感をおぼえるのである。

　それが今度、諸方からの収蔵品を借り集めて来て、ほとんど全作品ではないかと思へるほどの大展覧会を東京で開催することになつたのである。これこそイの一番に何ごとをもさし置いて駆けつけるべきところを、生憎と寒冷地に旅行の約束があり、季候の関係と先方の予定とで期日の変更ができず、それに会期は旅行から帰つてからでもまだ残つてゐるので、帰つてからゆつくり見ることにし、それを楽しみに旅行に出かけた。

旅行から帰つてみると、用事が立てこんでゐて展覧会場に出かける日がない。ただ、さる百貨店で催されてゐた彼のデッサンや版画の方はその百貨店へ急ぎの用のある家内とともに出かけて鑑賞したが、油彩の方は会場が別であつたから行けなかつた。

わたくしは老体のうへ若いころから人ごみが嫌ひなため、群集のなかへひとりで出かけることが不安なので、家内を誘ふが彼女は行きたくないといふが、せがれが一緒に行きたいといふので、そのつもりでゐたら、せがれは動物心理の勉強中で、鳩の色彩鑑別能力とかいふ実験をはじめて寸暇がないが、そのうちに暇をこしらへると言つただけで、終に連絡がなく、空しく日が経つてゐた。

この日、芸術院では午前中に秋の総会があり、午後は新会員候補の銓衡委員会があるといふので出席したら隣席の広津会員が昨日、今日の最終日の混雑を避けてシャガール展を観て来た感想を語るのを聞いて、この日がいよいよその最終日になつてゐることを知つた。せがれを待つて終に今日に到つたのを悔い、今日は是が非でも、ひとりでも出かけなければならないと思つてゐると、幸にも小林会員が同行してもよいと言ふ。すると広津会員は、

「君たち、それぞれにあの会場の招待券は持つてゐるだらう」

「うんもらつてゐるが今日は持つて来なかつた」

「僕も持つてゐない」

「では、僕は昨日行つたまままだ持つて来てゐる。当分不用だから、貸して置かう」

「あれには記名してゐるだらう」

「だれが名前など一々見るものか。見たつて顔まではおぼえてゐないさ。それに君たちはふたりともこれを使ふ資格のある人だから貸しても借りても問題はないさ。あれはたしか同伴二名までは有効の筈だつたね」

と広津会員は札入れからそれを取り出して小林会員に渡してゐる。

「なるほど、すると本人は昨日行つて同伴者二名が追つかけて今日行くといふわけなのだね」

とわたくしはさう戯れた。

わたくしは部長に頼んで銓衡委員会を早くはじめ、早くすましてもらはうとしたがなかなからちがあかなくてぢれつたい。会の終つたのがきつかり三時であつた。かうしてわたくしは、芸術院会館からは僅か二軒目といふ極く近い展覧会会場に急いだ。

会場前には入場券を求めようとする人々が三四十人ばかりでもあらうか行列をしてゐた。我々は既に特別の券があるから、これら行列の人々には失敬して優先的に入場した。

　会場は時間の関係か、それともこの画人が一般の人気に投じないためか、会場前の行列にも似ず、思ひのほかに混雑してゐなかつた。とは云へそれも比較的のはなしで、作品の前にはやはり作品を落ちついては見られないほどの群集がむらがつてゐる。わたくしはそんなところは敬遠して群集のうしろを作品を横目でちらと見ただけで通り過ぎてしまつた。といふのは、その前にあまり多く人の集つてゐない作品の方が多くの場合わたくしの気に入ることをわたくしは経験上よく知つてゐたし、特にこの画家の場合は有名な大作は画集で十分に見おぼえてゐるから、色刷りで見知つてゐる絵の色調を実物でたしかめさへすればいいと思つて会場はほとんど駆け足ではないまでも速歩で急いだものであつた。そのためか、それともわたくしよりも若くて元気な小林君がわたくし以上に直感的に鑑賞したのか、それとも入念に見てゐたのか、ともかくもわたくしは、いつどこでとも知らず小林君とは別々に人ごみにまぎれてしまつた。特に別に心あつて小林君をまいたわけではない。これはこの話の後の部分のため、特にここに断つて置く。

　かうしてわたくしは会場の七分どほりを歩き過ぎたところでたしか「休息」とかいふあまり大きくない作品の前でゆつくり足をとめた。今まであまり速く歩いたために、少しく息ぎれがするのを休めるために誰も見てゐる人のゐないこの作の前に足をとどめたのであつた。それにこの衆人から閑却されてゐる絵はすばらしかつた。

画面の中心の上、といふのはつまり絵の奥の部分であるが、そこには籐かもしくは竹みたいなもので荒い格子に編んだ背のあるソファがあつて、その上にごくざつと描かれた裸女が横たはつてゐる。その足の先に猫とも犬とも定かならず、白い小動物がちよこなんと坐つてゐる。さうして前方の半分以上は、大きく煙つたやうな調子で、葡萄だのパイナップルだの林檎バナナなどが雑然と盛り上つてゐるのが、いかにもゆたかにあたたかい色調が美しく、画面全体がにぎやかでゐてしかも静かに、さながらうららかな小春日の午後のやうなのを、わたくしは飽かず眺め入つてゐた。するとわたくしの背後から思ひがけず、

「あら、これいいわね」

といかにも気に入つたやうな調子で清らかな声が聞えて来た。うしろには誰も居ないやうな気がしてゐたので、その声はわたくしにはいささか不意打ちであつた。さうしてそれが誰かその同伴者に語りかけたものか、それともわたくしに言ひかけたのかも知れないとも考へ、それならば何とか返事をしようと思つてふり返つたが、それはひとり言であつたらしい。

ふり返つてわたくしは、すぐわたくしのうしろ二三歩のところにひとりの婦人、それが若夫人だか女子《むすめ》だか判断もつかない――わたくしは老人で、現代の婦女を風俗で

見分けることはできなかつたから。しかし、上衣もスカートも真紅《しんく》とも猩々緋ともいふべき目のさめるやうな赤を着て廂のないまる形の白い帽子をかぶつてゐるのだけが先づ目に入つた。瓜ざね形の容貌は可もなく不可もなく若さがとり柄《え》といふ程度であつたが、その時くるりと向きをかへてその場を立ち去つて行くうしろ姿を見たところ、姿はすんなりと均斉がとれて特にその真紅な上衣の広い襟からやや大きく出てゐた白い襟頸の線と、またしづかに軽く歩を運ぶ膝までの短いスカートのひるがへる裾から出てゐた白く細い脚が美しかつた。

わたくしは「休息」の前を去つて次の室に歩み入ると、すぐその室の中央あたりに立つてゐた今の先の紅衣の女子が目についた。そこへ近づいてみると、その女子の前の絵はさながらに、彼女の上衣かスカートをまるめて庭の芝生にころがしたかのやうな真紅な雄雞の画であつた。かの女子はわたくしの近づいたのに気がついた様子で、画面に注いでゐた瞳を外して目差《まなざし》をわたくしに向けた。その目はたしかに女子のもので、彼女の声のやうに透明に清らかなものであつた。それがわたくしを認めると口角にかすかな笑ひの浪をただよはせた。わたくしは赤い雄雞がそこで何をしてゐたのだかはよくおぼえてゐない。きつと赤い雄雞よりは赤い女子の方に気を取られてゐたものらしい。

わたくしは会場を進んで最後に十人あまりの人々が大きな円陣の半分を型どつて一

列にその前に並んでゐる大作の前の二列目に立つてゐた。画は何とも知れずまるで絵さがしのやうに不思議なものであつた。そこに多く集つてゐる人々も、みなこの絵の謎を考へようと絵さがしをしてゐるらしかつた。しかしこれは正しく夕焼空の絵らしかつた。さうして雲の切れ目には首だけに羽根の生えた天使がのぞき出してゐた。さうしてその首の前に大きくのさばる夕焼雲のやうなものは、よくよく見てゐると疾走する天馬らしく、これも真紅でその長く吹きなびけた鬣や尻毛は炎のやうに燃えながら飛んでゐるのであつた。

わたくしがこの炎の竜馬を見入つてゐるところへ例の紅衣の女子が来た。最初はわたくし、次には彼女がそれぞれ相手に注視したものであつたが今度はわたくしも彼女も同時に注視を交し、さうして彼女は瞳に笑を浮べてわたくしに軽く礼をした。わたくしもそれに応《こた》へた。

多少中毒気味のわたくしは煙草をふかしてよい場所はあるまいかと、あたりを見まはしてどこにも見つからなかつたので、然らばと出口の階段を下りて場外へ出た。

すぐに一服すひつけて、気持よく晴れ渡つた晩秋初冬の海よりも青い空を見上げつつ、心ゆくまで煙を吸ひ込んだのを吐き出しつつ館の裏庭から路に踏み出さうとしてゐた時である。けたたましく鋭く、

「先生！　あぶない！」

と背後から声で追つかけ、いきなりわたくしの手を捉へた者があつた。そのとたんに中型の新しい乗用車が、わたくしの渡らうとしてゐた路面を勢猛に風を切りフールスピードで突つ走つて行つた。

わたくしは不意にわが手を捉へて危くわたくしの車に衝突する危険を救つた人の声が先刻の紅衣の女子のもののやうな気がして、それをたしかめようと、ふり返つて見ると、やつぱり彼女であつた。彼女はわたくしのあとをつけて場内から出て来てゐたものらしい。さうしてわたくしはまたこの奇異にも美しい女子を考へながらぼんやりして歩いてゐたのでもあつたらう。わたくしは捉へられた手を放さうともせず、かへつて強く握りながら、

「有難《メルシ》う、お嬢《マドモアゼル》さん」

と、思はずうろおぼえのフランス語で言つたものであつた。気取つたつもりであつたやら、それとも年がひもなく国語で話しかけるのが羞づかしかつたものだか、わたくしの郷里熊野地方にははどるといふ言葉があつて日常使はれてゐるが、この場合わたくしがはどつてフランス語などを使つたといふが適当のやうな気がする。ともあれ五十年前、学校の会話の稽古にたどたどしく言つた以外には絶えて久しく使つたこともないフランス語がこの時ごく自然に出たのは、自分ながら不可解にをかしかつた。尤もかういふ言葉は今やも早、国語並みになつてゐる時代ではあるが。

彼女はそんなことなどにはこだはりなく、

「ご一緒に散歩なすつていただけません？」

と例の美しい声で、こんどはしづかに落ちついて言ふのであつた。わたくしは、

「はい」

とただ一語、子供のやうにはつきり、あつさり答へると、これを聞くより早く、紅衣の女は右手（左手でわたくしの右手をとつてゐたから）をひらひらと羽ばたくやうに動かした。わたくしの方は左手を同じやうに動かしつつ強く地を蹴つたのは彼女の動作を無意識に真似たのであつた。すると何のふしぎもなくごく自然にわたくしの身は軽くなつて彼女と相携へて前方に高く舞ひ上つた。こんなことで人間がかうやすやすと虚空に舞ひ上れるものとは知らなかつたが、まるで翔つてゐるやうなまたは泳いでゐるやうな感じは、はじめて自転車で疾走した時に似てゐた。

　折から展覧会場から出て来たのかと見える高校生らしい二列縦隊の男女の生徒群が、わたくしたちの飛行が珍しいのか、それとも羨しかつたのか、騒がしく指さしながら見上げ列を乱して引率者に叱られてゐる真上をわたくしたちはそ知らぬ顔で上野の森の上をずんずんと縦横に散歩して行つた。

　目の下の森の樹々は赤や黄や樺色さうして茶褐色や、何の樹とも知らず海老茶やところどころみどり色のものも雑つたこの色彩のかたまりが、落日に近い斜の光線に濃

いむらさきの影を帯び、白ら茶けた道の上には屋根をまぶしく光らせた甲虫のやうな車が長い影を曳いて右往左往してゐた。

「先生、時々はご散歩をなさいます？」

「うん」とわたくしは彼女の問ひに答へた「時にはね、——ごく普通の方法で」

「と申しますと？」

「車に乗つたり、杖をふり廻したりしながら」

「そんなの、つまりませんわ」

と、彼女は何やら幾分人を馬鹿にしたやうな調子で言ひ放つた。わたくしはこの奇妙な女子に少しばかり妖気を帯びたものに対する恐怖とまでは言はないが不安心を感じはじめた。それともただの好奇心であつたやも知れないが、言つてみた。

「ふしぎなご縁で、かう手を携へあつて、愉快な散歩をするが、あなたはどういふお人ですか？」

「わたくし？　わたくしはご覧のとほりのかういふ女の子ですよ」

「絵の勉強でもなすつてゐる？」

「いいえ」

「それでは音楽？」

「……なら、少しは習つたこともありました」

「で、お名前は？」

「両親がつけてくれて、世間の人々が呼ぶ名は気に入らないから、お教へはいたしません」

「でもこれから永くおつき合ひするにはお名まへぐらゐおぼえて置きたいではございませんか」

「さあ、逢ふは別れのはじめとか申しますね。どれぐらゐ永くおつきあひできますものやら。それでももしわたくしに名前がお入り用なら、知らない犬や猫に呼びかける時のやうに、お好きなやうに何とでも名づけてお呼び下さればよいの。友だちはみなわたくしをアブちやんと呼んでゐますわ。わたくしどこかアブノーマルなのですつてね。そんなことよりも、先生、シャガールをご覧になつて、どうお思ひなさりまして？」

「すばらしいね」

「そんなことわかつてゐます。もつと別に何か？」

「さあ芸術は何をどう勝手に取扱つても、自分の好きなやうにやりさへすればいいのだといふことを、今さらのやうに教へられました」

「わたくしはまた人生は、自分の好きなやうに、どう生きてもいいと教へられたやうな気がしました」

「なるほど、結局、僕の言ひたかつたことと同じなのですね。あなたの表現の方がもつと直接ではつきりしますね。敬意を表します」

わたくしとこの得体《えたい》の知れない少女とは散歩中そんな会話を交した。相手はあまりその素性を知られたくないかのやうに、話題がそれにふれると見事にはぐらかして要領を得させなかつた。そのためわたくしはこの女子に感じはじめてゐた妖気をそのうちに何やら仙女めいたもののやうに改めて行つたが、こんなに飛行自在なのは、もしかすると小鳥の精でもあらうか。姿も美しく声も愛らしい。さうして音楽なら少しは習つたこともあつたといふのが、わたくしにそんな想像をさせたのでもあらう。

この空中散歩は、いつも地上からあまり高からず、あまり低からぬ一定の高さのところを、といふのはつまり地上の生活からあまり離れ切つてしまはないほどの適当な高度を保ちながら起伏した地面に添うて或はやや高くやや低く平行的に飛翔してゐたやうであつた。これは主として彼女の意向なので、わたくしはいつも彼女にリードされて動いてゐたのである。

この空中散歩も少しく飽きたか、見かけほどらくなものではなくすぐくたびれたやうに思はれたころであつた。地上のどことも知らず、ゴミゴミした屋根の間にあつた大きな建築のなかから、今まで地上から聞えてゐたのとはやや変つた物音がひびいて来た。地上でなら聞き慣れないでもないが、空中で聞いたのは最初のことで確信もないが、わたくしはそれを急霰のやうな拍手の音と聞いたものだが、彼女にはそれがよほど奇異もしくは危険な物音のやうにでも感じられたものか、彼女はちやうど目の前に展けて来てゐた、大きな高い窓から、内部をちよつとのぞき入つた。

その瞬間であつた。彼女は恰も渦潮のなかにでも吸ひ込まれたかのやうに、静かに窓のなかへ落ち込んで行つた。手をつないでゐたのだから、わたくしも自然と彼女につづいて窓のなかへ引き込まれた。

自然になだらかにふんはりと気流の傾斜のなかへ転がり入るだけだから、格別おどろいたりうろたへたりするでもなく、多分、滝の水はかういふふうに落ちて行くのでもあらうかなどと思はれるのであつた。

落ちながら観たところ、先刻の物音はやはり拍手のひびきであつたらしく、さうして今この窓のなかは、何か演説会の会場ででもあるのか、壇上には一人の紋服の中年男が拳を振り上げてゐる前には、広間を埋めて幾列かの腰かけた人々がゐて、その多くの人々の前方に注視されてゐた視線は、ふはりと窓から落ちて来た男女ふたり――わたくしどもの方へ悉く向けられたと見るうち、異口同音ならぬさまざまな驚異の歎声が口々さまざまに発せられたものであつたが、それがすぐさま、

「怪しからぬ」

「妨害だ！」

「何者の仕業だ？」

などといふ雑然たる罵声に変つて行つた。

さうしてわたくしどもが、演壇と聴衆席との間にあつた空間にふはりと落ちついた時駆けつけてわたくしどもを取り囲んだ連中はわたくしどもを先づ足蹴にかけた。人々はわたくしどもをはじめ投げ込まれた人形だと思つたらしい。

しかしわたくしどもが人形ではなく人間だとわかつた時、人々はわたくしどもを床上から引つ起て、引き据ゑて先づわたくしの横面をさうして次には彼女を殴打しようと身構へた時であつた。

「乱暴をするではない！」

と呼ばはりながら、靴音高く警官が出現して先づ人々を取りしづめたので、これで安心と思つてゐたらまだあとがあつた。警官が例の女子に向つて、

「一たい何のつもりでこの場所へ来ましたか」

といふ質問に対して、女子は、

「わざわざ来たわけではありません。この上まで来たら窓のあたりから漂ひ出た毒気にあてられて、そのためにここへ落込んだのです。わたくしたち何を好んでこんな俗悪な空気のなかへ来るものですか」

と言つたのがいけなかつた。あたりを取巻いてゐた人々のうちのひとりが、ただならぬ語声で、

「こんな俗悪なとは何事ですか。ここは神聖な国会議員の公開演説会場ですぞ、選挙妨害でなければ我々を侮辱するものだ」

と言ふ。わたくしは困つてしまつて、

「この人の失言はわたくしが代つておわびします」

と言ふがなかなか承知してもらへない。

警官はそばから口を出してわたくしの姓名を聞くからわたくしは正直にわが名を名告ると警官は今度は例の女子のことをわたくしに問ふのであつた。しかしわたくしはこの女子に就いては何事をも知らない。ありのままを言ふと警官はそれを怪しんだものか、それとも激昂した会場の人々をなだめる手段としてか、

「とにかく一応、署までお出で下さい」

と警官はさう言ひ出した。

厄介なことに立到つたと困つてゐるうちにわたくしの明け方の眠りはだんだんさめて来たものと見える。

なんだこれは昼間みたシャガール展のことを思ひ出してゐる夢ではないか。

とさう気がついてわたくしは急に元気づいた。夢ならば何もこんなに困ることもない。つい目を明けてしまひさへすればよいのだ。とわたくしは目を見開いたことであつた。

あさましや漫筆

上田秋成の諸短篇を論ず

谷崎潤一郎はかつて、雨月物語に対して、自著に「新雨月物語」と題名しようとする意嚮があつた――そのことを彼は、当時、余に語つた。蓋し、R・L・スティヴンソンに、「新アラビヤンナイト」があるやうなものであらう。

秋成は日本のテオフイル・ゴオチエだ――と、さうは言へないだらうか。潤一郎は新日本のテオフイル・ゴオチエだ。――と、これは正しくさう言ひたい。

その当時のその潤一郎と、余は或る日雨月を語つた。座に芥川龍之介が居た。いや、どうも我々が龍之介の我鬼窟に居たらしい。龍之介が座にゐたでは主客顚倒になる。

席上、潤一郎は雨月のなかでは蛇性の婬が第一だ、青頭巾もいいと言つた。余は反対だつた。青頭巾はまだしも最後の方があるからいい。蛇性の婬は困る。事実、余はあの集のなかでは蛇性の婬と吉備津の釜とが最もきらひだ。後者は誰が見てもだれたものだと言ひさうである。蛇性の婬に到つては力作である。その点は集中第一である。

しかも余はどうも決してあれを十分に買ふことが出来ない。あの話のなかには、「くるしくもふりくる雨か三輪が崎」新宮あたりのことが描かれ、怪しい美女は蛇だからもとよりどこの産とも知れないが、主人公豊雄は、即ち余が故郷の人間である。そんな点で、余は当然この作に親しみを感ずるが本当であり、また実際、余があの本を最初に読んだ中学生時代から、名著のなかに吾が故郷が現はれることを誇らしいやうに感じ、さては真名児といふ蛇の美女が住んでゐさうなのは、この町では一たいあの辺だらうなどとつまらない事を考へたりした程にまで充分な親しみをあの作に抱いてゐながら、それでもなほ、そのころから作としてはあれがいやだつた。潤一郎が傑作だといふのを異とする程にいやだつた。その理由として私は簡単に言つた――「あの作は持つてまはつてゐる。一本調子なくせにくどい。それにいやらしい。」

龍之介がそばから

「いや、小説といふものは本来くどくつていやらしいものだよ。――それが好きでなけや小説家にはなれないのさ。蛇性の婬は僕もいいと思ふね。」

小説は本来くどくつていやらしいといふ、龍之介の見解は同感するとしても、（これはつい近日のことだが、やはり龍之介とふたりで、「風流では小説は書けない」と話し合つたこともある。）蛇性の婬に就ては、余は言ひ張つた。「いや、僕は両君が何と言つてもいやだね。くどい。持つてまはつてゐる。吉野へまで引つぱりまはさなくてもよからう。」

「いや、あれがいゝのだ。」と潤一郎が言ふ。「あんな遠方までつけまはしてゐるのが値打だよ。吉野といふ名所もよく使つてあるな。」

「うむ」余はその言葉には賛成してもよかつたが、しかしあれを嫌ひだといふ感じはその為めに消失することはなかつた。つまりどこまでも余の好みに遠いのである。

「それぢや何がいい」龍之介が念の為めにたづねた。

「短いものさ、白峰でも、浅茅が宿でも、夢応の鯉魚でも――就中、菊花の約が傑作だ。あれが雨月中の一等だらう。つまり雨月は巻之一と巻之二の外は景品だらう。……菊花の約はいい。僕はあれの書き出しと結びとが同じやうに出来てゐるのが、つまり起筆を結句でもう一度くり返してあるのがひどく好きだ。作意のすがすがしい精神的なところも、それから老母の気持の美しいのも――つまり、色気の絶無なのが、あの作として甚だいい。それに幽霊が暗のなかではなく明月を透してくるのもいい。――新らしい。一そう物凄い。」

「だが」龍之介から軽く抗議が出た「どうも飜案味が抜けきらなくつてね。」

話は雨月物語から春雨物語に移つた。誰だつたか、瀧田樗陰は雨月の愛読者だといふことから、その樗陰が、しかし春雨を雨月に比して、殆んど軽んずるらしいといふことなどを伝へてから、自然、我々も春雨と雨月との優劣論があつた。いや、これはすこしも論にはならなかつた。

春雨と雨月とでは比較にならない。雨月は精一ぱいだが春雨にはゆとりがあつて筆が枯れ切つてゐる――三人のうち誰が言ふともなく、これは全く一致した。龍之介はたしか日本文であれほど雄勁なのは珍重だと言つて、「蒼古」といふ文字を口にした。雨月はきちやうめんな格を外さない楷書だが、春雨は筆力に任せた古怪で奇聳な草書体だと言つていい。墨色淋漓、そのくせ描写の効果は雨月より反つて精密である。雨月は学んで及ぶべし。春雨にはかなはぬ。なぜ樗陰ともあるものが春雨を認めないだらう――樗陰でさへさうなのだから、世俗一般で春雨が忘れられてゐるのも無理はない――と、このやうな説が一座の結論の空気であつた。

春雨のなかでは血かたびらが異議なく第一等当選であつた。渾然王成してゐるからだ。すごい。皆はまた樊噲が未完のままで伝はつたのを惜んだ。潤一郎が最も強調した。異議はない。実際、雨月、春雨を通じて樊噲こそ最も新らしいからだ。あれが完全にあつたならば無論両集中の白眉だつたらうと惜まれる。大力の男を取材に択んだのもよければ、長崎の妓楼であばれると支那人たちが樊噲樊噲と呼びながら逃げまどふと書いたのも愉快だ、と言つたのも確か潤一郎だつた。余はプロスパア・メリメをふと対比させて考へてもいいやうな気持だつたが、ただ気持だから言はずに過ぎた。それとも、言つたかも知れない。

「海賊も悪くはないぜ」と余が言つた。

「なるほど。あれや佐藤春夫がかみしもをつけて現れたやうな概がある」これは龍之介の諧謔であるから、当否は春夫自らは知らず。

後一年以上も経つてから、ふと潤一郎が言ひ出した。「雨月のなかではやつぱり、出来は菊花の約が一等だつた。この間読み直してみたのだが。あれは完璧だ。全く書き出しがすばらしいのだよ。青青《せいせい》たる春《はる》の柳《やなぎ》、家園《みその》に種《う》ることなかれ。交《まじはり》は軽薄《けいはく》な人《ひと》と結《むす》ぶことなかれ云々と軽薄な人のことを議論のやうに書いたすぐあとで、丈部左門と赤穴宗右衛門とが不意に出てくるね。読者は、書き出しに軽薄の人とあるだけに、何れは軽薄な交の実例が書かれてあるものだと思ひ込む。さうして赤穴は身分の知れない行路病者だけに、この男が問題を起す軽薄漢なのだらうと思ふ。ところが彼等の友愛が美しいものになつて発展して行く。はてな？　と思つてゐる頃に、赤穴は突然、一度帰国して来ると言ひ出すだらう。そこで読者は、そら始まつたと思ふ。さうして始めつからの用心が一層緊張して来る。ところがこの赤穴宗右衛門が命を捨てても約を果すといふ人物なのだから、読者の予想はまるで裏切られる。しかも美しく裏切られる。発展の効果が異常なために、感に打たれることが異常に深い。専ら、あの起筆に千鈞の重みがあるのだよ、まあ仮りにあれの書き出しが、青々たる春の柳ではなく、不用意にも正面から、歳寒くして松柏の色を知るとでもなつてゐて見給へ。あの話は芸術的感動が稀薄になつて、只平凡な道話的色彩以外には、或は人にアツピイルしないかも知れないのだ。……それに結末のところでやつぱりもう一度、咨《あ、》軽薄《けいはく》の人《ひと》と交《まじはり》は結《むす》ぶべからずとなむ。と切つたのもいゝ……」

余は余が単に感じたにすぎなかつたことを、潤一郎が詳しく説いて聞かせたのに推服しながら、自分の思つてゐることが、全部言つてしまはれさうなので、大急ぎで喋り出した。「さうだ。さうだ。最初と最後が同じ意味になつてゐる。前後で軽薄な人間を直接にたしなめて置いて、内容はその反対の実例を見せてゐるのだね。我々は読み去つて、最後が最初と同じなだけに、もう一ぺん、書き出しに返つて来たやうな気がする。さうして、最初は単に物好きな緊張で読んで来たものを、今度は純然たる深い感動で、もう一ぺんゆつくり味ひ直す。――かうしてあの話の気持は、頭も尻尾もない、無限にめぐる不思議な一つの環だ。永久に消えないやうな余情を湛へてゐる……」

そんなことを論じ合つたのはもはや五年もつと以前のことである。

雨月と春雨とが私の愛読書であつたのは十年もつと以前のことである。今はさほどにもない。さうして机辺にもない菊花の約の書き出しさへ思ひ出すのにおぼつかないほどである。

それにしてもこれは今考へることだが、菊花の約のやうな作品が、教科書のなかに採用されてゐないのはまことに不思議である。魂《たましひ》よく一日《にち》に千里《せんり》をゆく――よりもなほ不思議である。あれは中学校の高級生などにはさほどにむづかしい文章ではないのに、教科書編纂者は気がつかないのか。迂濶だ。怪異な話だから採らないのか。文学は科学ではない。さうして、これはたゞ信義を高潮した叙事詩である。少年をして読ましめるにこれに越したものが国文学史上にさうあらうとも覚えない。何にしても私はこれを怪しむ。

さびしさに秋成が書《ふみ》よみさして
　　庭に出でたり白ぎくの花

ふと白秋の歌をうろおぼえに口吟したら、さまざまなことを思ひ出して、そのなかから秋成に関したことをそのままに書きつづる。ごく軽い風邪で、三日ほど臥床して、秋の雨夜のつれづれのわざである。これは近頃めづらしくも頼まれて書いた文章ではない。――それだけに売るのが惜しいやうだ。――ほい、さういふ口がもう、こんな短文を、それもろく〳〵書き上げもしないうちから、売るつもりになつてゐたのか。あさましや、即ちあさましや漫筆と題する。

それにしても、「思想のない文学」などと言つて文学論の序論のやうなことを、大人が数人もよつてたかつて大真面目に論じなけりやならない今日に、こんな呑気な文章の鑑賞法などは、技巧の末技を喜ぶなどと叱られるかも知れない。おそろしや。一そうのこと、売るつもりなら、おそろしや漫筆としようか。どちらでもよい。

恋し鳥の記

恋し鳥とはほととぎすの異名ださうである。申すまでもなからうが、自分がつひこの間覚えたので珍らしがつてここへ事々しく書く。物知りにはをかしいにちがひない。実は或る人が短冊を書けと云ふ。しかも俳句で、それも一句ならともかくも、十二ヶ月揃へろといふ。そんな事とは知らずに承知して、あとから詳しい事情を知つて甚だ狼狽したけれども詮方がない。そこで父のおくつてくれた俳諧歳時記栞草を繰つて題を探つた。黒い短冊があつたので、ほととぎすが好からうと思つてみると、恋し鳥といふ字が目についた。

　　思ひ出る幼きわれや恋し鳥

ふと口に出た。句になつてゐるかどうか知らない。

……実際、私の育つた家といふのは、山かげにあつた。さうしてこの頃の季節には夜毎にほととぎすの叫ぶのを聞いたものだ。いつかもこの鳥の話が出て、母はほととぎすはうるさい鳥だと云つて、かういふ人にかかつてはほととぎすも協《かな》はないといふので大笑ひをしたことがあつたが、全くうるさいほどつづけて啼くものだ。

その家の庭は、別段造りも何もしてゐなかつたけれども好もしいものであつた。いろいろの鳥が来るし、五月雨のころには萩の根あたりから出水が湧くし、高い崖には藤も咲くし、梔子の白い花もあり、蔦紅葉がした。葛の葉うらの美しい事を私は子供の目にも観たし、野分の後には槲の実や椎の実が落ちちらばつた。丹鶴城址の山つづきにあるので、もとは竹藪などばかりの淋しい荒地だつたのを父が拓いたと云ふが、私が覚えたころにもこの町でもまだごく淋しいあたりであつた。近所の切通し坂道には昔から狸がゐるといふので私の父が狸と格闘してゐたのを見たと伝説する人がふたりまであつた位で（このをかしい不思議な実話は一度書いたことがある）、この格闘の話はどうもへんな月夜の幻覚らしいが、それにしても私自身が狸だか狐だかが夜半に梭の音をさせるのを聞いたことがある。その頃、母はよく機を織つてゐたが、夜中に目がさめてみるとその梭の音がするのを私が聞きつけたのだ——私はよく夜中に目をさます子供だつた。私が起したものだから、夜半の梭の音は母もそれを聞いたし、母が起して父も聞いた。幾晩かみんなで聞いた。この間もその話がひよくり出て、私達親子には今でもまだ奇異な思ひ出になつて残つてゐた——何でも私が十になるかならない程のころの事である。

さういふ場所なのだから、鶺鴒《せきれい》などは崖の中ほどの蘭を植ゑた窪のところへ巣をかけた。父はそれを楽しがつてよく梯子をかけて覗いてゐたが、高いところで危いといふので私にはついぞ見せてくれなかつた。危くないからと云つて無理にせがむと、あまり度々覗くと逃げてしまふから一ぺんきりといふ約束で覗かして貰つたが、私の脊が低くつて見えなかつた。工夫をしてゐるうちに、親鳥が帰つて来たから早く下りろと言はれて、私はたうとう見ないでしまつた。ほととぎすには巣が無くて、卵を鶯に頼むといふ話も、そんな機会に聞き覚えてゐる。一度、ほととぎすを捉へたといふ人があつた。父が狸と格闘したと伝へられた例の坂のあたりに住んでゐる人だ。そこへ父と一緒に見に行つた覚えがある。あまり美しい鳥ぢやなかつた。ほととぎすの足は普通の鳥とは少し違ふ。何でも沓《くつ》をはいてゐるやうな形だから沓手鳥とも云ふのだが、道々父から教へられて、その鳥の足を見たがよくわからなかつた。かへりに父に尋ねたが父にもよくわからなかつたらしかつた。

「ほんたうにほととぎすか知らんて。何にせ、見ては一向面白うもない鳥ぢやて。声だけでええのじや、ほととぎすは」

父はそんなことを云つたと覚えてゐる。

私の家ではほととぎすこそ捉へなかつたけれども、梟なら二度もつかまへた。嵐の日に吹き飛ばされて家の廊下へ迷ひ込んだのだ。二度とも大きな奴だつた。そいつを捉へて飼つてみた。蛙を殺して口のところへ持つて行つてやるのだが、そのせゐだかこの鳥は臭くつて仕方がなかつた。閉口して放してしまつた。一度はまたやはり雨風の日に翡翠《かはせみ》が迷ひ込んだ。美しい鳥で惜しかつたけれど、毎日川の生魚をやらなければならないので大へんだから、そのまま放してしまつた。

よく慣れた山雀は私が籠をあけて逃がしてしまつたし、鶴は悪い猫にやらうと思つた毒団子を食つて死んだ。これはお寺へ持つて行つて夕月夜に芭蕉のかげに埋めた。――山雀ならどうだか知らないが、鶴はまさか迷ひ込んでは来ない……。ただ私は、私のむかしの友達をあとへあとへ思ひ出すのだ。私の人嫌ひは幼い時からその芽生えを見せてゐた。その代りに毛物や鳥に対する愛好は父から受継いだものらしく私の性質のなかに根ざし深いものらしい。私の回想することの出来る第一の記憶は、菊の畑のなかに私が追ひ込んでしまつた兎だ。この記憶は私が四歳の時の秋のことらしい。それ以前にもおぼろなもの覚えはあるが、菊畑の兎は鮮やかな絵になつて残つてゐる。その次には、籠のなかの真黄色な小鳥と、茶色の毛の深い大きな尨犬だ。これは六歳の時の記憶だ。その犬とカナリヤとを私は欲しくつてお母さんにせがんだのだ。しかし、旅中のことでそれは得られなかつた。私の遠い生涯の絵巻の鮮麗な部分は、宛然一巻の禽獣画譜だ。それからそのあひまあひまには風景絵だ。今ふと、私は小説作者になるよりは絵筆を持つた方が自分の性格に自然で楽しいのぢやないかと、思ひかへしてみる……。

私の記憶の風景はその大部分が、お城山とそのお濠とに関したものだ。お城山には川の景色もあるし、遠い山もあるし、海もあるし、森もある。この城山は前にも記したとほり私の家のすぐ上で、私の家のうしろの木戸から細い路があつた。お濠はまた、路一つへだてて直ぐ私の家の窓の外だつた。そのぐるりには竹藪やら、木かげの小径やら、桜か野茨の咲く土堤などがあつた。翡翠が私の家へ飛び込んだのは、山からでなく、この濠の方からであつたのはいふまでもない。私が梟の為めに蛙をとつて来たのもここだし、私たちの鶴がよく遊びに出たのもこの濠の汀だ。夏になるとそこは鮒を釣るので大人や子供が群がつてゐた。菱の実をとる田舟が浮んだ。水が涸れると近所の人たちは泥のなかで魚を手摑みにした。行き来の人が長いこと立ちどまつてそれを見てゐた。呑気な町だつたのだ。

その濠はつひ五六年前に埋めてしまつた。その工事の時にも、偶々私は家へ帰つてゐて自分のむかしから親しい景色が壊されるのを惜み歎いたが、仕方がないとあきらめながら、しかしせつかく旧い美しいものを取壊すのならせめて新らしいものが出来ればいい――ハイカラな辻公園でもなどと、さういふことには就中意見の多い西村伊作君と話したものだが、今度ここへ来てみるとそこはもう町になつて、しかもこの小市街でも目抜の土地になつた。セセツシヨンまがひの町役場も同じやうな形の警察署城も、丹鶴町といふ名もそこに出来た。しかし私が夢みたやうな辻はどこにもない。その間に、私の父は隠居をしてにちなみはあるが、寧ろお濠町とでも呼びたかつた。その代りに彼自身はしまつて、私たちを育てたあの蕙雨山房は人の手に売り渡して、その新築ぞ自分の生れた田舎の懸泉堂へ引籠つてしまつた。むかしの私たちの家は、この間ろひの界隈では、目立つて古びた家になつて懐しくゆかしいと思つてゐたら、通りかかつてみるといつの間にかその家も改築にかかつて、少しづつ出来て来るのを見ると、これも近所と競争をするものと見えて、どうやらセセッシヨンまがひらしい。一たいが小高い石垣の上に細長くある家なのだから、家は低い方が似合ふだらうが、今度のは高い二階づくりだ。今や、それがどう変らうとも、もう私には何の関係もない。私はいつの間にか町の方へ出るのにも、このあたりを通るのがいやになつてしまつた。然も、気になつてちよいちよいそつちへ曲つてみる。――私が鶴と遊んだむかしの庭もどうなつた事やら。いや、庭は既に私が覚えてからも一度変つてゐるのだ。或る晩、崖くづれがしてあの石の多い庭はその中に埋まつてしまつて、別の庭になつてしまつたのではあつた。

変つたと言へばただその界隈だけではない。現に私が今このペンを動かしてゐるこの家だつて、やつぱりこの町の新開地だ。それも、私の家などが最も罪が深い。――ここの新開地は、徐福町と名づけられたとほり、徐福の墓と言ひ伝へるあたりである。

いや現にその古塚は私のこの窓から日夜見える。人は私の新らしい家の在所を尋ねるから、徐福の前と答へて、戯れに墓畔亭と呼んだ。ボードレールの文のなかにも「墓景見晴亭」といふのがあるから亭号になるかも知れない。この間も、窓からぼんやり見てゐると、自動車が一台この墓へ着いてなかからは当時この地方へ漫遊中の後藤新平さんが現れたが、ともかくもこの古塚は古蹟なのだ。

古蹟と呼ぶのも気まりが悪いほど風情がない。秦の始皇帝の為めに不老不死の仙薬を求めに来たと云ふお伽噺めいた道士《し》の墓にしては、今の徐福の墓はあまりにせちがらい。尸を埋めるには三尺の地で足りるし、況んやこの伝説的な墓は尸を埋めたかどうか怪しい次第だが、それにしても新開地のこせ〳〵した家並のなかに纔《わづ》か十坪にも足りない空地になつて残るのは、浪曼主義の敗北である。さうしてつひこの間——十年ほど前までは、現実主義ももつと遠慮してゐたのだ。あの一基の古塚の両側に今は枯れ朽ちてゐる老いた楠の樹は二本とも、まだ少しではあつたが青い葉をつけてゐたし、墓のぐるりの畔はもつと広かつた。それに七塚といふものが別にあつて、今残つてゐる塚の外がはに、小高く盛り上つてゐた。百姓たちはいつの間にかその塚をぐるりから少しづつ削つて耕して行つた。それでもまだ形だけはあつた。さうしてその塚のぐるりは一面の田であつた。その中にしよんぼり、枯れかかつた二本の大樹の楠の下に一基の碑と、それをやや離れて取めぐつた七塚とは、青田にそよぐ風に蛙が鳴き初める頃の夕暮、或は又、褪めやすい秋の夕焼の下で収穫に余念のない百姓などをその間に点出した時などに、詩趣とは何であるかを人の子に教へるに足るだけの価はあつた。私は時々、父にひつぱられてこのあたりへ散歩に来た覚えもある。その田圃が今は一帯の人家である。さうして人々を非難しようにも、私自身の家がここにあるのだ。さうして最も心なき事には、ここはちやうど七塚の一つのあつたあたりである。七塚はかうして自然にとり壊された。物好きに掘返したり、しても別に何もなかつたと云ふことである。

むかしよく登つたお城の跡は今は私人の有ではあるが公開されて、道なども取拡げられて公園らしくなつた。矢竹がぞん分に茂つたり、茅花や尾花がその季節になるとほうけてゐたむかしの荒れた有様こそ私には懐しい。それにしてもその城の上あたりであれほどよく啼いたほととぎすは今どうだらう。この家ではまだ一度しか聞かない。

思ひ出る幼きわれや恋し鳥

私はまだ青年で、故郷を出てから十五年にしかならない。それに時折によく帰つてみた。しかし少しゆつくりと住んだのは今始めてだし、それも昔ながらの蕙雨山房に於てではなく、その墓畔亭が身に馴染ないせゐか、また新開地であるせゐか、ものごとに昔が好かつたやうに思へて生れ育つた故郷が妙によそ〳〵しくていけない。この日頃の感情が、ふと口から出たらしい。それにしてはこれが俳句といふものになつてゐるかどうか、甚だおぼつかないから雨の日のしかもはかどりがたい仕事に飽きた合間にその心を文につくつてこの記を書いてみた。

三十一文字といふ形式の生命

1

もう十七八年も以前であると思ふ。我々がまだ少年のころである。尾上柴舟氏が短歌滅亡論――さう名づけるには少し断片的なものであつたやうに思ふが、ともかくもさういふ題で、意見を当時の詩歌雑誌「新声」に発表されたことがあつた。その時、我々の詩歌の師匠である与謝野寛大人は、次のやうな一首――覚えちがいがあるかも知れないが――を尾上氏に与へてゐた、

歌の友柴舟《しばふね》に告ぐ己《し》がうたを歌の亡ぶる証《あかし》とはすな

2

しかし、今日、僕はどちらかといふと寧ろ短歌滅亡論者に近い。

さうして僕も亦、「己が歌」をもて「歌の亡ぶる証」としてゐるらしい。

僕は十五歳の時から二十二三歳ごろまで、所謂歌なるものをつくらうと心掛けた事があつた。さうして、僕はつひにものにならずにしまつた。僕は今だに三十一文字《みそひともじ》のなかに自分の生命を盛る法を学び得ずにゐる。僕の無才に因ることは無論であるが、ともかくも僕の内部に於ては、三十一文字の形式は既に滅びてゐるやうに思へる。しかも僕が日本文学史上に於て最も愛好し尊重するところのものは、依然として万葉集である。

即ち、僕一個に就て語ることを容されるならば、読者として僕は歌を愛してゐる。作者として僕は歌を疎んじてゐる。

3

僕は平素から、万葉集以後歌なしと思つてゐる。「万葉人」（仮りにかういふ言葉を使ふ）にとつては三十一文字が殆んど唯一の文学的形式であつた。この小さな匣のなかへ、彼等は彼等の所持品をすつかり蔵ひ込むことが出来た。彼等の精神的日用品は残らずこの匣一つに納まつた。彼等の所有品が僅少だつたからである。尤も、その代りには、最も重要な財宝ばかりしか、万葉人は所持してゐなかつた。

「万葉人」のなかでも、傑出した人々は時に長歌をうたひ、また旋頭歌の試みがあり、また連作的制作があるのは注目すべき現象である。彼等は文学的富豪で、小さな匣一つでは収め切れない物を持つてゐたのではないか。

4

万葉以後、強いて歌を求めれば、僅に古今集がある。しかし万葉の歌と古今の歌とは同じく三十一文字であつて、しかもその精神は全く相似てゐない。「万葉人」にとつて三十一文字の小匣は、精神的日用品一切の倉庫であつたのに、「古今人」にとつて、三十一文字の匣は化粧品入れになつた。「古今人」は別に散文といふ日用品を納める倉庫を築き初めた。

同じ形の小匣ではあつたが、その収蔵するところのものが異つた時、この小匣は既に同一のものではない。僕は三十一文字の形式は、「万葉人」が発見すると同時に完成し——即ち、最も厳密に言ふ時、この形式はただ万葉集にだけ生きてゐる。換言すれば万葉集以後すでにもう疾つくに死んでゐる、滅びてゐると言ふことさへ出来ると思ふ。

5

「万葉人」の童心（とだけでは言ひ足りないが）とも呼ぶべき古心が、ごく時たま我我の心を過ぎる時があるだらう。その古心を得た時には我々も自づと古語を発するであらう。しかし、我々現代人にとつてそれは極めて珍重な稀有な機会に於てである。詩形とは結局、その生活の様式に外ならない。「万葉人」の生活を持ち得るもののみ「万葉集」を後継することが出来る。

我々現代人は沢山のガラクタ物を所蔵してゐる。そのガラクタが、しかし択り分けるとなかなかおいそれと捨ててしまへないものなのだから、だから、「万葉人」にたとひ我々は憧れることがあつても、すぐに「万葉人」になり切ることは不可能である。寧ろ、我々が現代人であるが故に「万葉人」を慕ふのであるかもしれない。

6

だから人の問題だとも言へる。三十一文字の中に精神的全財宝を収蔵しきれるやうな、さうしてその財宝は無類の、精神生活にも物的生活にも神仙的な人物が出現したならば、三十一文字の形式は生き得る。そこで、しかし、僕はさういふ人物は万葉以後稀有或は絶無であらうといふのだ。或は三四の例外が今迄にもあつたらう。またこの後も一二の例外はあるかも知れない。例外は飽くまで例外であつて、それは到底、一つの時代にはなりはしないのだ。

それは決して我々の罪ではない。時は流れたのだ。川上は清冽な小な泉であつたが、中流下流はもつと別様の水の姿を持つてゐる。時にはその川岸に源泉を思はせるやうな泉を別に持つこともあらう。がしかし、それはただそれだけの事だ。

7

抒情詩は文学のうちの一部門である。三十一文字はまた抒情詩のなかで、もう一つ区切られた一部分である。短歌なるものは、万葉集の後には、全体の人間生活を写す文学ではなく、文学の狭少な一部分となつてしまつた。しかも抒情詩に於てもさまざまな形式を我々は覚えてしまつた。短歌の領域は益々狭められるやうに僕には見える。

8

与謝野晶子女史は写生的或は描写的なものであつた短歌を、生きた図案的なものに作りかへた。装飾図案家の眼で見た森羅万象を三十一文字にした。この様式とこの人間とはごく稀有な契合であつた。

斎藤茂吉君は抒情或は叙述式なものであつた短歌に、心理的な一面を与へた。ために、短歌はやや象徴的な詩形に近づいた。いや短歌としては最高の度合ひで、黄金律的にまで象徴風にした。この様式とこの人間とも亦稀有な契合である。

この二人の現代歌人は、彼等は古来の形式を各別の方法で生かした。しかし、彼等とても、その生活の全面容を三十一文字の唯一の形式で表現し得るか。それともその心の一つの面にしかすぎないか。

斎藤氏はこのごろ散文を書くこともする。

晶子女史は時に論文を書く。

この二人の稀有なる天才にとつてさへ、短歌は或はその生活の一部分であるのかも知れない。我々のそれよりも甚だ広大であるがために、ともすると全部の生活のやうに見えはするが。

9

僕は「万葉人」が歌のなかから沈思や瞑想や凝視を感ずるよりも、寧ろ卒直な流露的感情乃至感想を見出す。さうして歌といふ形式がどちらかと言へば即興的な或は直情的なものに思へる。かういふ観察を持つてゐる僕にとつて、今日の万葉ぶりの多くの歌は、あまり窮窟に固くなりすぎてゐるやうに感ずる。流露的ではなくて凝結的でありすぎる。さうしてその真実を認めることが出来ても天地に通ずるやうな潤然たる声を聞き得ない。僕はこれが理由の一半を三十一文字の形式の現代人にとつての不便利に帰しようと思ふ。多く感じたものを少く言ふのは自然ではない。感じただけを過不足なく言ひ得てこそ、その形式が自由である。生れながらの歌人は、心臓に只三十一字だけに使用するタイプライタアを用意してゐるのであらう。

この意味に於て、吉井勇君の歌の或ものには極めて自由な過不足なき三十一字が時折あつた。その当時の彼にとつては彼の散文は不自然な畸形なものに見えたに反して、短歌には実に濶然たるものがあつた。さうして僕は彼の物語的で又人情的な歌の世界を必ずしも溺愛し得なかつたけれども、彼れを珍重すべき天成の歌人だと思つた。

現代人の使用文字はあまりに多すぎる。それを三十一文字に減ずるためには、我々は生活そのものがすべて三十一文字にまで改造されなければなるまい。その可否は別として、至難なことであるのは疑ひない。

10

前書きを要したり、或は連作を便利としたり、或は三行に書きわけてみたり、或は現代的口語で三十一文字を作らうとしたり、疑ふらくは、これ等の諸現象は、短歌なる形式の現代人にとつての不自由と不徹底とを意味してゐるのではないだらうか。

11

「かなし」といふ一語のなかに、時によつて幾十の意味を籠らせてそのなかから蛋白石《オパール》の光を発せしめることを忘れ、またその光輝を見出すことをも忘れたほど、我々と我我の祖先との語感は異なつてしまつてゐる。ここにも亦、考へてみるべき問題がある。

僕はさまぐ〵な意味に於て三十一文字の歌は既に亡びつつある形式だと信ずる。しかも古人或は今人の歌のなかには、永久に人間のある限り伝へられて滅しないものの存することをも疑はない。

短い詩形は甚だ屢々要求されるだらう——現代に於て、或は未来に於て。しかしそれは多分必ずしも三十一文字ではないだらう。

僕は明治大正が歌の最後の時期、夕栄の光ではないかと考へさへもする。

佐藤春夫（さとう　はるお）

明治二十五年、和歌山県に生れる。詩歌に親しむ少年時を送るうちに生田長江を識り、やがて上京して長江に師事するとともに、与謝野寛、晶子の新詩社に入り、また慶大予科に学んだ。大正六年に「西班牙犬の家」を発表の後、出世作「田園の憂鬱」で小説家として認められる一方、同十年に刊行の「殉情詩集」によって一躍抒情詩人の名を馳せ、「退屈読本」における明敏な批評家としての貌と併せて、大正期の文学を代表する存在となる。昭和に入ると、中国名媛の訳詩集「車塵集」があり、法然上人を描く「掬水譚」で歴史小説をこころみ、戦後は与謝野晶子の伝を小説「晶子曼陀羅」に作る等、纏綿として豊かな詩情を根柢にして、古典の骨格を護りつつ、洗練された近代的な感覚と機智に溢れる多彩な作品を通して、日本文学の卓れた一造型を示した。昭和三十五年に文化勲章を受章し、門弟三千人を謳われたほどに文壇に重きをなした。昭和三十九年歿。

近代浪漫派文庫　27　佐藤春夫
二〇〇四年二月十二日　第一刷発行
著者　佐藤春夫／発行者　岩﨑幹雄／発行所　株式会社新学社　〒六〇七―八五〇一　京都市山科区東野
中井ノ上町一一―三九　印刷・製本＝天理時報社／DTP＝昭英社／編集協力＝風日舎

ISBN 4-7868-0085-6
落丁本、乱丁本は左記の小社近代浪漫派文庫係までお送り下さい。送料小社負担でお取り替えいたします。
お問い合わせは、〒二〇六―八六〇二　東京都多摩市唐木田一―一六―二　新学社　東京支社
TEL〇四二―三五六―七七五〇までお願いします。

近代浪漫派文庫〈全四十二冊〉

❶ 維新草莽詩文集　歎涕和歌集／吉田松陰／高杉晋作／坂本龍馬／雲井龍雄／平野国臣／真木和泉／清川八郎／河井継之助／釈月性／藤田東湖／伴林光平
❷ 富岡鉄斎　画讃／紀行文／画談／詩歌／書簡　大田垣蓮月　海女のかる藻／消息
❸ 西郷隆盛　西郷南洲遺訓　乃木希典　乃木将軍詩歌集／日記ヨリ
❹ 内村鑑三　西郷隆盛／ダンテとゲーテ／歓喜と希望／所感十年　岡倉天心　東洋の理想（浅野晃訳）
❺ 徳富蘇峰　嗟呼国民之友生れたり／『透谷全集』を読む／還暦を迎ふる一新聞記者の回顧／敗戦学校・国史の鍵／宮崎兄弟の思ひ出
黒岩涙香　小野小町論／『一年有半』を読む／藤村操の死に就て／朝報は戦ひを好む乎
❻ 幸田露伴　五重塔／太郎坊／観画談／野道／幻談／鵞鳥／雪たたき／俳諧評釈ヨリ
❼ 正岡子規　歌よみに与ふる書／子規歌集／子規句集／九月十四日の朝／小園の記
高浜虚子　虚子句集／椿子物語／斑鳩物語／落葉降る下にて／発行所の庭木／進むべき俳句の道
❽ 北村透谷　楚因之詩／富嶽の詩神を思ふ／蝶のゆくへ／みみずのうた／内部生命論／厭世詩家と女性／人生に相渉るとは何の謂ぞ
高山樗牛　滝口入道／美的生活を論ず／文明批評家としての文学者／内村鑑三君に与ふ／『天地有情』を読みて／清見潟日記／郷里の弟を戒むる書／天才論
❾ 宮崎滔天　三十三年の夢／侠客と江戸ッ児と浪花節／浪人界の快男児宮崎滔天君夢物語／朝鮮のぞ記
❿ 樋口一葉　たけくらべ／大つごもり／にごりえ／十三夜／ゆく雲／わかれ道／日記―明治二十六年七月　一宮操子　蒙古土産
⓫ 島崎藤村　桜の実の熟する時／藤村詩集／回顧（父を追想して書いた国学上の私見）
⓬ 土井晩翠　土井晩翠詩集／雨の降る日は天気が悪いヨリ
上田敏　海潮音／忍岡演奏会／『みだれ髪』を読む／民謡／飛行機と文芸
⓭ 与謝野鉄幹　東西南北／鉄幹子抄／亡国の音
与謝野晶子　与謝野晶子歌集／詩篇／和泉式部の歌／清少納言の事ども／鰹／ひらきぶみ／婦人運動と私／ロダン翁に逢った日／産褥の記
⓮ 登張竹風　如是経序品／美的生活論とニィチェ
生田長江　夏目漱石氏を論ず／鷗外先生と其事業／ブルヂョワは幸福であるか／有島氏事件について／無抵抗主義・百姓の真似事など／「近代」派と「超近代」派との戦／ニィチエ雑観／ルンペンの徹底的革命性／詩篇